LA DISPARUE DE BELLE-ÎLE

DU MÊME AUTEUR

Les Amants du Mont-Blanc, L'Archipel, 2022 ; Archipoche, 2023.
Soleils de sang, L'Archipel, 2021 ; Archipoche, 2022.
La Prophétie de la cathédrale, Archipoche, 2020.
Mortelle Tentation, L'Archipel, 2019 ; Mon poche, 2020.
La Petite Fille du phare, L'Archipel, 2018 ; Mon poche, 2019.

CHRISTOPHE FERRÉ

LA DISPARUE DE BELLE-ÎLE

suspense

l'Archipel

Notre catalogue est consultable à l'adresse suivante :
www.editionsarchipel.com

Éditions de l'Archipel
92, avenue de France
75013 Paris

ISBN 978-2-8098-4726-0

« De la terre heureuse, tu as fait ton enfer. »

William Shakespeare, *Richard III*

PROLOGUE

Belle-Île-en-Mer.

Ici, au milieu de l'océan, s'étend une terre de légendes celtiques. Quelques-unes reposent sur des faits réels. On y croit ou pas, selon sa foi, son imagination.

Des fées de la forêt de Brocéliande auraient jeté des couronnes de fleurs dans le golfe du Morbihan. La plus grande et la plus somptueuse serait devenue Belle-Île : pure poésie. Mais certaines histoires contiennent une part de vérité.

Ici, les légendes vont et viennent comme les vents marins. On les oublie et, un jour, à la lumière d'événements soudains, on reparle d'elles. L'une raconte que des îliens disparaissent la nuit, sans qu'on sache pourquoi. On ne les retrouve pas. Des gouffres insondables s'ouvrent sous leurs pieds dans le sol gorgé de pluie et d'embruns. Ils sont avalés par le ventre de la terre sans jamais en ressortir. On ignore si cette légende repose sur des éléments authentiques, ou si elle est dénuée de toute vraisemblance. On raconte qu'il existe des cavités communiquant avec la mer.

Dans un autre récit légendaire, on prétend qu'un homme hante la lande les nuits de lune. On ne connaît pas son identité, on ne sait pas s'il vient d'un autre monde, ou si c'est un habitant qui cherche à faire peur, à faire mal. Récemment, on a affirmé qu'un individu avait été aperçu après minuit du côté de Locmaria, seul, habillé d'un grand manteau sombre et coiffé d'un chapeau à large bord. On insinue qu'il a tenté d'agresser des femmes et, par une chance inouïe, elles ont réussi à lui échapper. *Tout cela n'est pas avéré* : aucune femme n'a témoigné auprès des gendarmes, mais tout le monde a entendu parler de cette histoire. L'homme frappe à la porte des maisons occupées par une jeune fille, il arrête les véhicules dont la conductrice est seule. Il est grand, très fort, sa voix est rauque comme le hurlement d'un loup.

Fin février, Chloé Turquoise s'évapora par une nuit de tempête sans laisser de trace.

Juste avant sa disparition, elle avait participé à une fête dans une maison perdue en pleine nature, non loin du rivage où rugissait l'océan. Ses amis étaient rares, elle sortait peu, mais elle avait été tentée par l'invitation de Marie, une copine dont elle se sentait proche.

Trois ans plus tôt, elle avait débarqué sur l'île, ouvert un cabinet d'ostéopathie dans le bourg du Palais, la petite capitale. Une jolie femme, aux yeux doux et tristes, attentive à ceux qu'elle soignait.

Qu'était-elle devenue ? Pendant deux jours, on ne s'était pas inquiété. On pensait qu'elle avait regagné son domicile.

Vendredi soir, à l'intérieur de la maison, la musique était si forte que personne n'entendait le vacarme des vagues, à quelques mètres. Des vagues comme on en voyait rarement, même ici sur la côte sauvage.

Belle-Île posée sur l'océan tumultueux.

Belle-Île la magnifique. L'incomparable. La sublime. La phénoménale.

Les vagues bondissaient contre le rivage comme des bêtes enragées. Le fracas était énorme. L'écume escaladait les falaises par grands jets blancs d'une puissance inouïe, elle s'éparpillait dans la lande, arrosait les ajoncs, les genêts, les fougères, les ronciers, les maigres prairies. Elle volait dans la nuit comme une brume fantomatique. Le littoral était gorgé d'eau salée. Apportées par les bourrasques, des gouttelettes atteignaient la maison où la fête battait son plein. On aurait dit qu'il pleuvait.

Marie et Kevin Guillou recevaient leurs amis.

En apparence, un couple sans histoire. Marie, une belle femme, la trentaine, des cheveux clairs, un regard bleu ardent. Toujours souriante. Elle fabriquait des objets d'art prisés des touristes, à partir de trouvailles récoltées sur les plages : bois flotté, os de seiche, algues, éponges, filets – ce qu'on appelle la *laisse de mer*, ramenée par les marées –, mais aussi morceaux de roche tombés de falaises, galets, sable. Avec presque rien, elle imaginait des œuvres décoratives d'une grande originalité, elle transformait la matière brute, la ponçait, la peignait, la vernissait. Elle avait des mains prodigieuses. On l'appelait « la magicienne de la côte sauvage ».

Kevin était instituteur à l'école primaire Sainte-Anne du Palais. Il s'occupait d'une classe d'une vingtaine d'élèves. Très apprécié des parents, il emmenait les enfants sur les sentiers du littoral en dehors des heures de classe pour leur faire découvrir la beauté des paysages, de la flore, des oiseaux.

Le couple habitait à la lisière de la terre et de la mer.

On ne s'attendait pas à une météo comme ça pour cette pendaison de crémaillère. Personne n'aimait ce temps, sauf les poètes, mais on n'allait pas annuler la fête pour si peu. Les tempêtes à Belle-Île, c'est comme la pluie à Paris, une banalité. Le couple avait tout préparé depuis des jours : boissons, toasts, pizzas, salades, musique. Ça n'avait pas été facile de choisir qui allait participer à cette fête dans un endroit aussi exigu.

Ils vivaient près du village de Bangor, autant dire le bout de l'île, le bout du monde. Un nom qui sonne irlandais, et pour cause : ici, des moines de la grande terre émeraude ont créé au Moyen Âge une abbaye, sans qu'on sache pourquoi ils avaient jeté leur dévolu à cet endroit et pas ailleurs. Bangor :

l'Irlande et la Bretagne ensemble, église irlandaise, paysage irlandais, landes irlandaises où l'on croit entendre des cornemuses, schiste comme celui des falaises de Moher (*cliffs of Moher*[1]) qu'on ne trouve nulle part ailleurs en Bretagne. Le vert émeraude irlandais. Il ne manque que les lacs du Connemara.

Marie et Kevin avaient acheté un ancien abri que les pêcheurs utilisaient en cas de « coup de tabac », quand ils n'avaient pas le temps de retourner dans les ports du Palais ou de Sauzon, situés de l'autre côté de l'île. Ils amarraient leurs embarcations dans des criques protégées de la houle avant de se réfugier dans la maisonnette pour échapper à la pluie et au vent. Pas d'étage, ou plutôt un étage constitué d'un toit d'ardoises percé de vasistas où l'on a peine à se tenir debout. Le couple y avait aménagé sa chambre : un gros matelas posé sur le sol, un meuble en bois peint, une table basse.

L'abri rénové avait suscité des jalousies. Les mauvaises langues disaient qu'il n'avait pas vocation à être habité : trop près de la mer, c'était contraire à la réglementation. En réalité, il se trouvait à la frontière instaurée par le Conservatoire du littoral et, de ce fait, la mairie avait laissé faire.

— C'est chouette ici, on se sent bien, répétait souvent Marie en contemplant l'océan qui changeait sans cesse de couleur : bleu, gris, vert, noir, jaune soleil.

Elle adorait le paysage qui s'étalait sous ses yeux, la plage toute proche. Avec Kevin, elle filait le parfait amour au cœur d'une nature intacte et réconfortante.

1. Dans le comté de Clare, à l'ouest de l'Irlande, ces falaises sont parmi les plus hautes d'Europe.

Marie, Kevin, leurs invités, dans un espace restreint : sept personnes au total, en comptant le couple. Des amis de l'un et de l'autre, tous célibataires.

Musique. Bière à flots. Whisky. Gin. Rhum. Tequila. Vodka. De sacrés mélanges. Tout ce qui anime les soirées de l'île.

À la fin de la fête, une dispute inattendue. À cause de l'alcool ? Chloé s'engueula avec un certain Mika. Les autres invités ne surent pourquoi. Trop de musique pour entendre ce qui sortait de leur bouche. Tout le monde était alcoolisé, dans une autre dimension. La musique noyait les sons. Mika gifla l'ostéopathe, celle-ci lui jeta un verre de vodka à la figure en criant. Ils sortirent pour s'expliquer, dans le vent, arrosés par les embruns. Personne n'assista à la confrontation.

Chloé partit la première, furieuse, dans sa Smart verte, seule. Elle quitta la fête sans dire au revoir.

La tempête faiblit avant l'aube. Au matin, les vagues n'avaient plus la même puissance. C'est toujours comme ça en Bretagne : les tempêtes surgissent, elles se déchaînent, elles éclaboussent le rivage. Et, tout à coup, elles s'arrêtent. Comme si quelqu'un avait donné l'ordre que tout redevienne normal, demandé au vent de ne plus souffler. Encore quelques vagues, des moutons, puis plus rien.

Le samedi soir, la tempête s'éteignit, ou presque. Du blanc en haut des plages. Une mousse mêlée d'algues. Des restes d'écume accrochés aux rochers. Des déchets s'étaient répandus sur le sable, comme après chaque tempête. Des canettes de bière, de soda. Des bouteilles en verre ou en plastique. Des morceaux de bois, de filets, de ferraille, toutes sortes d'autres déchets mal définis. C'était comme si la tempête avait ramené sur la terre ferme les saletés produites par l'homme, le prédateur de la planète. Les mouettes, les goélands, les cormorans, quelques oiseaux de la lande picoraient ce qu'ils pouvaient. Des poissons morts. Des mollusques. Des crabes. D'autres oiseaux tués. La nature se fiche complètement de la mort et de la vie. La nature est une force indomptable qui fait vivre et mourir sans avoir à se justifier.

Dans la maison, le lendemain, Kevin et Marie s'affairaient en écoutant en boucle la chanson de Laurent Voulzy : « Belle-Île-en-Mer, Marie-Galante… » Ils rangeaient, nettoyaient la vaisselle, astiquaient le sol, effaçaient les reliquats d'une fête déjantée. Personne n'avait vomi, un miracle.

Vers midi, ils reçurent un coup de fil de Mika. Le premier à appeler. Marie décrocha.

— Allô ? C'était chouette, génial, dit-il.

— Merci. Qu'est-ce qui s'est passé avec Chloé ? On n'a pas compris pourquoi tu l'as giflée.

— Sans importance.

— Ça ne te ressemble pas. D'habitude, tu es plus zen.

— Oublions.

— Ce n'est pas rien…

— On avait bu.

— Mais encore ?

— Heu… Il y a quelque temps, on a vécu un flirt qui a mal tourné. Voilà, c'est tout. Un moment, pendant la soirée, elle s'est frottée contre moi. Ou plutôt, je me suis frotté à elle. Enfin, je ne sais plus. On était bourrés. Elle n'a pas aimé…

Marie était agacée.

— C'est toi qui l'as giflée, non ?

— Je regrette. C'est parti comme ça.

Un silence.

— Des nouvelles d'elle ? demanda Marie.

— Je l'ai appelée tout à l'heure pour m'excuser.

— Elle t'a pardonné ?

— Tombé sur son répondeur… J'ai laissé un message. Je l'ai rappelée plus tard. À nouveau répondeur. Et toi ? Des nouvelles ?

— Aucune, mais c'est normal. Après une fête comme ça, les invités ne se manifestent pas. Il faut attendre le surlendemain, ou quelques jours. Ils ont trop bu, ils « comatent ». Rien d'extraordinaire. En tant que praticienne de santé, elle ne doit pas être fière d'avoir picolé avant de prendre le volant. Imagine que les gendarmes l'aient contrôlée. Tout Belle-Île aurait appris que l'ostéo conduisait bourrée.

Ils rirent nerveusement.

Marie n'avait pas l'intention de téléphoner aux invités. De toute façon, c'était plutôt à eux de le faire. Elle était surprise que Mika ait devancé tous les autres car il était lent à la détente quand il s'agissait de remercier.

Chloé, en revanche, faisait toujours preuve de la plus grande politesse. La soirée avait été un moment un peu particulier, un peu à part, un peu fou, on avait basculé dans un autre monde. Malgré l'incident, son silence n'avait rien d'extravagant.

Lundi matin.

Le Palais : des maisons pimpantes groupées autour d'une cale protégée des puissantes tempêtes. Dernier port insulaire avant l'Afrique, à l'abri d'une énorme citadelle dressée par Vauban sur ordre de Fouquet, surintendant des finances de Louis XIV qui a fini sa vie en prison pour avoir déplu à son roi.

Le cabinet de l'ostéopathe se trouvait quai Jacques-Leblanc, face à la forteresse, au troisième étage d'un petit immeuble.

Le premier patient entra dans la salle d'attente à 9 heures précises.

En général, la praticienne était ponctuelle, elle arrivait une demi-heure avant le premier rendez-vous afin d'examiner les dossiers.

L'homme souffrait d'une hernie discale. On lui avait fait une infiltration mais il avait toujours mal.

En face de lui, la porte du cabinet. Il n'entendait aucun bruit, rien, alors que d'habitude, vu la minceur du bois, il arrivait toujours à percevoir des pas, ou la voix de la jeune femme téléphonant.

Un deuxième patient arriva. Il échangea quelques mots avec celui qui l'avait précédé, avant d'ajouter :

— On dirait qu'il n'y a personne.

Il se leva, donna quelques petits coups sur la porte, tourna la poignée : c'était fermé à clé.

— Inhabituel.

— Elle a peut-être eu une panne de voiture. Ça lui est arrivé une fois, l'an dernier. J'étais le premier et je l'avais attendue.

— Vous savez où elle habite ?

— Dans un pavillon à deux kilomètres du Palais, je crois. En pleine nature. À pied, ça fait une trotte.

Un silence de quelques minutes. On entendait le bruit du vent. Sa force avait grandement décru depuis la tempête, mais il soufflait toujours par rafales intermittentes.

Tout le monde appréciait Chloé Turquoise, sa compétence, sa gentillesse, sa ponctualité.

Au bout d'une demi-heure, le premier patient regarda sa montre.

— On l'appelle ?

Il sortit un téléphone de sa poche et composa le numéro du cabinet de consultation, il n'avait pas celui du portable. Il supposait que ça ne servait pas à grand-chose, sauf si l'ostéopathe avait installé un transfert d'appel.

Une sonnerie retentit de l'autre côté de la porte. Le fait que personne ne décrochait signifiait que l'ostéopathe était bien absente, à moins qu'elle n'ait eu un malaise et qu'elle soit inconsciente. Le répondeur se déclencha. Une voix : « Chloé Turquoise. Indisponible pour le moment, merci de laisser un message. »

— On prévient les gendarmes ? dit l'homme qui avait téléphoné.

— Pour un banal retard ?

— Un retard bizarre, non ?

Il composa le 17.

À l'autre bout du fil, une voix féminine :

— Gendarmerie nationale. Que puis-je faire pour vous ?

En quelques mots, le patient expliqua la situation.

L'interlocutrice avait l'air étonnée.

— Vous m'appelez parce que votre ostéopathe n'est pas à l'heure ? Je ne peux pas faire grand-chose…

— Très étonnant de sa part… Nous sommes deux dans la salle d'attente. Pas d'accident dans le secteur ?

— Pas à ma connaissance… Je vais demander confirmation aux pompiers mais en général, nous sommes prévenus.
— Quelque chose est arrivé, forcément ! s'écria-t-il.
— On ne va pas lancer une enquête pour quelqu'un qui n'est pas ponctuel, murmura la femme d'un ton peu aimable, sinon on ne s'en sortirait pas.

Une demi-heure plus tard, Chloé Turquoise n'avait toujours pas donné signe de vie. Le patient recontacta la gendarmerie.
Cette fois, le commandant de la brigade territoriale du Palais décrocha. Il avait été informé de la situation.
— Écoutez, dit-il, nous avons le portable de tous les praticiens de l'île. Je l'ai appelée, je suis tombé sur sa messagerie. Une patrouille est partie chez elle pour voir si tout allait bien. Je vous confirme qu'il n'y a eu aucun accident ni aucune hospitalisation ce week-end. J'en déduis qu'il ne lui est rien arrivé de grave.
— Vous passez au cabinet ?
— Si elle n'est pas chez elle, on arrive.

Pompiers et gendarmes débarquèrent quai Jacques-Leblanc. Chloé Turquoise étant absente de sa maison, ils voulurent vérifier qu'elle n'avait pas eu un malaise dans son bureau. Après avoir frappé plusieurs fois, ils enfoncèrent la porte. À l'intérieur, personne. La pièce était impeccablement rangée. À vue d'œil, aucun élément ne permettait de savoir pourquoi l'ostéopathe avait disparu.
D'une voix solennelle, le commandant prit la parole :
— Nous sommes allés taper plusieurs fois à la porte de son domicile, fermé à clé, puis nous avons regardé par les fenêtres. Le portail du jardin était grand ouvert, le garage aussi. Cela n'a rien d'extraordinaire en soi, *mais la voiture avait également disparu*. Nous en avons déduit qu'elle était peut-être sur son lieu de travail, inconsciente. Vous voyez bien qu'il n'y a personne… On va inspecter les rues du bourg pour essayer de retrouver son véhicule, nous savons que c'est

une Smart verte. Si on ne la voit pas ici, il faudra chercher ailleurs. En une journée, on peut faire le tour de l'île.

Les gendarmes firent chou blanc au Palais et dans les trois autres villages, Sauzon, Bangor, Locmaria, mais l'île comporte des centaines de chemins carrossables et des milliers de maisons.

Pas le moindre indice.

Ils passèrent à la capitainerie du port d'où part le bac pour le continent. Après la fin de la tempête, dimanche soir, le trafic avait repris timidement, toutes les immatriculations avaient été enregistrées : aucune trace de la Smart et de sa conductrice dans la base de données de la Compagnie océane.

La voiture n'avait pu embarquer à bord d'un autre bateau pour la simple raison *qu'il n'en existait pas.* Chloé ne répondait plus au téléphone. Son cabinet n'indiquait rien d'anormal. Elle n'était jamais en retard... Disparition inquiétante ? Cela ne faisait plus de doute. Il fallait reconstituer son emploi du temps des derniers jours, des dernières heures. On découvrit rapidement un fait : elle avait accueilli des patients à son cabinet le vendredi précédent, trois jours plus tôt. Depuis, à ce stade, mystère.

Où était passée celle que les gens surnommaient « Mélusine » – personnage légendaire, nymphe des eaux, sirène ? Une jeune femme qu'on comparait à une fée avait disparu dans le fracas des vagues sans qu'on sache pourquoi.

Mélusine signifie *brouillard de la mer*, comme si son surnom préfigurait ce qui allait se produire : elle s'était envolée comme une brume dans l'immensité de la nuit.

Sur les îles bretonnes, Mélusine devient Melizenn : la fée hante les landes les soirs de pleine lune.

Cette disparition aux frontières du réel avait un côté paranormal, comme s'il s'agissait d'un épisode de *X-Files* version armoricaine. Aucune explication n'avait été trouvée. Aucun indice ne permettait de comprendre. Aucun témoin ne s'était manifesté.

Le jeudi suivant.

Dans son appartement de la rue de Douai, à Paris, Léa Grange entendit parler de cette étrange affaire sur Internet. En qualité de journaliste d'investigation, elle enquêtait sur des disparitions ou des crimes non résolus. Elle travaillait pour un grand quotidien, elle proposait des chroniques sur des faits divers extraordinaires, ceux dont on parle pendant des semaines, des mois. Elle allait sur le terrain, compilait les informations, interrogeait des témoins. Et parfois, elle résolvait elle-même l'affaire, par chance, ou parce qu'elle avait compris la vérité avant tout le monde grâce à son intuition. Dans certains cas, si elle arrivait à confondre l'assassin, elle publiait un livre.

La disparition de Chloé Turquoise lui semblait hors norme : une jeune ostéopathe et sa voiture s'étaient évaporées sur une île touristique paisible, sans qu'aucun bac ait enregistré leur passage vers le continent, sans qu'aucun témoin se soit manifesté, sans qu'aucune piste ait été trouvée. La presse lui consacrait de longs articles : on y découvrait la photo de la disparue, son nom, le numéro d'urgence de la section de recherches de la gendarmerie de Rennes. Elle s'était évanouie après une fête le vendredi soir, et le lundi, dans son cabinet, des patients l'avaient attendue en vain. Cela faisait un trou de deux jours et trois nuits. Deux jours de brouillard, de mystère. La presse ne privilégiait aucune hypothèse, elle se contentait d'évoquer une disparition inquiétante, sans plus de précision.

Depuis plusieurs mois, Léa partageait sa vie avec Thomas. Elle l'aimait au-delà de tout. Il était beau, agréable, drôle, attentif, tactile, sensuel. Il embrassait merveilleusement bien. Elle vivait une magnifique histoire avec cet homme qu'elle avait rencontré à la suite d'une série de meurtres dans le massif du Mont-Blanc[1] et qui l'avait suivie jusqu'à Paris. Il avait trouvé un travail dans une librairie proche de leur domicile. Il était fan de polars, il en lisait quasiment un chaque jour, avec avidité. Si elle ne dédaignait pas ce genre de livres, elle préférait les récits de faits divers ayant réellement eu lieu. Elle était passionnée d'histoires déroutantes, dérangeantes, horribles. Pour elle, le pire était qu'un meurtrier ne soit jamais appréhendé.

— Tom ?

Elle lui avait donné ce surnom qu'elle affectionnait.

Il préparait un café, le jour se levait. Elle regardait l'écran de son ordinateur, elle entendit sa voix dans la cuisine.

— Tu as besoin de moi ?

Portant un plateau où trônaient deux tasses fumantes, il apparut dans le petit bureau qu'elle s'était aménagé.

— Ah, c'est gentil ! Ce que je vais te raconter est moins sympa. Une histoire mystérieuse…

— Une de plus, dit-il d'une voix mordante.

Il connaissait par cœur son obsession pour les affaires abominables.

En quelques mots, elle lui relata ce qui venait de se produire sur cette terre bretonne où elle n'avait jamais mis les pieds.

— Tu te rends compte ? Une femme effacée de la surface d'une île en quelques heures !

— Une fugue ?

— Comment aurait-elle fugué ?

---

1. Voir *Les Amants du Mont-Blanc*, L'Archipel, 2022 ; Archipoche, 2023.

— Heu, sur un bateau…

— Elle a disparu avec sa voiture, or il n'existe qu'un seul bac et elle n'y a pas été enregistrée…

— La piste extraterrestre ?

Elle connaissait son sens de l'humour, mais l'image, d'une certaine manière, n'était pas insensée, comme si une soucoupe volante avait enlevé la Smart et sa conductrice. *Rencontres du troisième type* ?

Il poursuivit.

— Ou alors, elle se planque chez son petit copain dont elle est follement amoureuse. Pas compliqué à comprendre… Elle a pété les plombs et veut faire un break.

— Si c'est le cas, pourquoi a-t-elle abandonné ses patients du jour au lendemain ? Elle aurait pu au moins les prévenir. *A priori*, ce n'est pas le cas. Tout le monde s'inquiète…

Il dit ce qui lui passait par la tête :

— Elle est tombée dans la mer ?

— La presse écrit que c'est impossible.

Tom était dubitatif.

— Il faut se méfier de la presse. Le mieux est d'aller vérifier sur place… Tu pars quand ?

Elle avala une gorgée de café.

— Cette histoire me fascine mais elle est toute fraîche… J'attends quelques jours avant d'aller là-bas. Cette ostéopathe peut rejaillir d'un coup.

— Possible ?

— Tout peut arriver.

Elle pensa à une affaire où une disparue avait refait surface trois semaines plus tard. Dans la forêt de Rambouillet, une jeune fille s'était évaporée sans raison apparente au cours d'une randonnée en solitaire. On avait cru à une fugue, puis à un enlèvement, puis à un meurtre. La gendarmerie avait ratissé la zone. Pas une trace. Léa s'était dit qu'elle allait enquêter de son côté, mais un matin, sans qu'on s'y attende, la jeune fille avait frappé à la porte d'une maison à l'orée de la forêt en déclarant qu'elle ne se souvenait de rien.

Les enquêteurs avaient mis en cause sa version des faits, ils avaient pensé qu'elle avait habité chez un ami, un amant, mais comme elle avait dix-huit ans et qu'elle n'avait subi ni violence ni contrainte, l'affaire avait été classée sans suite.

Léa étala une carte en couleur de Belle-Île. Cette terre du Morbihan, située à une douzaine de kilomètres de la presqu'île de Quiberon, ressemble à une raie manta géante au corps massif doté de deux nageoires latérales, ailes immenses déchirant la mer : à l'extrémité ouest, la pointe des Poulains, près de Sauzon ; à l'est, la pointe du Skeul, près de Locmaria. Dans sa partie occidentale, la côte est déchiquetée et sauvage. Des falaises d'une quarantaine de mètres sont séparées par des criques où les vagues s'engouffrent avec fracas : un lieu de tempêtes et de hurlements marins.

Tom, qui nettoyait les tasses à la cuisine, revint dans le bureau. Léa le trouvait adorable. Elle ne pensait plus à Ugo, l'homme qui avait partagé sa vie pendant des années et qui l'avait abandonnée du jour au lendemain.

Son nouveau copain ne perdait pas une occasion de la taquiner.

— Alors ? Tu as découvert dans quelle maison la disparue se planque ?

— Presque.

Elle n'en avait pas la moindre idée.

— Encore plus douée que je ne pensais.

— Arrête de te moquer. Avant d'aller sur place, j'étudie la zone. Je procède toujours comme ça. Je suis en train de me rendre compte que l'endroit est à la fois tout petit et immense.

— Que veux-tu dire ?

— Eh bien, l'île n'est pas grande, même si c'est la plus vaste de Bretagne, mais elle est truffée de recoins, vallons, criques, gouffres, plages, bosquets, hameaux, fermes isolées : une foule de lieux à explorer.

Il plissa le front.

— À ton avis, que s'est-il passé ?

— Pour moi, l'hypothèse la plus probable, si l'on met de côté la piste de l'accident, c'est le féminicide. Dans ce cas, la voiture est cachée dans un garage, tout simplement.

— Tu soupçonnes quelqu'un ?

— Je ne connais personne là-bas. D'après les médias, elle a participé à une fête vendredi soir près d'un village nommé Bangor. Aucune nouvelle depuis.

Le jeune homme était dubitatif. Il effectua quelques pas dans la pièce et regarda par la fenêtre. Au loin se dressait la tour Montparnasse.

— Qu'en déduis-tu ?

— Soit un invité l'a suivie, soit elle a fait une mauvaise rencontre. Dans le premier cas, le coupable finira par passer aux aveux, dans l'autre, ce sera plus compliqué...

— Personne ne l'a vue *après la fête* ?

— Pas à ma connaissance, mais les médias ne savent pas tout. Comme souvent, des gens se taisent, même en étant innocents, de peur d'être soupçonnés. La loi du silence règne. Dans la vallée de Chamonix, personne n'osait rien dire. Et puis, les gendarmes cachent peut-être des indices qu'ils ont sous le coude, comme dans l'affaire Daval. Tu te souviens ? À Gray, en Haute-Saône, une joggeuse prénommée Alexia a été retrouvée morte dans un bois, le corps calciné. Son mari, Jonathan, semblait dévasté. Dès le début, sans rien dire, les gendarmes l'ont soupçonné. Après des semaines d'enquête dans le plus grand secret, ils ont fini par l'appréhender.

Elle se tourna vers son écran. Cette disparition la bouleversait, elle voulait percer ce mystère. Elle regarda la photo que les médias avaient diffusée : une très jolie brune, souriante, un beau regard ténébreux.

— Elle te ressemble ! s'exclama Tom.

— Tu plaisantes ?

— Mais non, regarde bien. On dirait ta sœur.

— Je n'ai pas de sœur.

— Tu es sûre ? Elle a le même air de famille que toi.

Elle ne savait pas s'il rigolait ou s'il était sérieux.

Son père et sa mère étaient morts dans un accident de voiture quand elle avait quinze ans, sur la nationale 7, près de Nevers. Elle n'oublierait jamais ce moment. Elle regardait la télévision chez elle, ses parents devaient rentrer d'un instant à l'autre. Un véhicule de la gendarmerie s'était arrêté devant la grille. Deux hommes en sortirent, Léa leur ouvrit la porte, elle comprit d'instinct que quelque chose de très grave était arrivé en voyant leurs visages livides.

— Vous êtes la fille de… ? demanda l'un d'eux.

Il n'arriva pas à terminer sa phrase.

À sa voix, elle devina que ses parents avaient péri. Elle était seule au monde.

Atrocement seule.

Déboussolée. Anéantie.

Elle haïssait les catastrophes, les meurtres, les violences, les enlèvements. Depuis ce jour, elle voulait réparer, aider ceux qui souffraient : c'est pourquoi elle était devenue journaliste d'investigation. Le but de sa vie était de tenter d'expliquer des drames que personne ne comprenait, retrouver les gens disparus, élucider des meurtres, soulager la douleur de familles.

Elle n'avait jamais parlé de la mort de ses parents à Tom et, sans le vouloir, celui-ci avait fait remonter ce souvenir en évoquant une sœur qui n'avait jamais existé. Elles se seraient soutenues l'une l'autre. Une vieille tante s'était occupée de Léa jusqu'à sa majorité, puis la jeune femme avait volé de ses propres ailes, faisant des petits boulots.

— Je suis fille unique, précisa-t-elle sobrement.

— Tu as une cousine ?

— Arrête tes blagues. Cette affaire est grave. Je ne connais pas Chloé. Jusqu'à maintenant, je n'avais jamais entendu parler d'elle.

Elle tentait de comprendre. *Où était passée cette femme avalée par la nuit ?*

Journal de Léa

Où te caches-tu, fée Mélusine ?

J'ai appris ton surnom par les journaux.

Mélusine, cela te va bien. Seule sur terre, hantant la vie, les landes, tes cheveux battus par le vent.

Je suis étonnée qu'une femme aussi belle, aussi diplômée, soit célibataire à son âge, d'après ce que j'ai pu glaner sur elle. Vraiment seule ? Avait-elle un amant ? Des hommes la désiraient-ils ? Les rejetait-elle ? Est-ce la clé de l'énigme ?

Sa vie privée est un mystère.

Aucun profil d'elle sur les réseaux sociaux, je suppose qu'elle séparait sa vie privée de sa vie professionnelle, en dressant un mur hermétique entre les deux. L'ostéopathe, par pudeur, par prudence, ne voulait pas mélanger les deux pans de son existence, je le comprends très bien. Elle était ostéopathe, point final. Le reste, tout le reste, ne regardait qu'elle.

J'ai lu que les gendarmes étaient dans l'expectative. Cela signifie qu'ils ne savent rien, ou cachent ce qu'ils savent. J'exclus la possibilité qu'elle ait regagné le continent avec sa voiture, dans la mesure où cette dernière n'a pas été enregistrée. À la limite, on peut admettre qu'elle ait embarqué seule pour Quiberon, sans sa Smart, à bord de n'importe quel bateau, mais dans ce cas, où est passé le véhicule ? Pourquoi l'aurait-elle caché avant de disparaître sans en parler à personne ? Cela me semble très improbable, même si, lors d'une disparition, on peut tout envisager, y compris les thèses les plus folles. Pour moi, elle a disparu *sur* l'île, c'est pourquoi elle s'y trouve encore, morte ou vivante.

Les gendarmes affirment qu'une voiture ne peut pas tomber à la mer du fait de la présence de parapets le long des rares routes côtières. Ils ont fait le tour de l'île et n'ont rien remarqué d'anormal : pas de rambardes défoncées, pas de trace de voiture accidentée, ni bris de verre ni morceau de carrosserie. Des pompiers et des plongeurs ont exploré le rivage et les fonds. Les débris d'une voiture, même après une tempête, se retrouvent… Et là, rien.

Je viens d'apprendre que des hommes de la section de recherches de la gendarmerie de Rennes avaient débarqué sur l'île pour *vérifications*, comme on dit dans le jargon. La disparition de l'ostéopathe est suffisamment inquiétante pour qu'on lance une enquête judiciaire. En principe, quand un individu majeur est introuvable, la police n'entreprend aucune investigation, sauf si un élément anormal instille le soupçon. Chaque année, en France, des milliers d'adultes s'évanouissent dans la nature, la plupart pour refaire leur vie ailleurs. Mais, sur l'île bretonne, non seulement l'ostéopathe n'avait aucune raison de disparaître mais *elle n'en avait pas les moyens techniques*. Impossible de quitter l'endroit sans laisser de trace.

Les enquêteurs cherchent un indice qui expliquerait cette évaporation soudaine. Un cambrioleur a-t-il fait irruption chez elle en pensant qu'elle n'était pas là ? Se connaissaient-ils ? Le cambrioleur l'a-t-il tuée pour éviter qu'elle ne parle ? La police scientifique a-t-elle ausculté la maison ?

Dans quelques jours, dans quelques semaines, je me rendrai sur cette île cernée de flots tumultueux. Je viens de contacter James, le rédacteur en chef du journal où je travaille. On a longuement discuté de cette affaire. Il dit que le sujet passionne les lecteurs : une île sublime célèbre dans toute la France, une jolie femme qui s'évapore du jour au lendemain, l'absence totale de pistes. Si je pars là-bas, il me suggère d'écrire plusieurs chroniques sur ce mystère balayé par les vents et les embruns du large.

Léa sursauta. Tom venait d'entrer dans son bureau, visiblement excité.

— Tu as vu ?

— Quoi ?

— Une dépêche vient de tomber.

— Sur l'affaire ?

— Un témoin prétend avoir aperçu une Smart le lendemain de la fameuse soirée.

Elle haussa les épaules.

— Un modèle courant.

— Certes, mais le type affirme qu'un caducée se trouvait sur le pare-brise. D'après l'article, la Smart de Chloé en possédait un.

— Étonnant pour une ostéo…

— En revanche, à cause des reflets sur les vitres, il n'a pas identifié le conducteur. Pas de chance. Il a juste remarqué le caducée. Regarde Internet, plusieurs articles sont consacrés à ce témoignage.

Elle s'apprêtait à jeter un œil.

— Qui est cet homme ?

— Un agriculteur qui travaillait dans un champ près de la route. Sur le moment, il n'a pas fait spécialement attention à la voiture. Il ne se souvient même pas de sa couleur. L'affaire n'était pas encore sortie. Il vient seulement de réagir.

— Lent à la détente…

Léa savait surtout qu'il fallait se méfier du témoignage humain, *toujours aléatoire*.

En tout cas, si l'homme disait vrai, une nouvelle hypothèse se profilait. Chloé n'avait pas disparu le vendredi, mais plutôt le samedi ou le dimanche, et pourquoi pas le lundi matin, juste avant l'ouverture du cabinet ? Existait-il un lien entre la soirée du vendredi et l'évaporation de l'ostéopathe ? Les journalistes pensaient que oui : soirée très arrosée, retour en pleine nuit d'une femme seule et alcoolisée, tempête monstrueuse… Autant d'ingrédients qui expliqueraient la disparition, mais Léa avait noté qu'il n'existait aucun indice *concret* permettant d'établir un lien certain entre les deux événements.

Léa arriva trois semaines plus tard à Belle-Île, prenant le train jusqu'à Auray, l'autocar jusqu'à Quiberon, puis le bateau. Elle traversa le chenal entre le continent et Le Palais, secouée par un léger ressac. Rien à voir avec la tempête du mois précédent qui avait ravagé une partie de la France : elle avait provoqué d'énormes dégâts, non seulement en Bretagne, où des cabines de plage avaient été détruites, mais aussi à l'intérieur des terres. L'électricité avait été coupée pour des milliers de foyers, des centaines d'arbres étaient tombés, bloquant certaines routes. Une atmosphère de fin du monde, puis tout était redevenu normal.

Léa observa la mer, la lumière magnifique. De loin, elle aperçut la masse énorme de l'île qui grossissait peu à peu jusqu'à barrer l'horizon. En été, il y avait une foule de touristes, aimantés par la magie des lieux. On était à l'extrême fin de l'hiver, une saison de pluie et de vent. Une bruine, par moments, mouillait les cheveux de la jeune femme debout sur le pont. Elle n'avait pas voulu s'installer à l'intérieur du ferry, sur les banquettes en moleskine, elle voulait contempler le large, les côtes, et surtout l'île légendaire. Elle aimait la Bretagne, le chant des mouettes, l'odeur de l'iode et du goémon, le clapotis des vagues, les mouvements du bateau sous ses pieds, comme une danse infinie.

Elle avait hésité longuement avant de venir. Elle avait plusieurs fois discuté avec James, qui avait fini par la convaincre de partir. Il lui avait demandé d'écrire une première chronique sur le sujet dès que possible. Elle n'avait toujours pas d'idée quant aux raisons de la disparition, elle hésitait entre plusieurs scénarios, même si l'un était plus probable qu'un autre : viol suivi d'un meurtre. Des femmes avaient-elles été importunées ces derniers temps sur l'île sans que la presse l'ait révélé ? Il fallait qu'elle effectue un travail de terrain. Elle savait comment procéder, elle avait résolu plusieurs affaires avec des méthodes basiques. Des témoins lui faisaient confiance car elle n'appartenait pas à l'institution policière ou judiciaire. Elle était très sensible, proche des autres. Elle ne savait pas pourquoi, mais cette histoire la tourmentait. Elle avait de la compassion pour Chloé. Elle avait le même âge, elle lui ressemblait un peu. Pour cette raison, elle avait décidé de venir assez vite, sans attendre des mois, des années. Tom la rejoindrait peut-être, ça n'était pas encore certain, elle l'espérait de tout son cœur. En tant que passionné de polars, il échafaudait des hypothèses sur des affaires non résolues, et parfois ses intuitions se révélaient exactes.

Elle avait appris que les parents de l'ostéopathe avaient débarqué sur l'île juste après sa disparition. Le père, très affecté, en larmes, avait témoigné à la télévision et sur les réseaux sociaux. Il avait supplié la gendarmerie de tout faire pour retrouver sa fille, avait demandé au ravisseur de la libérer, sans savoir si elle avait été réellement enlevée. La mère n'avait pas eu la force de parler en public. Chloé devait les rejoindre quelques jours après la date de sa disparition, chez eux, à Ploumanac'h, dans le nord de la Bretagne, un village qui avait défrayé la chronique des années auparavant à la suite de l'enlèvement d'une enfant[1]. Leur visite sur l'île n'avait servi à rien, ils n'avaient pas la moindre idée de ce qui s'était passé. Ils ne connaissaient aucun ennemi à leur fille. Elle n'avait aucune raison de s'évaporer sans laisser de trace. Un mystère insondable, révoltant.

1. *La Petite Fille du phare*, L'Archipel, 2018.

Léa n'aimait pas attendre. Au sortir du bateau, après avoir déposé ses affaires à L'Armoric, un petit hôtel où elle avait réservé une chambre, elle se rendit au cabinet médical à quelques centaines de mètres du débarcadère. Elle observa la façade en pierres brutes de l'immeuble, austère et beau, à l'image des puissants rochers de Bretagne.

Elle pénétra dans le hall et monta jusqu'au cabinet. Sans surprise, elle découvrit des scellés sur la porte. Un papier à en-tête de la gendarmerie indiquait que l'accès était interdit. Elle lut l'appel à témoins accompagné de la photo de la jeune femme. Rien d'étonnant. C'était toujours ainsi que les choses se passaient. Avant de prendre le bateau à Quiberon, elle avait jeté un œil sur Internet, une fois de plus. L'enquête faisait du sur-place. Aucun élément nouveau n'orientait les investigations dans un sens ou un autre. Personne ne s'était manifesté. Il fallait que Léa arpente l'île pour glaner des informations.

Elle parcourut à pied les kilomètres qui séparaient le cabinet de la maison de Chloé : un pavillon blanc entouré de pins maritimes, dans le style des années 1970, sans le moindre charme. Une toiture en ardoises percée d'un chien-assis de forme ovoïde. Un garage sur la droite. Un jardin jonché d'épines. Là encore, elle découvrit des scellés sur la grille et les portes. Elle prit quelques photos, zooma sur les fenêtres, la façade. Elle ne savait pas si ça servait à quelque chose, mais qu'importe. Que pouvait-elle faire d'autre ?

Malgré l'absence de surveillance policière, elle n'allait pas escalader le muret.

Comme pour chaque enquête, elle avait annoncé son arrivée sur son blog, suivi par des dizaines de milliers de *followers*: elle avait indiqué le moment exact où elle débarquait. C'était un moyen de susciter des témoignages. On pouvait la joindre facilement *via* le mail mentionné sur le site. Elle avait l'intention de contacter des journalistes de la presse régionale et leur poser des questions. Elle ne voulait pas rester incognito, même si elle prenait des risques en révélant sa présence. Elle s'était fait un nom dans le monde du *cold case*, comme Jean-Marc Bloch, ancien commissaire de police intervenant dans une célèbre émission consacrée aux crimes non résolus[1].

1. *Non élucidé* (France 2 et RMC Story).

Loïk Tugdual, seul correspondant de presse travaillant à Belle-Île à temps plein, contacta Léa sur son mail. Il avait appris par son blog qu'elle venait d'arriver, il proposait de l'interviewer le jour même.

Son bureau se trouvait dans une venelle au centre du Palais, à proximité du cabinet de l'ostéopathe.

C'était un homme au visage couvert de taches de rousseur, à l'air sympathique et enjoué. Il l'accueillit avec amabilité.

— Vous voyez, je vous attendais de pied ferme…

Il souriait.

— Vous êtes abonnée à mon blog ? demanda Léa, touchée par tant d'attention.

— Eh oui ! J'ai lu la plupart de vos livres et de vos articles. J'aime bien la façon dont vous racontez les choses. C'est très vivant. J'ai annoncé votre venue dans les pages locales du journal pour lequel je travaille, en mentionnant votre site.

— Je raconte la vérité à ma manière, avec mes mots, ma sensibilité.

— Vous êtes très bien informée, bravo.

Elle ignorait quel était le but de cet entretien. Voulait-il avoir son avis sur la disparition de Chloé ou simplement faire un portrait d'elle ? Elle savait qu'il ne fallait livrer aucune confidence à un journaliste : tout ce qu'elle disait pouvait être repris.

— Que pensez-vous de la disparition de l'ostéopathe ? demanda Léa.

— J'allais vous poser la même question…

Elle venait d'arriver, elle n'avait rien à dire, elle soupira.

— De Paris, tout semble loin. C'est pourquoi je viens sur le terrain. Je suis missionnée par mon journal, j'espère que l'article que vous publierez sur moi déclenchera des témoignages. Alors, quel est votre point de vue ?

Il hésita avant de se lancer.

— Oh, je ne devrais pas le dire, mais une rumeur galope : tout se serait joué au cours de la soirée du vendredi. Je ne vais pas citer de nom, mais il y aurait eu une violente altercation entre…

Il s'arrêta quelques secondes.

— … un invité et Chloé.

— Vous pouvez me dire qui c'est ?

— Ce serait contraire à ma déontologie.

— Une altercation ?

— Je n'en ai pas la preuve mais un homme aurait giflé la jeune femme. Celle-ci, furieuse, serait partie peu après, et lui, très alcoolisé, l'aurait prise en chasse. Un ex… Remarquez que j'utilise le conditionnel.

— Ça plaide pour le féminicide. Qui vous a raconté cette histoire ?

Elle le sentait sur ses gardes. Avait-il peur d'en dire trop ?

— L'ami d'une voisine…

— Le « téléphone arabe »… Il faudrait me donner des noms et des coordonnées… Les gendarmes sont au courant ?

— Ah ça, je ne sais pas. Je ne leur ai rien dit. Un journaliste n'a pas l'habitude de balancer. Je n'ai pas le moindre début de preuve de ce que j'avance.

Elle s'étonna.

— L'invité aurait tué son ex-copine avant de la faire disparaître ?

— Vous concluez un peu vite… Disons que c'est une hypothèse parmi d'autres…

— Un corps peut facilement être enterré, mais une voiture ? Jetée à la mer ?

Elle connaissait la réponse.

— Autrefois, poursuivit le journaliste, il y a eu des accidents et aussi des carcasses de voiture balancées du haut des falaises, mais aujourd'hui, ce n'est plus possible. Tout a été aménagé pour que ce genre de choses ne se produise plus. Faites le tour de l'île, vous le constaterez.

Puis il lui posa quelques questions sur son métier de journaliste d'investigation ; elle répondit en précisant qu'on pouvait la contacter sur son blog.

Elle n'avait pas avancé. Elle se demandait si une chape de plomb ne recouvrait pas cette terre insulaire. Des gens savaient forcément ce qui s'était passé. Ou, du moins, ils avaient une idée plus précise car elle supposait que tout le monde, ou presque, se connaissait. Pourtant, en dehors de la rumeur évoquée par Loïk, on préférait ne rien dire, et elle n'avait rien lu de probant sur Internet. Personne ne voulait être soupçonné de rien. Un témoin qui ne témoigne pas, sur le plan juridique, a moins de chance d'être inquiété que celui qui parle. La « non-dénonciation de crime » est une notion tellement vague qu'elle ne fait peur à personne.

Léa imaginait que les gendarmes avaient entendu parler de la piste du féminicide commis par un ex-amant. Il fallait qu'elle les questionne.

Après avoir remercié Loïk pour ce rapide échange, elle se rendit à la gendarmerie, au lieu-dit des Glacis. Elle pouvait tomber sur un mur de silence ou, *a contrario*, sur des fonctionnaires qui, en *off*, n'étaient pas avares de confidences. Dans sa carrière de journaliste, elle avait rencontré les deux types d'individus : le silencieux et le loquace.

À l'entrée, elle montra sa carte de presse et demanda à rencontrer le commandant. Après avoir appelé son supérieur, le planton l'introduisit dans le bureau de celui qui dirigeait la petite brigade locale. Elle était surprise par la facilité avec laquelle les choses se déroulaient. En général, il fallait parlementer pour voir le gradé qui, d'ordinaire, se méfiait des rencontres avec les journalistes. Le commandant Luc Tardy, la cinquantaine, avait le visage gris et terne.

Elle fut étonnée par ses propos liminaires. *Il savait qui elle était.*

— Vous venez me poser des questions sur la disparue ? Les gendarmes n'ont rien à cacher.

Vrai ou faux ?

— Ici, poursuivit-il, nous révélons tout à la presse en temps réel. Je n'ai pas grand-chose de nouveau à vous annoncer. Il s'agit d'une disparition inquiétante…

Elle supputait qu'il refusait d'en dire plus.

— Dans ce cas, pourquoi me recevez-vous ?

— Par courtoisie. Ma hiérarchie vient de me prévenir de votre arrivée. Apparemment, votre blog est très suivi…

Après un instant de silence, il poursuivit d'une voix gênée :

— Désolé, mais jusqu'à aujourd'hui, je n'avais pas entendu parler de vous.

— Sans importance. Donc, pour vous, cette femme a disparu volontairement ?

— Nous n'excluons aucune piste.

Elle avait l'habitude de la langue de bois. « N'exclure aucune piste » signifiait qu'on ne voulait rien dire. Un paravent commode pour cacher la vérité, ou du moins les hypothèses sérieuses.

Elle scruta les yeux du gendarme.

— Personnellement, que pensez-vous de cette affaire ? Je dis bien *personnellement*.

Il semblait embarrassé.

— Nous appliquons une procédure, mais vous avez compris mon point de vue.

— Non, justement.

Il se leva, ferma la porte de son bureau avant de se rasseoir.

— Ça ressemble à un acte volontaire. Je n'ose pas dire une fugue, car l'individu est majeur… Aucun indice ne permet d'envisager une autre piste… Des dizaines de gens ont été interrogés, ils disent tous que la jeune femme en avait assez de vivre…

Léa était étonnée par la liberté de ton du gradé, mais ce n'était pas la première fois qu'elle entendait s'épancher un gendarme.

— Rien ne l'empêchait de partir, objecta la jeune femme. Elle avait le droit de fermer son cabinet et de s'installer ailleurs.

— Oh, vous savez, après une soirée alcoolisée, on peut avoir un gros coup de déprime… des idées noires…

— Vous pensez à un suicide ?

— Possible. Nous avons vécu une histoire analogue il y a quelques années…

Elle plissa le front.

— Laquelle ?

— Un pêcheur a disparu du jour au lendemain par temps calme sur son petit bateau.

Elle s'agaça.

— Ce n'est pas le même scénario…

— Comme Chloé, il est parti seul. Ses proches ont essayé de le joindre sur son téléphone. Il l'avait désactivé, impossible de le localiser et de lui parler. Au bout de trois semaines, on a retrouvé son embarcation vide dérivant à des dizaines de kilomètres de la côte. Aucune trace de lutte. Tout était en ordre. Les cales étaient vides. Le pêcheur n'avait pas pris de poissons.

Elle était perplexe.

— Tombé à la mer ?

— Temps calme. On a considéré qu'il s'était suicidé au large en se jetant par-dessus bord, le corps lesté. Nous n'avons aucune preuve, mais c'est l'hypothèse la plus vraisemblable, d'autant qu'on a découvert des messages de lui sur des forums de discussion, où il affirmait qu'il était épuisé de vivre… Son cadavre n'a jamais été retrouvé.

Léa s'étonna.

— Je ne vois pas le rapport avec Chloé Turquoise.

— Elle a peut-être planqué sa voiture dans la végétation, très épaisse à certains endroits, avant de se jeter dans une mer en furie. On finira par découvrir la Smart. En revanche, je ne suis pas certain qu'on repêchera le corps.

Il toussa, puis reprit :

— Je vous donne un avis personnel qui n'engage que moi. Je ne devrais pas en parler, mais sachez que c'est une piste que nous prenons très au sérieux. Environ dix mille personnes se suicident chaque année en France, alors qu'il y a moins de huit cents homicides… Par ailleurs, à Belle-Île, depuis que je suis en poste, aucun crime n'a eu lieu, alors que les suicides, comme partout en France, sont relativement fréquents. On a très peu de délinquance. Si nous avons lancé un avis de recherche, c'est parce que la disparue est ostéopathe au Palais. De nombreux patients l'appréciaient et appellent la gendarmerie pour avoir des nouvelles. Il n'est pas question pour nous de rester les bras croisés. Vous voyez ce que je veux dire ? Je ne vais pas entrer dans le secret de l'enquête, mais jusque-là, celle-ci n'a rien donné. Nous n'avons trouvé aucun indice permettant d'expliquer cette disparition. Nous nous cantonnons à des hypothèses. Je viens d'évoquer l'une d'elles, la plus crédible, vous pouvez en parler sans citer mon nom.

Tardy détourna la tête, les yeux dans le vague, comme gêné. Léa avait l'impression qu'elle le dérangeait.

— On n'a pas retrouvé le corps, rappela-t-elle. Quand quelqu'un met fin à ses jours, il ne cherche pas à le dissimuler.

Il haussa les épaules.

— La tempête l'a peut-être englouti… Par ailleurs, certains suicidés éprouvent de la honte. Ils préfèrent qu'on les considère comme des disparus, même si la disparition, pour la famille, est pire que la mort. Le travail de deuil est impossible… Comme le pêcheur dont je viens de vous parler, elle a peut-être lesté son corps…

Une poignée de secondes de silence, avant qu'il ne reprenne :

— Et puis son téléphone n'a borné nulle part depuis la soirée du vendredi, ce qui accrédite…

Elle l'interrompit.

— Un téléphone qui ne borne plus ne signifie pas que la personne s'est suicidée. Je ne vois pas le rapport…

— Mon hypothèse consiste à dire qu'elle a sauté dans l'océan avec son portable éteint. Tout simplement.

Elle trouvait le raisonnement ridicule. Si Chloé avait été assassinée, son bourreau aurait désactivé le téléphone pour éviter qu'il ne soit retrouvé. Elle ne comprenait pas le gradé. Elle sentait qu'il ne voulait pas ternir l'image idyllique de l'île. Un criminel rôdant dans le coin ne favoriserait pas le tourisme. Si l'ostéopathe s'était suicidée, personne ne risquait rien. Léa se demandait même si sa hiérarchie n'avait pas soufflé au commandant d'évoquer cette piste mine de rien, afin d'éteindre certaines rumeurs : celle d'un assassin de femmes hantant une île dont la réputation ne devait pas être entachée.

Considérant qu'elle n'en saurait pas plus, elle quitta la gendarmerie. Après avoir loué une Clio dans une agence, elle regagna son hôtel au charme désuet. Sa chambre jouissait d'une vue imprenable sur le port, dominé par la citadelle Vauban. Les murs étaient peints d'un bleu tendre, apaisant, marin. La journaliste aimait séjourner dans des établissements agréables qui lui permettaient d'oublier quelque temps la violence des faits divers sur lesquels elle enquêtait. Elle dîna dans le petit restaurant. Après avoir dégusté un turbot grillé puis une mousse au chocolat, elle téléphona à Tom.

Elle était heureuse de l'entendre.

— Tu n'as pas coulé ? dit-il d'une voix amusée.

— Je sais nager.

— Mais encore ?

— L'enquête démarre mal. J'ai l'impression que cette histoire gêne les gens. Ils donnent tous une explication qui ne dérange personne.

Elle ne précisa pas qu'elle n'avait questionné que deux personnes.

Tom voyait toujours le bon côté des choses.

— On n'a jamais autant parlé de Belle-Île dans les médias. Tout à l'heure, au journal télévisé, j'ai vu des images de la côte sauvage filmées par un drone. Étourdissant ! C'est bon pour le tourisme.

Elle savait que toute affaire sordide donnait un coup de projecteur sur un lieu qui ne faisait pas forcément la une des journaux. Mais Belle-Île n'avait pas besoin de ça pour être connue à travers toute l'Europe. De nombreuses célébrités, attirées par la magie des lieux, avaient séjourné ici : Gustave Flaubert, Sarah Bernhardt, Claude Monet, Arletty, Jacques Prévert, François Mitterrand…

— Tom, tu as réfléchi à la question depuis mon départ ? Tu es un passionné d'affaires criminelles toi aussi…

— Je vais te décevoir, mais pour moi, c'est un banal accident. Ton enquête va faire *pschitt* ! J'ai étudié en détail la géographie de l'île. Il existe des gouffres, des petits lacs et, bien sûr, l'océan. Chloé avait picolé. Elle a dû se crasher quelque part car elle roulait trop vite, elle n'avait plus de réflexes…

— Aucune trace de sa voiture…

— Il y en a parfois qu'on retrouve très longtemps après.

— Ah bon ?

Il semblait connaître le sujet.

— Des voitures accidentées sont régulièrement découvertes dans la végétation. Une hypothèse possible à Belle-Île, d'autant que la carrosserie était verte, difficilement repérable si elle est enfouie dans la lande. Et là, je ne parle pas des gens à pied qui s'évaporent, on les cherche des mois, des années, avant de les retrouver dans un endroit auquel personne n'avait pensé. Tu connais l'affaire Lucas Tronche ?

Léa avait été bouleversée par cette disparition : dans le Gard, un adolescent s'était évaporé en sortant de chez lui… Six ans de recherches menées par le SRPJ, qui avait utilisé des moyens considérables. Toutes les pistes avaient été envisagées : fugue, enlèvement, séquestration, meurtre, suicide… Un jour, presque par hasard, on avait découvert son corps à un kilomètre de chez lui, enseveli dans des broussailles au pied d'une falaise d'où il aurait chuté accidentellement.

— Certes, concéda Léa, tout est possible…

— « La mer, la mer toujours recommencée… »

Elle reconnut le fameux vers de Paul Valéry[1].

— Si elle était tombée d'une falaise, les vagues auraient rejeté des débris de la voiture… Je me répète : les pompiers, les gendarmes, les plongeurs, les sauveteurs en mer ont scruté les moindres recoins de la côte. Aucun résultat.

1. Paul Valéry, *Le Cimetière marin.*

Tom revint sur sa précédente hypothèse : celle d'une voiture disparue dans la végétation.

— La lande bretonne est épaisse, quasi impénétrable. Mes parents possèdent une propriété dans le Finistère : leur terrain est régulièrement submergé par un tsunami d'ajoncs, de genêts et de ronces. De temps en temps, ils font appel à des professionnels pour débroussailler…

Elle trouvait qu'il s'avançait un peu vite, sans rien savoir, d'autant qu'il n'avait jamais mis les pieds sur l'île. Il semblait sûr de lui. Étaient-ce de simples hypothèses qu'il jetait dans le vent, ou une conviction profonde ?

Elle n'eut pas le temps de réfléchir plus longtemps, un serveur s'approcha d'elle.

— Excusez-moi de vous déranger, mais nous venons de découvrir une enveloppe pour vous dans la boîte aux lettres de l'hôtel.

— Écoute, mon Tom, je te laisse, on se rappelle vite.

Une enveloppe blanche où figuraient son nom et son prénom. Comment savait-on qu'elle se trouvait dans cet hôtel où elle venait d'arriver ? Elle n'en avait parlé à personne. L'un des membres du personnel avait-il prévenu quelqu'un ? Avait-elle été suivie ? Elle était intriguée. *Pétrifiée, même.*

Elle monta dans sa chambre et, les mains moites, décacheta le pli. Elle découvrit une lettre imprimée dans une police banale sur une feuille A4.

Bonjour Léa,

Nous avons appris par votre blog que vous débarquiez chez nous.

Ne vous occupez pas de cette histoire, elle ne vous concerne pas.

Les gendarmes n'ont rien découvert de suspect, et pour cause, cette affaire est limpide comme les eaux qui baignent l'île.

Après une soirée traumatisante, Chloé se repose chez des amis dans un lieu secret. Elle est épuisée, déprimée, elle fait un break. Elle ne veut pas évoquer sa souffrance psychique, dont personne n'a jamais entendu parler, à commencer par ses patients. Elle n'a pas l'intention de se confier pour l'instant mais un jour viendra où elle réapparaîtra.

J'aurais voulu qu'elle vous écrive elle-même mais elle n'en a pas la force.

Les gendarmes enquêtent mollement parce qu'ils n'ont découvert aucun indice permettant d'accréditer l'hypothèse d'un enlèvement ou d'un crime, ni dans la maison de la disparue ni dans son cabinet médical. Êtes-vous au courant ?

Je connais votre pedigree. Vous ne lâchez rien avant d'avoir découvert la vérité. Dans le cas présent, vous allez mettre des semaines pour comprendre où Chloé se cache. Vous vous apercevrez que tout ce qui est écrit ici est rigoureusement exact et vous aurez perdu votre temps.

À un moment, j'ai pensé vous inviter à rencontrer la disparue, mais celle-ci ne souhaite pas parler à une inconnue, elle est trop faible, trop déprimée. Elle vous contactera en temps venu, comme elle contactera ceux qui la cherchent et qui s'inquiètent, à commencer par ses parents.

Voilà, c'est tout ce que nous avions à vous dire.

Des affaires plus graves vous attendent sur le continent. Occupez-vous de vrais crimes, pas d'une disparition volontaire. Laissez Chloé en paix.

Respectez son choix.

En toute amitié.

Pas de signature, évidemment.

Léa était circonspecte.

L'individu disait-il la vérité, mais dans ce cas, où se cachait Chloé ?

Était-il un mythomane se croyant investi d'une mission qu'il était le seul à comprendre ? Dans l'affaire Lucas Tronche, un homme avait envoyé anonymement des lettres aux parents en affirmant que leur fils était à ses côtés et qu'il se portait à merveille, mais c'était faux. L'individu avait été appréhendé et condamné à une peine de prison.

L'auteur de la lettre était-il le tueur cherchant à éloigner Léa de cette affaire ?

Elle penchait pour cette hypothèse, sans pour autant écarter les autres. Une chose l'intriguait : si l'homme – ou la femme, ou plusieurs personnes – était responsable de la disparition, pourquoi s'amusait-il à la contacter ? Il aurait pu rester silencieux, dans l'ombre, sans faire parler de lui.

Il n'avait pas signé la lettre mais on pouvait peut-être le retrouver grâce à des traces ADN laissées sur le papier, même si, en général, les auteurs de lettres anonymes s'arrangent pour qu'il n'y en ait pas. Ou, sachant qu'il n'était pas répertorié dans le Fichier national des empreintes génétiques, le fameux Fnaeg, il s'était dit qu'il ne risquait rien. Elle pourrait retourner à la gendarmerie et montrer cette lettre, mais il n'était pas dans ses habitudes de collaborer avec les forces de l'ordre. Elle menait seule son enquête, en toute indépendance, sans révéler ses sources. Elle voulait être la première à découvrir la vérité.

Elle tiquait sur une chose : si Chloé avait volontairement disparu, pourquoi ne faisait-elle pas signe à ses parents ? Ceux-ci étaient désemparés, Léa avait vu une vidéo du père hurlant sa détresse, elle avait été bouleversée. Elle doutait que l'ostéopathe soit capable d'une telle cruauté envers ceux qui l'avaient mise au monde.

Loïk Tugdual ayant parlé de Léa sur la page locale en mentionnant son blog où elle avait annoncé le moment exact de son arrivée sur l'île, elle supposait qu'elle avait été suivie discrètement dès le débarcadère. On pouvait facilement la reconnaître, sa photo étant visible partout sur les réseaux sociaux.

Elle relut plusieurs fois le message imprimé, en essayant de déceler des indices, même infimes, qui lui permettraient de comprendre la vérité sur l'affaire.

Le rédacteur utilisait le *nous* : « *Nous* avons appris par votre blog que vous débarquiez chez *nous*. » De qui parlait-il ? Chloé et lui ? Une troisième personne impliquée dans la disparition ? Était-ce un *nous* de majesté ? Un élément pour induire en erreur ?

Elle plia le papier, le remit dans l'enveloppe, qu'elle glissa dans un tiroir.

Qu'allait-elle faire ?

La nuit était venue. La citadelle, imposante, dominait le miroir du port où se reflétaient les lumières des lampadaires.

Le spectacle était calme et paisible, comme si rien de grave ne s'était passé ici, ni mort ni disparition. Elle pensait avec tristesse aux parents de celle qui ne donnait plus signe de vie, mais aussi à tous ces malades désemparés par l'évanouissement soudain de celle qui s'occupait d'eux avec dévouement.

Une pensée fugace traversa son cerveau. Elle n'avait pas songé à ça jusque-là : la disparition de la jeune femme était-elle liée à son métier ? L'un de ses patients l'avait-il tuée avant de faire disparaître son corps ? Il aurait fallu qu'elle consulte le fichier de ceux qui venaient au cabinet, mais c'était impossible. Elle ne savait même pas si la section de recherches avait le droit de fouiller les dossiers, couverts par le secret médical. À supposer que ça puisse servir à quelque chose.

Le lendemain matin, Léa se rendit à Bangor. Elle avait trouvé le nom et l'adresse de ceux qui avaient organisé la dernière soirée.

Elle était émerveillée par la beauté du paysage : champs, bois, bosquets, vallons puis, à mesure qu'on s'approchait de la côte, végétation sauvage tourmentée par le vent.

Elle n'avait pas prévenu de son arrivée, elle passait toujours à l'improviste chez les gens qu'elle voulait questionner. De toute façon, elle n'avait pas de numéro pour joindre les Guillou. Elle avait appris que Marie créait des objets d'art et que Kevin était instituteur au Palais. Hors de question de l'aborder à la sortie de l'école.

Seule dans son atelier attenant à la maison, Marie était en train de vernir une étrange statue taillée dans un tronc d'arbre. Elle n'avait pas entendu la voiture se garant plus loin, elle sursauta en apercevant la silhouette de Léa.

— Bonjour, qui êtes-vous ? demanda-t-elle en entrebâillant la porte vitrée.

Le ton n'était pas très aimable.

Léa imaginait que, depuis la disparition de Chloé, elle avait été dérangée à maintes reprises par les gendarmes, les journalistes ou de simples curieux. Les soupçons s'étaient portés sur ceux qui avaient participé à la soirée, forcément, et il n'existait aucune barrière pour empêcher les gens de s'approcher des deux petites maisons.

Accusait-on le couple d'être impliqué dans la disparition ? Léa ne savait pas. Elle n'avait rien lu à ce sujet. Cette affaire était épineuse, ténébreuse, inclassable, incompréhensible. Différente de toutes celles qu'elle avait connues jusque-là.

— Je suis une randonneuse, dit-elle d'une voix joyeuse, j'adore Belle-Île… On m'a parlé de vos œuvres d'art…

C'était sa technique : une douce entrée en matière, sans rapport avec l'objet de sa visite.

Marie se radoucit.

— Ah, très bien. Vous voulez visiter mon atelier ?

Léa pénétra dans un minuscule appentis bordé d'étagères croulant sous des objets hétéroclites, certains d'une grande beauté, d'autres à l'état brut, pas encore travaillés. Les sculptures en pierre étaient émouvantes : visages gravés dans le schiste, figés par le temps, telles des momies. Elle avait un indéniable talent artistique.

— Quelque chose vous tente ? demanda-t-elle.

Si Léa voulait avancer, elle ne pouvait repartir les mains vides. Elle montra du doigt une petite lampe dont le pied était composé d'un bois verni à la forme tourmentée.

— Magnifique !

— J'ai récupéré le bas sur une plage après une tempête. L'abat-jour est constitué d'une toile trouvée dans la lande un jour de vent, accrochée aux branches d'un genêt. Rien ne se perd, je récupère tout. Je n'achète rien, sauf le vernis.

Après avoir demandé le prix, Léa paya.

— Il aura toute sa place dans mon appartement, affirma-t-elle d'une voix qui s'efforçait d'être enjouée.

— Sans indiscrétion, vous habitez où ?

— Paris.

Marie soupira.

— Je ne pourrais pas vivre là-bas.

— Pourquoi ?

— Trop de bruit, trop de pollution, trop de stress…

Léa cherchait désespérément le moyen d'aborder le seul sujet qui l'intéressait. Elle n'aimait pas mentir, mais parfois il le fallait.

— Ce n'est pas la première fois que je viens à Belle-Île, j'étais une amie de Chloé Turquoise. Elle m'a fait découvrir cet endroit merveilleux. L'an dernier, nous avons fait de la randonnée.

Marie écarquilla les yeux.

— Vous connaissiez Chloé? Ça alors!

Elle avait utilisé l'imparfait.

Un silence gêné.

— J'aimerais tellement savoir ce qu'elle est devenue, murmura Léa du bout des lèvres.

— Personne ne sait.

— En fait, je vais tout vous dire. Elle m'a souvent parlé de vous, de votre gentillesse, elle vous aime.

— Je suis très touchée…

— Le jour de sa disparition, elle m'a dit qu'elle venait ici pour une petite fête…

— Une sorte de pendaison de crémaillère, même si ça faisait des mois qu'on habitait là. Cinq invités seulement. Sept personnes au total. Nous venions de terminer les travaux, ça sentait encore la peinture…

Après un instant d'hésitation, la journaliste posa la question cruciale:

— Vous avez une idée de ce qu'elle est devenue?

Marie inspira un grand coup.

— Avec mon compagnon, nous avons envisagé toutes les hypothèses… Nous n'avons aucun indice permettant d'accréditer un scénario plutôt qu'un autre, c'est le problème.

— Une intime conviction?

Marie hésita.

— Pour moi, disparition volontaire… Sans la moindre certitude.

— Une ostéopathe ne disparaît pas en laissant tomber sa clientèle du jour au lendemain, ça semble inconcevable. Un meurtre?

Léa avait l'impression d'avoir dit le mot de trop.

— À Belle-Île, il n'y en a jamais. C'est une terre paisible. Je me répète : elle a voulu couper les ponts avec tout le monde. Il existe une secte, pas très loin d'ici. Elle accueille toutes sortes de gens plus ou moins paumés…

Léa sursauta, elle n'en avait jamais entendu parler.

— Une secte ? Que voulez-vous dire ?

— Oh, c'est une longue histoire… Je vous offre un thé, un café ?

— Un thé, merci.

La journaliste se disait qu'elle tombait sur une piste sérieuse. Enfin.

Marie invita Léa à gagner la maison principale, où elles s'assirent sur le canapé.

— Vous savez, dit l'artiste, cette île magnifique est peuplée de mystères depuis des siècles.

Léa attendait des informations concrètes, elle en avait assez de tourner en rond comme une mouette ballottée par le vent.

— Alors, cette secte ?

— Ses membres considèrent qu'il s'agit d'une religion… La seule vraie religion…

— Comme toutes les sectes… Mais encore ?

— À l'aube du Moyen Âge, vers le VIIe siècle, des moines bénédictins irlandais se sont implantés à Bangor, ou plutôt ils ont construit un hameau en lui donnant le nom de la ville d'où ils venaient. Bangor est une grande cité d'Irlande du Nord, située elle aussi en bord de mer. On y trouve toujours une importante abbaye, dont le clocher rappelle l'église d'ici. Elle était connue comme centre de formation important pour les missionnaires.

— Pour quelle raison sont-ils venus ?

— Le but était de christianiser et de coloniser une terre païenne. Pourquoi ici et pas d'autres îles ? Personne ne sait. Sans doute le paysage leur rappelait-il leur pays, ce qui les a touchés. Bangor a été pendant dix siècles le chef-lieu de l'île. Vous vous rendez compte ? Un millénaire ! Les moines ont défriché une lande boisée qu'ils ont remplacée par des champs.

Léa ne voyait pas le lien avec la disparition de Chloé.

— Ils continuent à vivre ici ?

Marie hésita avant de reprendre, comme si elle cherchait ses mots.

— Depuis quelques années, un groupe de gens se réclament d'eux. Ils se réunissent dans une sorte de prieuré. Ils viennent d'Irlande, des États-Unis, du Canada, de plusieurs régions françaises, belges ou suisses. Ce sont des illuminés, croyez-moi. Ils vivent dans l'attente de l'Apocalypse, qu'ils estiment imminente. Les hommes s'habillent en noir comme s'ils étaient en deuil. Ils se font appeler « Lumière du Monde ». En anglais, « Light of the World », surnom donné à l'abbaye mère au Moyen Âge.

Léa était dubitative.

— Soit, mais quel rapport avec Chloé ?

Marie semblait émue.

— Pour moi, elle se trouve entre les murs de cette secte, je ne vois pas d'autre hypothèse. Sous des dehors joyeux, elle était déçue par la vie qu'elle menait. Elle se sentait tellement seule. Pas de compagnon, peu d'amis. Un jour, elle a craqué. Manque de chance, c'était juste après la soirée chez moi.

Cette thèse rejoignait celle du commandant de gendarmerie et ne contredisait pas la lettre anonyme.

— Vous avez des preuves ? L'île n'est pas immense. Si Chloé est restée dans le coin, des gens l'ont peut-être aperçue…

— Je n'en sais rien.

La journaliste s'agaçait.

— Cette supposée secte a fait disparaître Chloé, c'est ça ?

— À mon avis, c'est elle qui l'a rejointe. Ce groupe accueillerait toutes sortes de gens, notamment des individus voulant disparaître. Vous connaissez le pouvoir malsain des sectes ?

Léa trouvait le scénario improbable.

— Les gendarmes ont envisagé cette piste ?

— Pas la moindre idée. Ils sont venus m'interroger plusieurs fois. Je n'ai pas parlé de ça, dans la mesure où il s'agit d'une simple hypothèse. Je ne vais pas jeter la pierre sans preuve à des individus que je ne connais pas.

— Vous n'en avez aucune ?

L'artiste secoua la tête.

— Non, désolée. Mais dans la lande de Bangor, tout le monde parle de ça : les villageois, les paysans, les pêcheurs, les commerçants… Cela ne veut pas dire que cette histoire est vraie, mais cette explication enfle depuis le premier jour. Pour ma part, je ne peux m'empêcher d'y accorder du crédit…

— Vous avez tenté d'en savoir plus en rendant visite à ces…

Elle hésitait sur le mot.

— … dingues ?

— Bien sûr ! Avec Kevin, mon compagnon, je me suis approchée de cette étrange bâtisse entourée d'un mur très haut… Les volets étaient fermés, on ne voyait pas ce qui se passait à l'intérieur…

— Une Smart peut-elle entrer dans la propriété ?

Marie semblait sûre d'elle.

— Largement ! En regardant sur Google Maps, nous avons constaté qu'il existait plusieurs garages… C'est fou que les gendarmes n'aient pas perquisitionné !

— Dans un État de droit, rappela Léa, on ne décide pas ce genre d'opérations sur la base d'une simple rumeur…

Cette histoire de prieuré l'intriguait.

— Vous pouvez me montrer sur une carte où il se trouve ?

— Volontiers, mais ses occupants ne sont pas là en permanence. Selon des villageois de Bangor, ils organisent des séminaires à certains moments de l'année avant de retourner sur le continent. Pendant plusieurs jours, ils restent entre eux, coupés du monde. Ils n'empruntent pas le bac. Ils viennent sur leurs propres bateaux, qu'ils amarrent dans des criques.

Elle déplia une carte d'état-major et désigna l'endroit où se dressait la bâtisse : un lieu nommé Mullingar, homonyme d'une ville au centre de l'Irlande.

Léa se demandait si cette hypothèse n'était pas, pour Marie, une façon de se dédouaner : Chloé avait passé la soirée chez elle avant de s'évanouir, il valait mieux pour elle que la fête n'ait aucun rapport avec la tragédie.

La journaliste joua la naïve, rôle dans lequel elle excellait :

— Vous venez de me dire que les gendarmes vous ont questionnée plusieurs fois. Mais pour quelle raison ? Je ne comprends pas.

— Vous connaissez l'adage : la dernière personne qui a vu une victime est la première suspecte…

— Vous ?

L'artiste semblait agacée.

— Moi et les autres invités. Chloé a passé la soirée avec nous avant de disparaître dans la nuit au volant de sa voiture, tout le monde le sait. Je ne suis pas partie avec elle, ni personne d'ailleurs. Je n'ai cessé de le répéter aux gendarmes.

Léa évoqua d'une voix calme l'incident qu'on lui avait relaté.

— J'ai entendu dire qu'un invité l'avait agressée au cours de la fête…

— Agressée ? Mais qui vous a dit ça ? Il y a eu une petite altercation sans importance…

Elle paraissait furieuse, hors d'elle. Léa sentait qu'elle voulait s'exonérer de toute responsabilité.

Marie se leva.

— Écoutez-moi ! Cette conversation m'a épuisée. J'ai besoin de prendre l'air.

— Je peux vous accompagner ?

Elle sembla hésiter.

— D'accord, à condition que vous n'accusiez mes invités de rien.

Les deux femmes sortirent. Les mains de Marie tremblaient. Avait-elle quelque chose à se reprocher ? Était-ce à cause de l'émotion qui l'étreignait en pensant à son amie disparue ?

Elles traversèrent la lande émeraude par un sentier qui débouchait sur une étendue sablonneuse lovée au fond d'une crique : la plage de Kérel. Le paysage était d'une sublime beauté. On se serait cru aux premiers jours du monde : la mer étincelait dans le soleil, aucun bateau à l'horizon, un sable immaculé, des vagues belles et douces, des falaises sauvages.

— Quelle merveille ! murmura Léa.

Après un silence, elle ajouta :

— J'aimerais tellement savoir ce qu'est devenue mon amie… Elle me manque terriblement.

Ça ne la dérangeait pas de mentir pour la bonne cause. Elle voulait que Marie lui raconte la soirée dans le moindre détail, même si elle rechignait à le faire.

— Je viens ici quand je n'ai pas le moral, lui confia l'artiste. Quand rien ne va plus. Depuis que Chloé a disparu, je descends souvent sur cette grève. Je ne suis plus la même. Le fait de ne pas savoir est une torture sans fin.

Léa compatissait.

— C'est horrible, oui. Vous vous connaissiez depuis longtemps ?

— Depuis son arrivée sur l'île, ou presque. J'avais des douleurs lombaires, je suis allée la voir, elle m'a remise d'aplomb en quelques séances.

— Vous avez sympathisé dès le début ?

— Oui, lors des consultations, mais sans plus. Quelque temps plus tard, nous nous sommes revues dans une soirée à Sauzon. Nous avons discuté des heures. À partir de là, nous sommes devenues inséparables.

Léa ne demanda pas si des choses coinçaient entre elles, mais elle se posait la question. Pour elle, dans chaque enquête, les proches de la victime étaient forcément suspects.

— Certains de ses patients sont ses copains ou copines ?

— Oui, bien sûr ! Ici, vous n'êtes pas à Paris. Il arrive que des amitiés naissent entre un praticien et ceux qu'il soigne. Même si Chloé, en principe, séparait sa vie professionnelle de sa vie privée, il n'était pas rare qu'elle fréquente des malades hors de toute activité médicale. Elle ne pouvait pas vivre dans un monde parallèle. Belle-Île est un grand village.

— Un de ses patients a-t-il pu la faire disparaître ?

— Un membre de la secte l'a peut-être approchée par ce biais, mais comment savoir ? Pure spéculation. Je n'exclus d'ailleurs pas que ce soit une femme.

Elles marchèrent sans rien dire sur le sable jusqu'à la lisière de l'eau. De petites vagues, paisibles et rassurantes, ruisselaient de lumière.

— Je n'imagine pas une tempête ici, murmura Léa.

La réponse de Marie était gonflée d'ironie :

— On voit que vous êtes parisienne. La mer est l'élément naturel le plus changeant. Tantôt on dirait un lac immense, sans la moindre ride, tantôt les vagues sont presque aussi hautes que les falaises…

— Je suis au courant, Marie… Mais ce calme m'impressionne…

— Pardon pour mes moqueries… Je suis très nerveuse en ce moment…

Le visage dans le soleil, elles s'assirent sur un rocher.

Léa hésitait à lui poser de nouvelles questions, mais elle n'avait pas le choix.

— Vous m'avez dit que Chloé n'était pas pleinement heureuse ?

Un long silence, puis Marie murmura :

— Elle avait un visage lumineux, radieux, rayonnant, et un autre sombre, triste, désespéré. Peu de gens connaissaient les deux. Ses patients ne remarquaient que son enthousiasme débordant, sa gentillesse, son optimisme, son abnégation, son empathie. Elle se dépensait sans compter. Soulager les gens était pour elle un idéal, une raison d'être…

— Et sinon ?

— Elle rêvait du grand amour, mais ça n'a jamais fonctionné. Ses flirts étaient sans lendemain. Elle en souffrait. Si jeune, si belle, si intelligente, et personne à ses côtés. Pas un homme pour la serrer dans ses bras, échanger, partager ses joies et ses peines… Elle voulait avoir des enfants, or ça lui paraissait impossible. Un jour, elle m'a dit qu'elle envisageait de regagner le continent malgré sa passion pour l'île.

Léa observa Marie en se demandant si elle disait tout.

— Ses amants l'ont abandonnée ?

— Elle était idéaliste, elle me l'a souvent répété. Elle a eu des liaisons avec des hommes, mais elle les trouvait balourds… Elle me disait : « Je suis une femme, pas une poupée, tu me comprends ? » À certains moments, elle sombrait dans la mélancolie. Je l'ai vue plusieurs fois pleurer… Ses amis l'appelaient « la fée Mélusine », belle et triste. Elle aimait se promener seule la nuit comme une âme en peine… Son plus grand problème était sa beauté solaire. Beaucoup d'hommes voulaient coucher avec elle… Elle souffrait de n'être qu'une femme-objet.

Léa était surprise et triste d'apprendre ça, elle qui défendait la cause des femmes en toutes circonstances. En France, une grande partie des meurtres sont des féminicides. Sans la moindre certitude, elle continuait à privilégier cette piste pour expliquer la disparition.

— L'homme avec qui elle a eu une altercation pendant la pendaison de crémaillère était-il un de ses anciens petits amis ?

Marie se leva.

— Vous recommencez ? Aucun de mes invités n'est impliqué.

— Je n'accuse personne.

— Vous le sous-entendez.

Léa parlait d'une voix douce.

— Mais non, voyons. Si cet invité n'a rien à se reprocher, pourquoi ne pas me laisser ses coordonnées ?

— Vous faites partie de la police ?

— Je veux à tout prix savoir ce qu'est devenue mon amie…

Après un court silence, elle ajouta :

— Je m'intéresse aux faits divers non résolus, les fameux *cold cases*. Plusieurs fois, j'ai réussi à découvrir la vérité. J'aimerais tellement comprendre pourquoi Chloé a disparu…

Il ne servait plus à rien de cacher qu'elle était spécialisée dans ce genre de choses. Tôt ou tard Marie l'apprendrait.

— Et là, vous enquêtez sur une histoire qui concerne quelqu'un que vous connaissez ? Drôle de coïncidence.

Léa ne voulait pas avouer qu'elle avait menti.

— Oui, et c'est pour ça que je suis venue si vite. D'habitude, j'attends plusieurs années, au moment où je sens les enquêteurs prêts à lâcher l'affaire faute de piste sérieuse. Mais rassurez-vous, je ne leur révèle rien. Je protège mes sources, comme on dit. Vous pouvez me parler en toute confiance.

— C'est noté.

— Je vous en supplie : passez-moi au moins le numéro de l'invité dont nous venons de parler. Je ne vous demande pas ceux des autres. Même s'il n'a rien à se reprocher, il me fournira peut-être des indices qui m'aideront à trouver une piste. Je vous en serai reconnaissante.

De guerre lasse, Marie lui laissa ses coordonnées.

— Voilà. Il s'appelle Mika Villard. Il est réparateur de bateaux dans le port de Sauzon. Mais attention, ne l'accusez pas, c'est un type épatant. Il n'est pas responsable de cette disparition, j'en suis persuadée. La vérité est ailleurs…

— Et les autres invités, vous avez quelque chose à me dire sur eux ?

Le visage de Marie exprimait l'exaspération.

— Vous êtes sourde ? Eux aussi ont été interrogés par les gendarmes. Aucune charge n'a été retenue contre eux. Je ne vous donnerai pas leurs noms. De toute façon, ils sont partis longtemps après Chloé. Aucun n'est impliqué, c'est une certitude.

Après un silence, Léa reprit :

— Merci pour ces précisions. Je vous laisse mon portable si vous avez besoin de me joindre.

Journal de Léa

J'ai appelé mon rédacteur en chef tout à l'heure. Je lui ai raconté la façon dont les choses se passaient ici : des gens parlent, mais personne ne sait rien de précis. James m'a demandé de lui envoyer ma première chronique, même si je ne suis tombée sur aucune piste sérieuse. Il veut que je change le nom et le métier de ceux que j'ai rencontrés afin de ne froisser personne. Des témoignages anonymes, en quelque sorte… Pas question de trahir ma déontologie qui consiste à protéger mes sources. Je ne citerai pas explicitement la secte, je dirai qu'une association d'anciens espions occupe un hôtel abandonné près de Sauzon, ce sera encore plus intrigant.

J'ai donné à James mon avis en l'état actuel de mes investigations : plusieurs personnes et une lettre anonyme me suggèrent que Chloé a volontairement disparu, soit en se suicidant, soit en se réfugiant dans un lieu secret. Ces pistes me semblent peu probantes même si, pour moi, elle se trouve toujours sur l'île, pour la simple raison que sa voiture n'a pas été vue sur le bac. On peut imaginer à la rigueur qu'un homme de la compagnie maritime soit dans le coup, mais même si c'était le cas, un passager aurait forcément aperçu l'ostéopathe, très connue ici.

Je viens de questionner plusieurs personnes au Palais : deux commerçants, des pêcheurs, un type qui possède un bar sur le port juste à côté de l'embarcadère. C'est la même rengaine à chaque fois : l'ostéopathe était dépressive, certains penchent pour un suicide, d'autres pour une disparition volontaire, plusieurs parient qu'elle est planquée dans une maison qu'on lui a prêtée. Personne ne parle d'enlèvement, de crime, de séquestration. Pour eux, elle est restée maîtresse de son destin. Elle a décidé elle-même de s'évaporer. Et sans doute, un jour, on la reverra. Moi qui ai étudié de nombreux faits divers analogues, c'est l'explication la moins traumatisante pour les proches, famille et amis. Une fugue oui, un meurtre non. Statistiquement, c'est le scénario le plus probable, mais est-ce le bon ?

L'île est un monde à part, peuplé de secrets. Comme le rappelait Marie, c'est un village. Personne ne veut accuser personne, par peur de représailles, ou par crainte d'être accusé soi-même en retour. On préfère affirmer que l'ostéopathe s'est envolée d'elle-même. J'imagine que des ragots innombrables galopent çà et là et qu'on se méfie d'une étrangère comme moi. Une île est un lieu fermé, même s'il est ouvert sur la mer. Comment dit-on *omerta* en breton ? L'omerta est la loi du silence en Corse, Sardaigne, Sicile… Une spécialité insulaire ? À l'origine, le terme appartenait au champ lexical de la mafia. Le châtiment pour ceux qui la violent ? La mort… Existe-t-il ici quelqu'un qui menace ceux qui parlent ?

James a sa propre thèse : Belle-Île est l'un des endroits les plus touristiques de France, une terre magique effleurée, en été, par des eaux turquoise, un climat d'une douceur exquise malgré les coups de vent et les tempêtes, un ensoleillement exceptionnel. Au terme de Belle-Île, on ajoute parfois « la bien nommée », formule trouvée par la poétesse Éva Jouan dans son recueil de poèmes *De la grève*, paru en 1896. Cinq mille autochtones, quatre cent mille touristes chaque année. Pour James, les gens s'évertuent à dédramatiser cette histoire même si, au fond d'eux-mêmes, ils n'excluent pas la piste d'un tueur sanguinaire. Pour des raisons économiques, il vaut mieux assener qu'aucun criminel ne rôde ici. Une femme a disparu, point final. Aucun corps, aucun indice probant n'ayant été retrouvé, il est préférable de conclure à une disparition volontaire ou à un suicide comme il en existe tant à travers le monde. Pourquoi, dans ce cas, lancerait-on des recherches ? Chloé était majeure. Sur un coup de tête, elle a préféré prendre le large.

Sans le moindre début de preuve, je reste convaincue qu'il s'agit d'un crime. Un crime parfait, sans trace, sans témoins, sans suspect. Pour ces raisons, pas de véritables investigations. La voiture est planquée quelque part dans un garage, ou enterrée. Je développerai ce point de vue dans mes chroniques, je verrai comment les gens réagiront. Si je suis menacée d'une façon ou d'une autre, comme cela m'est arrivé, alors je considérerai que cette piste est sérieuse. Mais pour l'instant, je n'ai reçu aucune menace d'aucune sorte. Y a-t-il un meurtrier sur l'île ?

Dans sa chambre d'hôtel, Léa relut les lignes qu'elle venait de rédiger. Elle aimait coucher ses idées par écrit. Cela lui permettait d'y voir plus clair, de se poser les bonnes questions et, parfois, d'envisager un début de solution. Cela la défoulait. Son journal était le miroir de son âme, son compagnon d'infortune, une consolation, un confident. Et souvent, le point de départ d'un livre à venir.

Le téléphone sonna. Elle regarda son écran. *Tom.*

— Sympa de m'appeler, murmura-t-elle d'une voix enjouée.

L'homme qu'elle aimait était patient, attentif, lucide. Il lui apportait des réponses et non des problèmes, de la sécurité et non de la peur, de la confiance et non des doutes. Elle espérait qu'il arriverait à la rejoindre. En tant que passionné de polars, il cherchait des explications à tous les crimes non résolus, et parfois ses intuitions étaient les bonnes.

— Tout se passe bien, Léa ? J'imagine que tu as appris la nouvelle.

— Quelle nouvelle ?

— Tu n'as pas regardé Internet ? Ça vient de tomber.

Il ne cessait de la doubler, elle était vexée.

— Qu'est-ce qui arrive ?

— Le dénouement de l'affaire semble proche. Un promeneur vient de retrouver un cadavre dans une crique au nord de l'île…

Stupéfaite, elle se connecta sur le site de *Ouest-France*. Tom continua à lui parler au téléphone. Sa voix chaude atténuait son appréhension.

— Un cadavre rapporté par la mer, dit-il. Pas joli à voir.

Elle tremblait des mains, c'était un choc.

— Personne ne t'en a parlé ? demanda-t-il.

— Oh, tu sais, dans ce genre d'affaires, Internet devance tout le monde. Je viens de questionner des gens, ils ne semblaient pas au courant de ce que tu m'apprends, puis j'ai écrit mon journal. J'allais jeter un œil sur les nouvelles quand tu m'as appelée…

— Depuis que tu es partie, je m'informe non-stop. Cette affaire m'obsède, c'est un vrai thriller, exactement comme ceux que je lis, mais surtout, je m'inquiète pour toi.

— C'est gentil, tu es un amour. Écoute, on se rappelle plus tard.

Elle parcourut l'article consacré à ce rebondissement inattendu.

Disparue de Belle-Île
Un corps retrouvé

Ce matin, très tôt, un homme promenant son chien du côté de la pointe des Poulains a repéré une forme humaine couchée sur une petite plage. Il a immédiatement téléphoné aux gendarmes, qui sont arrivés avec les pompiers. Le corps se trouvait dans un état de décomposition avancé. L'individu était habillé. Aucune information n'a filtré quant à son identité. Est-ce Chloé Turquoise, ostéopathe au Palais, disparue mystérieusement au volant de sa voiture ? À ce stade, rien ne permet de l'affirmer, mais cette hypothèse, selon nos sources, est privilégiée. Nous tiendrons nos lecteurs informés de l'avancée de l'enquête.

Léa aurait voulu en savoir davantage, mais l'information était parcellaire, imprécise. À la lecture de cette dépêche, il était impossible de conclure quoi que ce soit. Elle trouvait que le journal allait vite en besogne. *Cette hypothèse, selon nos sources, est privilégiée.* Elle savait qu'on retrouvait régulièrement des corps dans la mer, les fleuves, les rivières, les lacs, les étangs. Parfois, on ne savait pas qui c'était, certains noyés dérivaient longuement, difficile de les identifier, même avec les moyens les plus modernes. Tous les gens disparaissant en mer n'étaient pas recensés, certains tombaient de bateaux sous pavillon étranger passant au large. Accidents ? Meurtres ? Suicides ?

Elle rappela Tom.

Même dans les situations les plus tragiques, il aimait plaisanter.

— Tu as lu ? On ne sait pas qui est la petite sirène.

— Le corps va être examiné. On saura vite si c'est Chloé.

— Tu as un point de vue ?

— Si c'est elle, bizarre qu'on ait retrouvé le corps mais aucune trace de la voiture.

Tom lui lança une pique.

— Contrairement aux cadavres, les véhicules ne flottent pas…

— Si la Smart est tombée dans la mer, elle ne s'est pas évaporée, poursuivit-elle. On aurait repêché des débris à l'endroit où le corps a été découvert. Or, le journal n'en parle pas. Ça me semble très étrange.

— Le cadavre a dérivé…

— Les débris dérivent aussi, non ?

— Certes, mais pas forcément collés au cadavre.

Elle regarda sur la carte de l'île le lieu de découverte.

— Si la voiture a coulé, on aurait retrouvé des restes sur la côte sauvage. Souviens-toi du crash du vol MH370 de la Malaysia Airlines. Le Boeing est tombé dans l'océan Indien, on a ramassé des morceaux sur des plages de la Réunion et de Madagascar…

Après un silence, elle ajouta :

— Écoute, je te laisse. Je vais essayer de me renseigner. J'imagine que chacun a son avis, comme toujours. Je te tiens au courant, et surtout, pense à moi. Cette affaire me perturbe.

Léa sortit de l'hôtel. Le soleil resplendissait dans le ciel pur qui s'accordait mal avec la tragédie en cours. Le printemps approchait. Le fond de l'air était agréable malgré les rafales de vent. Elle aimait ce moment de l'année, cette douceur qui s'instille jour après jour, d'autant qu'à Belle-Île, la température grimpe plus vite que partout ailleurs en Bretagne.

Elle voulut revoir Loïk. Le journaliste avait forcément glané des informations concernant la découverte du corps. Il avait dû se rendre près de la pointe des Poulains, à moins que les enquêteurs n'aient barré la route à tous les visiteurs, correspondants de presse compris.

Elle n'annonçait jamais sa venue. Prendre rendez-vous ne servait à rien. Cela faisait perdre du temps. Or, dans les affaires criminelles, le temps est précieux. Après avoir frappé à la porte du bureau et sans attendre de réponse, elle entra. Il était en train de parler au téléphone de l'affaire qui secouait l'île. Il fit signe à Léa de s'asseoir avant de raccrocher.

— Je ne vous attendais pas, dit-il d'une voix moins aimable que la fois précédente. Vous avez tenté de me joindre ?

— Je n'ai pas réussi.

Il se leva.

— Comprenez-moi : je suis submergé d'appels à la suite de la découverte de ce corps dans la mer, il vaut mieux prévenir de votre arrivée. Quelle affaire horrible ! Les enquêteurs ne font aucun commentaire. Du coup, les gens se rabattent sur moi. J'imagine que vous venez me poser des questions sur ça.

— Pour quelle autre raison viendrais-je vous voir ?

Très nerveux, il effectua quelques pas dans la pièce.

— Je vais vous répéter ce que je dis à tous ceux qui m'appellent : je n'ai aucune information fiable.

— Vraiment ?

— Les gendarmes sont muets…

— Ils ne vous ont rien dit ?

— Presque rien.

Presque ?

Il fallait absolument qu'elle le fasse parler. Elle se doutait que le commandant Tardy, cette fois, ne se confierait pas à elle facilement. Elle était émue.

— Mais encore ?

— Le corps a séjourné longtemps dans la mer, il est méconnaissable…

Elle reprit sa respiration.

— Chloé Turquoise ?

— Impossible d'en être certain. La dépouille a été transférée en hélicoptère à l'Institut médico-légal de Rennes. Voilà ce que je sais.

Quelque chose chuchotait à Léa qu'il détenait des informations cruciales.

— Je comprends que la presse ne puisse pas tout révéler…

Après une hésitation, il murmura d'une voix quasi inaudible :

— Oh, vous savez, j'ai entendu des choses, mais j'ignore si elles sont vraies. En m'approchant de la pointe des Poulains, je suis tombé sur une barrière métallique mise en travers de la route. Les forces de l'ordre ont installé un périmètre de sécurité. Personne ne peut approcher, même un journaliste accrédité.

— Rien d'étonnant. Il ne faut pas polluer la scène.

Il baissa les yeux.

— Devant la barrière gardée par un gendarme, des gens étaient massés, sous le choc. Parmi eux, la femme du promeneur ayant découvert le cadavre. Elle voulait rejoindre son mari, qui était interrogé sur place.

— J'imagine qu'elle vous a révélé des choses…

— Parcellaires et invérifiables… Je n'ai pas eu confirmation de la gendarmerie sur certains points…

— Lesquels ?

— Je ne vais pas colporter des rumeurs…

— Pourquoi m'en avoir parlé, alors ?

Loïk se rassit derrière son bureau, visiblement ennuyé.

— Soyez patiente. Nous saurons bientôt si certains détails sont vrais ou faux.

Il piquait sa curiosité.

— Quels détails ?

— Scabreux, disons…

— Dites-moi.

Elle imaginait des choses à caractère sexuel : un corps à moitié nu, les parties génitales découvertes, arrachées…

Il toussa.

— N'en parlez pas sur les réseaux sociaux. Votre blog est très fréquenté. Je n'ai pas envie de diffuser de fausses nouvelles…

— Je ne publie jamais rien sans preuve concrète. Alors ? Cette femme aurait été violée, c'est ce que vous essayez de me dire ?

— À mon avis, vu l'état de décomposition du corps, il sera impossible de le savoir.

Elle en avait assez qu'il la fasse lanterner.

— Lâchez-vous !

Il toussa une deuxième fois, avant de murmurer :

— Les mains auraient été coupées.

Léa, debout, recula. Elle ne s'attendait pas à ça. Des mains coupées ? *Mais pourquoi ?*

— Vous en êtes certain ?

— Je viens de vous le dire : c'est une rumeur qui court. J'attends la confirmation de la gendarmerie.

— Des mains sectionnées ou bien décomposées par la mer ?

— J'ai entendu dire qu'elles étaient coupées net. À vérifier. Soit il s'agit d'un acte d'une cruauté inouïe, soit d'un acte rituel de type religieux.

— Il existe des sectes à Belle-Île ?

Elle faisait celle qui n'avait entendu parler de rien.

Il hésita quelques secondes.

— Il paraît, oui. Je n'ai jamais évoqué le sujet dans mes articles, mais les gendarmes m'en ont parlé.

— Quel genre de secte ?

— À Bangor, un groupe de gens bizarres se réunissent de temps en temps dans un prieuré. Personne ne sait ce qu'ils fabriquent. Une rumeur prétend qu'ils célèbrent des messes noires dans la lande en pleine nuit. J'ignore si c'est vrai.

Elle s'emporta :

— Les forces de l'ordre n'ont jamais perquisitionné l'endroit ?

— Pour intervenir, il faut les preuves d'un crime ou d'un délit. La liberté de culte existe en France, mais j'ai entendu que la Miviludes avait l'œil sur cette organisation.

Léa connaissait le fonctionnement de cet organisme gouvernemental qui observe et analyse le phénomène des sectes, coordonne l'action préventive et répressive des pouvoirs publics à l'encontre des dérives sectaires, et informe le public sur les risques et les dangers auxquels il est exposé.

— Qu'est-ce qu'on lui reproche ?

— Pour l'instant, rien. Ces gens sont dans le collimateur, c'est tout.

Elle était très excitée.

— Des habitants de l'île en font partie ?

— Je ne pense pas. Ou alors, ils n'en parlent pas. Les membres de la secte viennent d'ailleurs. Ils ne se mêlent pas à la population locale. Ce ne sont pas forcément des délinquants, mais sans doute des illuminés. J'en ai croisé plusieurs sur des chemins. Certains portent des chapeaux couverts de clochettes censées repousser les mauvais esprits.

Ses propos rappelaient ceux de Marie.

— Vous pensez que Chloé adhérait à cette… ?

Elle ne trouvait pas ses mots.

— Peut-être. Ou alors, elle a été enlevée après avoir quitté la fête, qui a eu lieu non loin du fameux prieuré…

Une moue dubitative se dessina sur le visage de la jeune femme.

— Je ne suis pas très avancée…

— Si je connaissais la vérité, je vous la dirais. Ce que j'évoque est pure spéculation. Mais le fait d'avoir retrouvé un corps sans mains tendrait à prouver que la jeune femme a été sacrifiée.

Léa se raidit, des larmes mouillaient ses yeux.

— Sacrifiée ? Quelle horreur ! C'est digne du Moyen Âge.

— Justement, ces gens-là se réclament d'une organisation ayant prospéré à l'époque médiévale.

— J'en ai entendu parler, mais à ma connaissance les moines venus d'Irlande n'étaient pas des bourreaux sanguinaires. Ils ont peuplé l'île de manière pacifique, sans que personne sache pourquoi ils se sont arrêtés sur cette île et pas ailleurs.

Loïk hocha la tête.

— Vous savez, dans les organisations mystiques, il n'existe pas que des saints. Les membres de cette secte agissent de manière souterraine, il faut se méfier d'eux. J'ai proposé plusieurs fois de les interviewer, ils ont refusé. Pour perquisitionner, il faudrait démontrer qu'ils commettent des infractions, ce qui n'est pas avéré, je ne fais que me répéter…

Léa s'agaçait, elle joua la provocation :

— Entendu, j'ai compris. Puisque la gendarmerie reste les bras croisés, je vais leur rendre visite.

— Méfiez-vous. N'allez pas là-bas seule.

— Vous m'accompagnez ?

— Aujourd'hui, c'est impossible. Je suis accaparé par l'horrible découverte de la pointe des Poulains.

Elle n'en saurait pas davantage.

Léa repassa par sa chambre d'hôtel, elle souhaitait lire les toutes dernières dépêches et entendre l'avis de Tom sur son projet un peu fou de se rendre à Mullingar. Elle aurait aimé que quelqu'un l'accompagne, mais elle ne connaissait quasiment personne, ici.

Elle alluma son ordinateur, un nouvel article publié dans *Le Télégramme* précisait que le cadavre était bien celui d'une femme. On n'avait pas trouvé de papiers sur elle, ce qui empêchait toute identification. Le journaliste indiquait que personne n'avait disparu à Belle-Île depuis la nuit où Chloé avait cessé de donner des nouvelles. Il semblait mieux renseigné que Loïk, sans doute avait-il ses entrées à la section de recherches qui travaillait sur place. Une vaste zone côtière avait été fermée aux curieux afin de retrouver d'éventuels indices permettant de comprendre. Chaque recoin était passé au crible. Aucune évocation des mains coupées. Simple rumeur ou fait avéré ?

Les résultats de l'autopsie réalisée à l'Institut médico-légal étaient attendus : grâce à l'ADN, on saurait si ce corps était bien celui de Chloé. La raison de son étrange disparition était-elle sur le point d'être éclaircie ? Si l'ostéopathe avait été assassinée, il resterait à savoir par qui et pourquoi.

Léa posa la carte de l'île sur le bureau, puis elle dessina un rond autour du hameau de Mullingar avant de téléphoner à Tom. Sans s'attarder, elle évoqua ce que Loïk lui avait dit.

— Je suis au courant de certaines choses, répondit-il. Mes yeux sont rivés sur les actualités, tu sais. J'ai l'impression de lire un polar. En revanche, les mains coupées, je n'ai lu ça nulle part.

— Silence dans les médias. On lui a coupé aussi les pieds ?

À certains moments, elle détestait son humour.

— Arrête ! Décapitée ?

— Ce serait abominable.

— Tout est possible, dans ce genre de tragédie. Tu devrais le savoir, toi qui es une experte en la matière.

Elle était agacée par le ton caustique, mais Tom restait Tom, elle ne le changerait pas. Elle n'avait jamais compris si son ironie n'était pas une façon pour lui de rendre la réalité plus supportable. Au fond, en dépit des apparences, il était d'une sensibilité à fleur de peau. Elle poursuivit :

— Le fait qu'elle n'ait plus de mains fait penser à un sacrifice ou à une punition, non ? Il existerait une secte, à Bangor, qui se réunit dans un prieuré non loin de l'endroit où s'est déroulée la pendaison de crémaillère.

En quelques mots, elle lui expliqua ce qu'on lui avait raconté, avant de lui annoncer qu'elle voulait se rendre sur place.

— Tu es folle, dit-il. Tu veux subir le même sort que Chloé ?

— Tu as l'air de sous-entendre qu'elle a été tuée par ces gens-là…

— Je n'en sais rien, mais c'est une hypothèse plausible d'après ce que tu dis toi-même.

— Tu me rejoins ?

— Je bosse, moi ! À la librairie, je ne chôme pas. Je t'ai proposé de patienter jusqu'à mes prochains congés pour faire le voyage avec toi mais tu n'as pas voulu, tu es partie sur un coup de tête.

Il disait vrai.

— Certes, mais je m'attendais à une enquête plus classique. J'ignorais l'existence de cette société secrète…

Lumière du Monde était une organisation d'une discrétion absolue. Léa n'avait rien lu à son sujet sur Internet.

— Fais-toi accompagner, suggéra-t-il.

— Par qui ?

— Il n'existe pas un charmant jeune homme dans le coin qui pourrait te servir de garde du corps ?

Elle était fatiguée par ses plaisanteries.

— J'ai sympathisé avec mon confrère local, mais pour l'instant, il n'a pas de temps à me consacrer.

— Attends que je te rejoigne.

— Quand ?

Sa voix s'éclaircit.

— J'ai une bonne nouvelle à t'annoncer. Je ne voulais pas t'en parler car j'attendais la confirmation de mon boss. Inquiet depuis ton départ, j'ai demandé un congé, j'ai obtenu un accord de principe. Je ne connais pas encore les dates, je te tiendrai au courant dès que possible.

Cela lui remontait le moral. Avec Tom, elle se sentirait en sécurité. Il était puissant, sportif, rassurant.

— En attendant, fais attention à toi. Je n'ai pas envie qu'on te coupe les mains, j'aime trop les caresser.

— Certes, mais je ne vais pas rester sans rien faire. On a sans doute retrouvé le corps de Chloé. Si je veux comprendre cette disparition, je dois agir.

Léa avait deux projets urgents : questionner Mika Villard et observer le prieuré de loin. Sauf si le premier était membre de Lumière du Monde, ça faisait deux pistes distinctes. Elle se demandait dans quel ordre procéder.

Elle sortit son téléphone et composa le numéro du jeune homme. Répondeur. Une voix juvénile, comme celle d'un adolescent : « Mika, l'homme qui dorlote vos bateaux à Sauzon. Après le *bip*, c'est à vous. » Elle hésitait à laisser un message. Que dire ? Elle improvisa : « Ici Léa, j'ai besoin d'effectuer le carénage d'un voilier sur lequel je naviguerai l'été prochain. Merci de me rappeler. » Il n'était pas question d'évoquer de front le sujet qui la taraudait, et elle espérait que Marie n'avait pas parlé d'elle.

Elle monta dans sa voiture. Elle avait décidé de voir comment les choses se déroulaient du côté de la pointe des Poulains, en imaginant qu'il lui serait impossible d'approcher.

Le centre de l'île ressemblait à un large plateau agricole bordé de landes qui jouxte la mer. À certains moments, Léa avait l'impression de se retrouver dans n'importe quelle campagne bretonne avec son bocage, ses bosquets, ses chemins creux, ses calvaires. Elle passa non loin de deux grands menhirs, Jean et Jeanne, sur lesquels circulaient des légendes.

Elle tenta de s'approcher au plus près de la pointe surmontée d'un phare, mais la route, sans surprise, était barrée par la gendarmerie. À un moment, elle aperçut un hélicoptère bleu marine tournoyant au-dessus du rivage, l'équipage cherchait sans doute d'éventuels débris de la Smart accrochés aux falaises non loin de l'endroit où le corps avait été retrouvé, même si la zone avait déjà été auscultée. En 1988, dans la forêt de Fontainebleau, des fiancés avaient disparu ; une battue à très grande échelle n'avait rien donné. Quelques mois plus tard, dans une clairière déjà fouillée, les corps avaient été retrouvés sous des branchages, assassinés par armes à feu. Se trouvaient-ils là lors des premières recherches ou avaient-ils été déplacés ? L'enquête n'ayant jamais abouti, le mystère reste entier.

Léa se dirigea vers le port de Sauzon, plus petit que celui du Palais. La rade se terminait par deux jetées, l'une surmontée d'un phare blanc et vert. Les maisons bordant la cale étaient peintes de couleurs vives. Un paysage de carte postale.

Elle appela de nouveau Mika à plusieurs reprises : elle tombait à chaque fois sur le répondeur. Lassée, elle demanda à des passants où il travaillait. Quelqu'un lui montra un atelier donnant sur la rade.

La porte était ouverte. Au-dessus se trouvait une inscription : « Il était un petit navire… » À l'intérieur, deux artisans s'affairaient sur une embarcation en écoutant de la techno. L'un étant plus jeune que l'autre, elle en déduisit que c'était Mika. Elle l'interpella :

— Bonjour, je vous ai laissé un message. Je viendrai en bateau l'été prochain…

Il se dirigea vers elle, les mains pleines de cambouis.

— Vous êtes Léa ? Désolé, je n'ai pas eu le temps de vous rappeler, mais j'allais le faire. Quel type de bateau possédez-vous ?

Elle n'avait pas pensé qu'il lui poserait cette question.

— Un voilier… avec une cabine.

— Modèle ?

Elle ne savait que dire.

— Fin juin, je viendrai avec des amis, le bateau leur appartient, nous arriverons de Quiberon avant de voguer jusqu'aux Glénan. Nous aimerions que vous fassiez une vérification complète. Je suis de passage au Palais, j'en profite pour venir vous voir.

— Pas de problème. Je vous donne ma grille tarifaire.

Il alla chercher une feuille où figurait un tableau.

Sa voix était cordiale, sympathique. C'était un beau jeune homme blond au visage avenant.

— En tout cas, dit Léa, c'est sympa de vous rencontrer. On m'a beaucoup parlé de vous.

— Qui ça ?

— Des gens du Palais à qui je demandais s'ils connaissaient un réparateur de bateaux.

Il se mit à rire de manière rafraîchissante.

— Oh, vous savez, je suis quasiment le seul sur l'île, mais sans me vanter, je pense être le meilleur du Morbihan. Des bateaux viennent de toute la Bretagne, je travaille vite et bien, mes prix sont raisonnables.

Il était très convaincant.

— Votre spécialité, c'est la navigation de plaisance ?

— En été, oui. Le reste de l'année, ce sont plutôt les embarcations de pêche. Et une fois par semaine, j'organise des balades en bateau pour les touristes. Si ça vous intéresse, j'en fais une tout à l'heure. Pour l'instant, je n'ai personne. Vingt euros la minicroisière, et j'en profite pour relever quelques casiers.

L'occasion de discuter avec lui.

À le voir, elle n'imaginait pas qu'il ait pu commettre un crime. Il était souriant, débordant d'énergie et de gentillesse.

Il avait eu une altercation avec Chloé au cours de la pendaison de crémaillère, les gendarmes avaient dû effectuer une enquête sur lui. Avaient-ils perquisitionné son garage à bateaux et son habitation ? Jusque-là, cela n'avait pas fuité. Il n'avait pas été mis en examen. Aucune charge ne pesait sur lui, mais elle imaginait que les forces de l'ordre l'avaient à l'œil. Léa n'avait aucune suspicion à son encontre, sans pour autant être certaine de son innocence. *Elle partait de zéro.*

Léa se laissa tenter par la balade, que risquait-elle ? Une heure plus tard, elle prit place dans une énorme chaloupe rouge en bois dotée d'un moteur, aux bords très élevés, garnie de bancs : un ancien bateau de pêche métamorphosé pour les besoins de la promenade. Elle montait peut-être dans l'embarcation d'un meurtrier, mais si elle ne prenait pas d'initiatives, elle n'avancerait pas. Elle avait laissé son téléphone allumé dans sa poche, numéros d'urgence enregistrés : gendarmerie, pompiers… S'il tentait de l'agresser, elle les appellerait immédiatement.

Elle était la seule passagère mais, vu la saison, cela n'avait rien de surprenant.

— Possible de faire le tour de la pointe des Poulains et de longer la côte sauvage ? Je voulais m'y rendre en voiture mais les gendarmes bouclent la zone…

Elle joua à l'ingénue, guettant sa réaction.

— Vous savez ce qu'il s'est passé ?

— Pas prêté attention.

— Pourtant, ce n'est pas rien.

— Mais encore ?

Il semblait tomber des nues. Une feinte ?

— Le cadavre d'une femme a été retrouvé dans une crique.

— Quelle horreur ! Mais qui ? Vous avez une idée ?

— Du tout. Et vous ?

— Pas la moindre.

Il lança le bateau vers l'extrémité de la rade. Son visage jovial s'était rembruni. Il semblait sonné par ce qu'il venait d'entendre. Au bout d'un temps qui sembla très long à Léa, il prononça d'une voix faible :

— Je préférerais qu'on aille dans la direction du Palais. La côte nord est plus calme, et puis, avec cette affaire de cadavre, je n'ai pas envie de tomber sur des flics…

Elle fit celle qui n'avait pas entendu.

— Emmenez-moi vers la côte sauvage, s'il vous plaît, je rêve de la découvrir…

Après un instant d'hésitation, visiblement à contrecœur, il obtempéra.

Le canot fendit les eaux limpides.

Assez vite, ils aperçurent la pointe des Poulains dominée par son phare blanc : un promontoire cerné par les vagues, qui ce jour-là n'avaient aucune force.

— Dire qu'un corps a été retrouvé dans ce coin sublime, murmura Léa, ça semble complètement irréel.

Elle essaya de le piéger :

— Vous connaissiez cette femme ?

Mika regardait la mer avec attention, se frayant un passage entre les rochers, sans rien dire, comme s'il n'avait pas entendu la question. Des récifs perçaient la mer, il fallait les éviter. Avançant à petite allure, le jeune homme changea plusieurs fois de direction. Des goélands planaient en poussant des cris stridents. Odeurs d'iode et de goémon.

Après un long silence, Mika murmura :

— C'est vous qui m'avez annoncé la nouvelle, je ne suis au courant de rien.

Elle mit les pieds dans le plat :

— Chloé Turquoise, vous la connaissiez ?

L'attaque était frontale.

La voix du jeune homme chancela :

— Pourquoi vous me parlez d'elle ? Je ne comprends pas…

— Parce que c'est une de mes meilleures amies… Vous savez où elle se cache ?

— C'était une copine, je l'ai connue à son arrivée à Belle-Île.

Elle voulait avancer.

— *Vous utilisez l'imparfait.* Vous croyez qu'elle est morte, c'est ça ?

Il reçut ces paroles comme une gifle.

— Ça fait des semaines qu'elle a disparu sans donner de nouvelles… Je ne sais pas ce qu'elle est devenue, mais je considère, comment dire ?… Elle appartient au passé…

— Morte ou pas ?

Son visage était blême.

— Mystère.

— La femme retrouvée dans la mer, c'est elle ?

— Comment voulez-vous que je sache ? s'étrangla-t-il, je n'étais même pas au courant. J'imagine qu'il faudra attendre les résultats de l'autopsie.

Par une légère houle, le bateau contourna les Poulains. La mer était gorgée de soleil.

— Vous savez où le cadavre a été repêché ? demanda Mika d'une voix sèche.

— D'après ce que j'ai compris, au sud de la pointe, sur une grève de galets…

— Les gendarmes vous ont mis dans la confidence ? Vous êtes l'une des leurs ?

Elle ne s'attendait pas à ces questions lourdes de suspicions.

— Du tout, mais je vis dans la hantise d'apprendre qu'il s'agit du corps de Chloé. Elle était proche de moi, je viens de vous le dire. Rassurez-vous, je ne suis pas une indic.

Elle ne voulait pas révéler qu'elle tenait un blog consacré aux *cold cases*, qu'elle menait une enquête pour tenter de comprendre l'incompréhensible.

Au sommet de la pointe, elle aperçut une camionnette bleue de la gendarmerie. Un homme braquait des jumelles vers la frêle embarcation, cela n'avait rien d'extraordinaire vu le contexte. Elle s'attendait à ce qu'un Zodiac vienne arraisonner le bateau mais il n'en fut rien. Elle ne remarqua aucune trace de voiture accrochée aux falaises, aucun débris, pas de végétation abîmée par la chute d'un véhicule. Ils longèrent la côte au plus près. Ils ne virent ni gendarmes ni pompiers sur les plages. Les forces de l'ordre avaient plié bagage.

Les murailles de schiste étaient entrecoupées de vallons et de grèves, percées par endroits de grottes marines. Le bateau filait vers le sud. Après la pointe du Vieux-Château, il passa devant la grotte de l'Apothicairerie, immense caverne transperçant une pointe rocheuse.

Mika semblait moins tendu. Il retrouva le sourire qu'il arborait quand Léa était entrée dans son garage.

— Cette balade vous plaît ?

— Si je mets de côté l'affreuse découverte qu'un promeneur vient de faire, la côte est merveilleuse. Rarement vu d'endroit aussi beau.

Elle essayait de le flatter, de le mettre en confiance.

Il gonfla sa poitrine.

— Vous voyez, je ne me fiche pas de vous.

Elle revint au seul sujet qui l'intéressait.

— Quels étaient vos rapports avec Chloé ?

— Vous recommencez ?

— Juste pour savoir.

Il semblait embarrassé.

— Je l'ai vue pour la dernière fois lors d'une pendaison de crémaillère chez une amie commune.

Elle faisait celle qui ne savait rien :

— La soirée s'est bien passée ?

— Très bien, oui, pourquoi ? Un chouette moment. On a beaucoup bu. À la fin, chacun est rentré de son côté. Chloé est montée dans sa voiture… On ne l'a jamais revue. Les gendarmes m'ont questionné plusieurs fois. Ils ont perquisitionné mon habitation et mon lieu de travail sans résultat. J'ai tout raconté sans rien cacher.

Elle le fixa de manière terrible.

— Vous leur avez tout dit ?

Il semblait ne pas avoir entendu la question.

— Je n'ai pas été inquiété, pour la simple raison que je n'ai rien à me reprocher. Rigoureusement rien !

S'il l'avait tuée, qu'avait-il fait du corps et de la voiture ?

— Vous êtes resté à la soirée combien de temps après son départ ?

— Je n'ai pas regardé ma montre. Une heure ? deux ? Je suis rentré à Sauzon avec un taux d'alcool élevé dans le sang. Je sais, c'est nul, mais j'ai roulé lentement et il ne m'est rien arrivé.

Il n'évoqua pas la gifle. Il aurait pu en parler en disant que c'était un incident sans rapport avec la tragédie, mais rien, pas un mot. À l'évidence, cet événement le gênait. Ce blanc était-il un aveu involontaire ?

Elle le toisa d'un regard sombre.

— Chloé avait des ennemis ?

— Oh, je ne devrais pas le dire, mais elle collectionnait les amants. Elle a jeté plein de mecs, qui en ont souffert. Les médias n'ont pas évoqué ce sujet hautement privé.

Léa était circonspecte.

— En êtes-vous certain ?

— Absolument.

Elle le sentait mal à l'aise.

— Vous avez été l'un d'eux ?

— Nous avons eu une brève liaison. Puis elle a rencontré quelqu'un d'autre. Je n'ai rien à ajouter.

Pour détendre l'atmosphère, Léa parla de tout autre chose.

— Vous allez relever des casiers ?

— Je comptais le faire, mais comme les gendarmes nous observent, j'y renonce, d'autant que je n'ai pas vraiment le droit, c'est une zone protégée… Bon, je coupe le moteur, je vais pêcher à la ligne. Il y a de beaux spécimens par ici.

— Quelles espèces ?

— Bars, maquereaux, thons… Vous ne connaissez pas la conserverie La Belle-Îloise ? Vous y trouverez les meilleurs poissons de la région. Je les approvisionne modestement.

Après avoir jeté l'ancre dans une crique, il ouvrit une caisse métallique. Léa mitrailla les falaises avec son téléphone : elle agrandirait les images sur son ordinateur pour tenter de repérer des débris indétectables à l'œil nu. Elle tournait le dos à Mika, happée par la beauté du paysage, fébrile à l'idée de découvrir un indice permettant de comprendre ce qui s'était passé. Elle ne remarqua rien d'anormal, la nature resplendissait, intacte, mélange de roches et de végétation rabotée par le vent.

Elle imaginait que Mika allait lancer une ligne. La houle était faible, l'eau translucide, l'air frais, la luminosité aveuglante. La jeune femme aperçut de gros poissons dont elle ignorait le nom. Puis elle se retourna machinalement. Stupeur : face à elle, Mika brandissait un immense couteau.

Flottant sur une eau ruisselante de soleil, ils se trouvaient dans un endroit solitaire, sans témoins. Aucun bateau à l'horizon, aucun promeneur.

Elle faillit plonger pour échapper à une menace qu'elle considérait comme imminente, mais elle craignait de se noyer. Elle se demandait si Mika n'était pas un tueur mû par des pulsions irrépressibles. Il avait tué Chloé, il lui avait coupé les mains pour lancer les enquêteurs sur la piste de la secte, il l'avait balancée dans la mer. Et maintenant, parce que Léa s'intéressait de près à cette histoire, ou simplement parce qu'il avait de nouveau envie de tuer, il voulait se débarrasser d'elle en un lieu où personne ne la retrouverait : il suffirait qu'il jette son corps par-dessus bord, lesté d'un poids l'empêchant de remonter à la surface. Dans la caisse, elle aperçut une grosse pierre autour de laquelle était accrochée une corde.

Elle était terrorisée à l'idée de mourir.

Léa avait des réflexes dignes d'une adepte des arts martiaux.

En une fraction de seconde, elle se saisit d'une rame posée au fond de la chaloupe et frappa la main qui tenait le couteau. Celui-ci s'échappa des doigts de l'agresseur supposé et coula à pic. La jeune femme n'avait pas blessé le jeune homme, mais il était sonné. Il secoua son bras en signe de douleur.

— Vous êtes folle ! hurla-t-il.

— Ce couteau dans la main...

— On voit bien que vous ne pratiquez pas la pêche au gros. Quand on attrape un poisson, pour éviter qu'il n'étouffe, on l'égorge, puis on le vide.

Par prudence, elle garda la rame dans ses mains. S'il redevenait menaçant, elle s'en servirait, quitte à le précipiter par-dessus bord.

— Vous avez jeté mon couteau de pêche, continua-t-il. Un couteau fabuleux, j'y tenais. Il vaut plus de cent euros ! Je n'avais pas l'intention de vous agresser.

Léa avait peine à le croire, mais elle était armée alors qu'il ne l'était plus. Que faire ? Lui demander de la débarquer sur le rivage ? Mais dans ce cas, il pouvait la suivre à pied et la tuer en pleine nature. Appeler la gendarmerie avec son portable ? Elle saisit son téléphone et s'aperçut qu'il n'y avait pas de réseau, ce qu'elle se garda de dire.

— Bon, murmura-t-elle pour tenter de l'amadouer, je vous crois. Retournons à Sauzon tout de suite, mais attention, si vous me menacez d'une manière ou d'une autre, j'utiliserai cette rame pour me défendre et j'avertirai les gendarmes. Restez à l'autre bout de l'embarcation, près du moteur. Ne vous approchez pas de moi. Surtout pas. À aucun moment. Sous aucun prétexte.

— Vous allez porter plainte?

— Je porterai plainte si vous continuez à me menacer.

— Je ne vous ai pas menacée.

À ce stade, elle n'avait pas l'intention de se rendre à la gendarmerie. Le contenu de la plainte, au demeurant, si elle la déposait, serait assez mince: un homme avait sorti un couteau de pêche sur un bateau, elle lui avait assené un grand coup de rame. Mika argumenterait qu'il n'avait nulle intention de l'agresser. Il pouvait même, le cas échéant, la poursuivre en justice pour dénonciation calomnieuse et agression physique.

— Comment une femme aussi charmante que vous peut-elle porter de pareilles accusations? Je vous convie à une sympathique promenade en bateau: pour vous faire plaisir, je longe la côte sauvage, ce qui n'était pas dans mes intentions… Sachez qu'en principe, il n'y a pas de balades avec moins de cinq passagers. Pas assez rentable.

Le doute la tenaillait.

— Vous cherchez à endormir ma méfiance?

— Du tout!

Elle lui coupa la parole:

— Un numéro de charme? Eh bien, ça ne marche pas avec moi et…

Au tour de Mika de l'interrompre:

— Quand vous êtes arrivée dans le garage, je vous ai trouvée sympathique… Je comprends que vous soyez affectée par la disparition de votre amie, mais ce n'est pas une raison pour dire n'importe quoi. Je suis un type adorable. Renseignez-vous dans le port de Sauzon, vous verrez. On va retourner là-bas, ne vous inquiétez pas!

— Vous n'avez vraiment rien à vous reprocher?

Elle repensa à la gifle assenée à Chloé.

Ils arrivèrent au port sans incident supplémentaire. Depuis qu'ils avaient opéré un demi-tour, ils ne se parlaient plus, se contentaient de regarder la mer chacun de leur côté, dans un silence pesant. Elle ignorait ce que le jeune homme avait dans la tête.

Il amarra la chaloupe, gagna le quai, suivi par la jeune femme. Ils se quittèrent en se serrant mollement la main. Mika prononça une phrase sibylline : « Que celui qui n'a jamais péché me jette la première pierre. »

Ne comprenant pas ce qu'il sous-entendait, elle ne réagit pas. Elle ne voyait pas le rapport entre cette phrase de l'Évangile et la situation présente. Faisait-il allusion à la gifle ?

Elle n'avait pas envie de discuter avec lui, à quoi bon ? Elle avait été effrayée par son attitude, elle ne voulait pas rester une seconde de plus. Mika l'avait invitée à demander aux gens du village un avis sur lui, elle supposait qu'il faisait tout pour être sympathique aux yeux de ceux qu'il côtoyait, *a fortiori* s'il avait un crime sur la conscience. S'il avait suggéré cette idée, c'est parce qu'il savait que les Sauzonnais le défendraient. Cela ne servirait à rien de faire une enquête de voisinage.

Afin de montrer, par pure stratégie, qu'elle ne l'accablait pas – pas encore –, elle lui avait laissé son numéro de téléphone en lui disant qu'il pouvait l'appeler à sa guise.

Elle reprit le volant de sa voiture, le cerveau comprimé par des sentiments contradictoires qui s'entrechoquaient comme des boules de billard. Mika innocent ou coupable ?

De retour à L'Armoric, elle s'installa devant son ordinateur et, après avoir inspiré profondément, elle se jeta dans l'écriture de son journal.

Journal de Léa

Ma rencontre avec Mika m'a déconcertée, bouleversée, retournée, effrayée. Je n'ai pas d'avis tranché sur le jeune homme. Une partie de moi-même penche pour son innocence, une autre pour sa culpabilité.

Je vais tenter d'y voir plus clair en couchant ici mes idées.

Au début, quand je l'ai vu, instinctivement, j'ai pensé qu'il n'était pas dans le coup. Je l'ai dévisagé dans son hangar en train de réparer les bateaux. Une jolie scène. Il semblait authentique, amical, séduisant. Un sourire ravageur. Je sais, c'est idiot de raisonner comme ça, avec son cœur. Après coup, je vérifie par des preuves tangibles pour savoir si mon impression de départ était la bonne.

Je me méfie des gens trop gentils. En tant que journaliste, j'ai souvent enquêté à chaud sur des crimes qui venaient de se produire. J'ai questionné des gens en larmes qui suppliaient qu'on retrouve l'assassin alors qu'ils étaient eux-mêmes impliqués dans l'affaire. Certains criminels font preuve d'un aplomb extraordinaire. Le plus tristement célèbre reste Patrick Henry : en 1977, à Troyes, il enlève un gamin de sept ans avant d'exiger une rançon aux parents. Soupçonné par la police, il nie tout en bloc et, faute de preuve, est relâché, alors qu'il a déjà tué l'enfant. Il déclare à la télévision qu'il est « innocent » et que « le véritable criminel mérite la peine de mort ».

Parfois, les pires salauds ne regrettent rien et singent l'innocence avec talent. Mika appartient-il à cette caste de monstres ?

Je dois rester prudente. Un élément objectif penche *a contrario* en faveur de son innocence : il a été entendu par les gendarmes, comme les autres invités dont j'ignore l'identité. Ils ont perquisitionné chez lui et dans son atelier. S'il avait entraîné Chloé à son domicile, morte ou vivante, l'identité judiciaire aurait découvert son ADN, même si on peut le faire disparaître, comme l'ont montré certains faits divers retentissants : après le massacre du Grand-Bornand, en 2003 (cinq morts), il a fallu plusieurs mois aux enquêteurs pour retrouver dans la maison du crime l'ADN du meurtrier, celui-ci ayant pris d'infinies précautions pour effacer toute trace de son forfait, y compris le sang des victimes, dont le corps avait disparu.

Vais-je parler de lui dans la chronique que je compte publier prochainement ? Je viens de discuter avec James : finalement, pour des raisons juridiques, il ne veut pas que j'évoque les gens rencontrés, même sans les nommer, ils pourraient se reconnaître. Par ailleurs, pour l'instant, rien ne prouve que la découverte d'un cadavre dans la mer ait le moindre rapport avec la disparition de Chloé. À ce stade, il me suggère d'échafauder des hypothèses de pure fiction sous forme de questions sans réponses afin de mettre les lecteurs dans l'ambiance de cette énigme insulaire. J'ai carte blanche. Les photos que je lui enverrai ajouteront au mystère : la lande émeraude à perte de vue, la mer mouvante, les plages au sable immaculé. Dans ma première chronique, je vais envisager l'hypothèse suivante : Chloé n'est-elle pas montée volontairement à bord d'un bateau de plaisance venu la chercher dans une crique une fois la tempête apaisée, après avoir laissé sa voiture dans un endroit où personne ne la retrouverait ? Un ami navigateur l'a-t-il emmenée loin de Belle-Île, dans un pays où elle aurait décidé de recommencer sa vie ? Je ne privilégie pas cette hypothèse mais il n'est pas interdit de l'évoquer, d'autant que le public raffole de ce genre de scénarios.

Je repense à Mika. Pendant toute la balade en bateau, je l'ai senti fébrile, comme s'il craignait que je découvre des indices. Des débris sur une falaise ? Avais-je le regard tourné vers une chose compromettante ? Mais pourquoi, dans ce cas, m'aurait-il emmenée jusque-là ? Mystère, un de plus.

Me suis-je affolée pour rien ? Peut-être. Je doute de tout, y compris de moi-même.

Je me souviens d'un *cold case* que j'ai résolu il y a quelques années. Une femme était morte noyée dans un étang de la forêt de Meudon. La police avait conclu hâtivement à un suicide ou à un accident, mais *quelque chose clochait.* Comment se suicider ou se noyer dans une étendue d'eau calme alors qu'on sait nager et qu'on n'était lesté d'aucun poids ? Longtemps plus tard, à ma demande, son mari a accepté de me rencontrer. Instinctivement, sans savoir pourquoi, j'ai deviné qu'il l'avait tuée. Un soir d'hiver, j'ai insisté pour qu'il m'emmène sur les lieux du drame. Des corbeaux croassaient dans le ciel sombre, il n'y avait personne en dehors de lui et de moi, le lac était gelé au milieu de la forêt accidentée. À un moment, j'ai compris qu'il avait deviné que je le soupçonnais et qu'il voulait, dans un acte irréfléchi et compulsif, me précipiter à mon tour dans l'eau. Mon corps aurait percé la fine couche de glace et je me serais noyée. Je me suis écartée de la berge et j'ai fait mine de ne me douter de rien. Mon flair m'a sauvée, il m'a permis de résoudre l'énigme. Après quelques recherches au sein de l'entourage, j'ai compris que l'homme avait bien assassiné son épouse, par jalousie, il supposait qu'elle vivait une histoire d'amour avec un garde forestier. Un ignoble féminicide, un de plus, commis sous le coup d'une pulsion irrépressible. L'homme a été appréhendé grâce à moi.

J'ai eu le même genre d'intuition en voyant Mika, son couteau à la main. Comment savoir si mon pressentiment était le bon ?

Dans sa chambre, Léa relisait les lignes qu'elle venait d'écrire. Elle retournait dans sa tête tous les scénarios possibles en pensant à son étrange rencontre avec le réparateur de bateaux, cette promenade en mer sous l'insolent soleil. Est-ce lui qui avait déposé à l'hôtel la lettre donnant des nouvelles rassurantes de Chloé ? Si c'était le cas, comment savait-il que la journaliste séjournait ici ? Quelqu'un l'avait-il averti ?

Elle fit défiler les dizaines de photos qu'elle avait prises du bateau. Elle avait zoomé sur les escarpements rocheux ; elle se rappelait l'endroit qu'elle avait mitraillé au moment où Mika avait sorti son couteau. Elle en publierait certaines sur son blog, d'autres dans le reportage commandé par son journal, avec ce type de légende : « Où retrouver les traces de la voiture disparue ? »

La falaise était majestueuse : une muraille dressée au-dessus des flots, constituée de schistes, de quartz et de tuf. Au sommet, un feston vert, un début de lande composée d'ajoncs, de genêts, de bruyères. Et peut-être un chemin de terre pour venir jusqu'au bord que la Smart aurait emprunté avant de plonger dans les flots tumultueux, mais sur les photos, elle n'en voyait pas.

Elle scruta l'ensemble de la paroi, mètre par mètre : broussailles, excavations creusées par le vent et les vagues, failles, sillons dus à des rigoles de pluie. Elle avait beau regarder, elle ne décelait rien d'anormal, elle voyait la nature dans sa pureté et sa magnificence. Aucun reste de voiture, rien qui laisse penser qu'un drame était survenu à cet endroit.

Dépitée, elle attendait avec fébrilité que l'identité judiciaire confirme ou pas que le corps trouvé près de la pointe des Poulains était celui de Chloé. Le résultat de l'autopsie mettrait-il en évidence la cause de sa mort ?

Le téléphone retentit.

Tom, encore lui.

Elle décrocha, heureuse. Il s'inquiétait, forcément. Elle était sensible au fait qu'il s'intéresse à cette histoire et l'appelle, mais au fond, cela n'avait rien d'étonnant, dans la mesure où il adorait les faits divers sordides.

— Comment les choses se passent-elles pour toi ? dit-il d'une voix anxieuse.

Elle ne voulait pas lui parler de sa rencontre avec Mika, pas tout de suite. Il fallait qu'elle prenne du recul afin de trouver une explication à son attitude déconcertante.

— J'essaie d'avancer, répondit-elle laconiquement.

— Tu as jeté un œil sur Internet ?

Il était son informateur, elle l'imaginait scotché aux sites d'actualités.

— Pas depuis quelques heures. Je viens de rentrer d'une enquête sur le terrain. Je t'en dirai plus prochainement.

Elle sentait que Tom s'apprêtait à lui donner une importante nouvelle.

— L'Institut médico-légal vient d'annoncer…

Le cœur de Léa battait très fort.

— Chloé Turquoise a été assassinée, c'est ça ?

Un silence interminable. Comme s'il n'arrivait plus à parler.

— Il ne s'agit pas d'elle.

La journaliste en avait le souffle coupé.

— Comment ça ?

— Le corps retrouvé est plus petit que celui de l'ostéopathe. Les analyses ADN sont en cours, mais *a priori* ce n'est pas Chloé.

— Qui, alors ? Aucune autre disparition n'a été signalée sur l'île…

— La femme est peut-être tombée d'un bateau. À moins qu'elle n'ait dérivé depuis le continent…

Elle était chamboulée par cette révélation. Pour elle, jusque-là, le corps était vraisemblablement celui de Chloé, la question étant de savoir quand et comment elle était morte.

— On ne connaît pas son identité ?

— Les journaux disent que non.

Une question rongeait son cerveau enfiévré :

— Et ses mains ?

— J'allais t'en parler… Tu regarderas toi-même sur Internet. Plusieurs articles confirment qu'elles ont été sectionnées…

— Ce n'est pas dû… comment dire ?… à la décomposition du corps ?

— Je te rapporte ce que j'ai lu. Apparemment, les mains sont tranchées de manière nette, au couteau. Une horrible mutilation.

Au couteau.

Elle en frissonna. Comment savoir si Mika était dans le coup ? Un couteau, c'est tellement courant. Elle espérait que cette femme n'avait pas été mutilée vivante, elle refusait d'imaginer cette hypothèse terrifiante.

En sachant qu'il ne connaissait pas la réponse, elle questionna Tom :

— Comment l'expliquer ?

— Difficile à dire. L'autre jour, on évoquait la possibilité d'un rituel macabre.

— En France, on ne pratique pas ce genre de choses, si ?

— Tu devrais le savoir, il existe des dingues partout. Même si c'est rare, des gens sont mutilés pour des raisons liées à des croyances délirantes… Égorgements, décapitations… Les actes de cruauté n'ont pas manqué, depuis plusieurs années, non? Tu ne connais pas l'OTS, l'Ordre du Temple solaire? Cette secte a organisé le massacre de ses membres au cours de mises en scène atroces. Selon mes souvenirs, on a retrouvé plusieurs corps carbonisés dans le Vercors…

Silence glacé, avant que Tom ne reprenne la parole:

— Tu m'as dit qu'il existait une secte à Belle-Île.

— On me l'a affirmé.

— Eh bien, voilà, tu es sur une piste sérieuse… Ils ont amené une femme ici, ils l'ont sacrifiée avant de la balancer à la mer. Une étrangère à l'île. C'est pour ça que personne n'a signalé sa disparition.

Léa ne voulait pas croire à ce scénario macabre.

— Tom, tu as de l'imagination.

— L'an dernier, j'ai lu un horrible polar comportant ce genre de détail. À un moment, une femme est emmenée dans un souterrain et découpée en morceaux en l'honneur d'un dieu imaginaire affamé de chair fraîche. Le livre est répugnant mais on se laisse emporter par l'histoire. Il commence par une scène où des chiens rapportent dans des maisons des ossements humains sectionnés au couteau. Je te raconte la suite?

— Non, s'il te plaît, cette histoire de femme aux mains tranchées me bouleverse…

— Tu vas faire quoi?

Elle se tut un instant avant de répondre.

— Rassure-toi, je ne frapperai pas à la porte du prieuré.

— Tu vas faire quoi? répéta-t-il.

— Me renseigner. Faire une enquête de voisinage du côté de Bangor.

La voix de Tom devint péremptoire, il criait presque:

— Attends-moi avant d'aller sur place. Après tout, moi aussi je m'intéresse aux enquêtes, et avec moi tu seras moins exposée aux dingues qui sévissent sur l'île.

Léa ne voulait pas l'affoler.

— Je vais discuter avec les gens du village. Pas envie de rester enfermée à l'hôtel en attendant que tu débarques.

— Je tiens à toi, tu sais.

Elle ferma les yeux.

— Merci Tom. Viens dès que tu peux. En attendant, je poursuis mes investigations.

À ce moment précis, elle entendit un *bip* dans son téléphone. Quelqu'un lui avait envoyé un texto. Cela n'avait rien d'extraordinaire, mais vu le contexte électrique, elle était chamboulée à chaque fois qu'on la contactait.

— Je te laisse. On essaie de me joindre.

Tremblant des mains, elle raccrocha.

À sa grande surprise, elle venait de recevoir un message de Mika.

Chère Léa,

Je ressasse depuis tout à l'heure ce qui s'est passé entre nous. Je suis un type bien, vous pourrez le demander à tous ceux qui me connaissent. Je reconnais avoir été maladroit sur le bateau. Je n'aurais pas dû sortir mon couteau de pêche dans votre dos sans vous prévenir. Désolé encore. Mille pardons.

Si vous voulez enquêter sur moi, c'est facile. Vous n'avez qu'à demander à Loïk Tugdual, le journaliste local qui connaît tout le monde. On l'appelle « l'agent secret de Belle-Île ».

Mika

Elle relut plusieurs fois cet étrange texto dont la longueur était inhabituelle. Que cherchait-il à prouver ? Qu'avait-il sur la conscience ? Craignait-il qu'elle porte plainte contre lui ? Était-il sincère ? Pourquoi lui parlait-il du journaliste local ? L'avait-il appelé pour le convaincre qu'il n'avait eu aucune intention hostile lors de la balade en mer ? Elle ne savait pas si c'était une bonne idée, de parler de Mika à Loïk. Si le réparateur l'invitait à le faire, c'est qu'il était certain que le journaliste ne dirait aucun mal de lui.

Elle nota qu'il ne parlait pas des tragédies qui frappaient l'île : une femme disparaît, une autre est retrouvée morte, flottant les mains coupées. Il semblait indifférent, c'était lamentable.

Le jour déclinait. Mue par un instinct irrépressible, Léa prit le volant de sa voiture, direction Bangor. La lumière était belle, rasante. Un vent léger soufflait, entraînant avec lui des nuages blancs qui ressemblaient à des boules de coton.

Elle voulait observer de loin le prieuré de Mullingar, savoir si quelqu'un l'occupait, si des voitures étaient garées devant, si des gens entraient et sortaient, s'il existait des caméras de surveillance. Elle avait vu sur la carte que l'endroit était assez isolé, mais l'île n'était pas très vaste. Des maisons se trouvaient dans la zone, la journaliste pourrait se renseigner auprès de voisins. Elle prenait le risque d'être aperçue par les membres de la secte, mais après tout elle n'avait jamais entendu dire qu'ils attaquaient des voitures passant sur les routes – à l'exception peut-être de celle de Chloé.

Après avoir traversé Bangor, elle aperçut le fameux prieuré. Elle avait imaginé une bâtisse sombre, trapue, robuste, en granit : c'était un manoir néogothique, cerné de murs, percé de fenêtres à meneaux, flanqué de tourelles d'angle, qui n'évoquait en rien une construction religieuse. Pourquoi appelait-on ça un « prieuré » ? L'édifice ressemblait à une immense villa de vacances datant du XIXe siècle, comme celles qu'on découvre à Dinard ou Perros-Guirec. À l'arrière s'étalait un parc ombragé de pins.

Si la secte avait mis à mort la malheureuse dont on venait de retrouver le corps, elle avait dû plier bagage afin de ne pas être soupçonnée.

Léa passa une première fois à vive allure sur une petite route qui jouxtait le long mur de la propriété. Elle effectua un demi-tour, puis passa une deuxième fois, en roulant plus lentement. Le soir approchait, les volets étaient ouverts, la conductrice ne décelait aucun signe de vie. Pas de caméra de surveillance visible. À cause de la hauteur de l'enceinte, impossible de savoir si une voiture était garée dans la cour.

Sur le toit flottait un large drapeau blanc et noir qu'elle n'avait jamais vu ailleurs et dont elle ignorait la signification.

À un moment, l'espace d'une seconde, elle crut apercevoir une silhouette à l'intérieur, mais elle n'en était pas certaine. Effet de son imagination surexcitée ?

Elle ne savait pas quoi faire. Pas question de s'arrêter, de frapper à la porte, de se jeter dans l'antre du loup. Elle avait regardé sur Internet : aucune mention d'une quelconque « association » à cet endroit. D'habitude, c'est à l'abri de vocables enjôleurs que les sectes prospèrent. Mais là, rien. Le manoir de Mullingar n'était cité dans aucun moteur de recherche, aucun annuaire, comme s'il n'existait pas. Comme s'il y avait un blanc à sa place, une lande sauvage.

Elle retourna à Bangor, dominé par son clocher aigu. Le village était entouré de champs avec, au loin, la mer qui scintillait, éclairée par le soleil couchant. La voiture passa devant une boulangerie, Les Gourmandises, dotée d'une petite terrasse avec deux tables en acier, puis s'arrêta dans une venelle un peu plus loin, à l'abri des regards. Léa se rendit dans le magasin, où elle commanda un thé, un verre d'eau et un éclair au chocolat. Elle avait faim, soif, mais surtout elle voulait en savoir davantage sur le « manoir de nulle part ».

Le jeune boulanger lui apporta ce qu'elle avait demandé. La journaliste déroula ce qui la préoccupait, elle cherchait à le faire parler.

— Votre boutique est très chouette, les gâteaux ont l'air très appétissants. C'est la première fois que je viens. J'arrive de Mullingar.

Il semblait surpris.

— À pied ?

— En voiture, je l'ai laissée dans la ruelle à côté.

— Vous séjournez là-bas ?

— Pourquoi faites-vous cette tête ?

— Parce que… Disons que je ne m'attendais pas à voir quelqu'un qui…

Il s'interrompit. Ses yeux noirs scrutèrent le visage de Léa. Puis, d'une voix forte, il lança :

— C'est un asile de fous ! Désolé pour ma franchise.

— Expliquez-moi.

Il baissa les yeux sans la regarder.

— Vous le fréquentez, ou pas ? Là-bas, les gens prétendent que l'Apocalypse est imminente… Parfois, on les croise sur les chemins, coiffés de leurs grands chapeaux à clochettes.

— Dangereux ?

— Dangereux, je n'en sais rien. Mais timbrés, sûrement… Cela m'étonne que vous soyez attirée par eux, mais je ne vous connais pas.

Elle ne savait que répondre. Soit elle lui disait la vérité, soit elle feignait d'appartenir à cette secte.

Elle coupa la poire en deux.

— Je leur ai rendu visite pour m'informer, mais je n'adhère pas à ce mouvement… Pas tout à fait… Pas encore…

— Ah bon, vous m'avez fait peur… Je me disais que votre look était bien différent de celui des membres de cette secte…

Elle avala une gorgée de thé.

— Ces gens-là viennent-ils dans le village ?

— Ils évitent. Soit ils restent dans leur propriété, soit ils cheminent jusqu'à la mer en traversant la lande.

— Des randonneurs ?

Le boulanger haussa les épaules.

— Le mot ne convient pas. On raconte qu'ils célèbrent des messes lors des nuits de pleine lune…

La voix de Léa était gonflée d'impatience.

— Ce sont des autochtones ?

— À mon avis, la plupart ne sont pas français. Quand on les croise, on les entend parler anglais ou gaélique.

— Gaélique ?

— C'est ce qu'on m'a dit. Irlandais ou écossais. En tout cas, pas breton. Mais vous devriez le savoir, vous venez de les rencontrer…

Léa ne s'était pas rendu compte de l'absurdité de ses questions.

— Certes, mais je n'ai vu qu'une petite secrétaire occupant un poste subalterne. Elle m'a demandé de repasser plus tard. En attendant, je me renseigne.

Ils se regardèrent droit dans les yeux.

— Vous comptez rejoindre ce mouvement ?

Elle ne savait que répondre.

— Je me pose la question. À Paris, quelqu'un m'a approchée et m'a invitée à Bangor… Sur le moment, il m'a fait une excellente impression. J'avais rendez-vous avec lui, mais il n'est pas là… Grosse déception. Mais bon, tout à l'heure, je retournerai là-bas. Vous pensez que c'est raisonnable ?

— Personnellement, je laisserais tomber… Bon, je dois vous abandonner, il faut que j'appelle un fournisseur. Au fait, je m'appelle Conan Josselin, et vous ?

Elle refusa de révéler son nom de famille.

— Léa.

Seule sur la terrasse pendant une bonne demi-heure, elle observa l'église et son clocher effilé, les oiseaux de mer, les longues rayures blanches d'avions zébrant le ciel. Elle se demandait ce qu'elle allait faire.

Puis, sans avoir revu Conan, elle regagna sa voiture.

On venait de lui redire que cette secte vivait dans une sorte d'autarcie et que ses membres venaient d'ailleurs. C'était mince. Cela ne prouvait en rien qu'ils soient mêlés à la disparition de Chloé et au meurtre de la femme aux mains coupées. Il fallait qu'elle en apprenne davantage en questionnant d'autres Bellilois.

Comment cette organisation se ravitaillait-elle ? Apportait-elle tout par voie maritime ? Des membres séjournaient-ils en permanence sur l'île ?

Elle redémarra, la gorge nouée.

La boule incandescente du soleil s'apprêtait à tomber dans la mer.

Avant de rentrer à l'hôtel, elle voulut passer une dernière fois devant le prieuré. Elle verrouilla les portières.

Mullingar, castel du mystère.

Aucune silhouette derrière les carreaux.

Pourquoi les volets étaient-ils restés ouverts, si personne n'occupait l'endroit ? Pour faire croire que des gens se trouvaient à l'intérieur ?

Avait-elle vraiment aperçu quelqu'un tout à l'heure ou avait-elle été piégée par son imagination débordante ?

Depuis son arrivée sur l'île, elle n'avait quasiment rien appris. D'habitude, dans ses enquêtes, elle avançait vite, elle vaquait d'un suspect à l'autre et finissait par découvrir la vérité, même si celle-ci était rarement celle qu'elle avait imaginée. Ici, les pistes divergeaient et les suspects manquaient. Étaient-ils face à elle, dans leur tenue ordinaire, sans qu'elle les voie ? Dans un livre, elle avait lu cette phrase qui la hantait : « On croit souvent que les monstres ressemblent à des monstres. Qu'en les croisant, on reconnaîtra la lueur maléfique dans leur regard ou la bizarrerie de leur allure, de quoi donner l'alerte et se protéger. Mais les monstres ne ressemblent à rien, ou, plutôt, ils ressemblent à tout le monde[1]. »

Belle-Île était une terre de mystères, elle le savait avant de venir ; elle n'imaginait pas que c'était aussi une terre de silence.

1. Nathalie Weil et Didier Roth-Bettoni, *Le Grand Livre des faits divers*, Hors Collection, 2015.

Si la secte était impliquée, alors Mika n'avait rien commis, à moins qu'il ne soit lié à elle, ce qui n'était pas exclu.

Après avoir longé le prieuré, elle se gara quelques centaines de mètres plus loin, sur un bas-côté herbeux, prête à redémarrer si quelqu'un l'importunait. Elle avait apporté une puissante paire de jumelles. La route était étroite, aucune voiture ne passait. Par précaution, elle laissa son téléphone allumé dans sa poche, prête à appeler les secours si nécessaire.

Elle observa le bâtiment, son toit d'ardoises noires, ses deux tourelles, son grand drapeau, et surtout ses fenêtres : une dizaine de ce côté.

Il n'était pas exclu que quelqu'un se trouve à l'intérieur. Dans le cas inverse, le drapeau aurait été retiré. Après avoir scruté chaque fenêtre, elle imagina des choses horribles, des cellules où étaient enfermées des femmes dans l'attente de leur sacrifice, des salles d'interrogatoire et de torture. Elle n'avait aucune preuve de ces faits mais elle craignait le pire.

Une chose qu'elle n'attendait pas apparut dans son champ de vision : derrière un carreau se tenait une jeune fille habillée de blanc, debout, très droite, immobile. Elle ne ressemblait pas à Chloé. Que faisait-elle ici ?

Léa prit des dizaines de photos, qu'elle agrandirait sur son ordinateur et qu'elle enverrait à Tom : le prieuré sous toutes ses coutures, le parc et ses grands arbres à l'arrière, les alentours constitués d'une lande épaisse. Elle n'osa pas faire voler le drone qu'elle emportait toujours avec elle, craignant que les occupants ne l'abattent.

Elle ignorait si elle avait été repérée. Comment savoir ? Des caméras avaient-elles filmé sa voiture ?

La nuit ne tarderait pas, il était temps de repartir.

Un tour de clé, le moteur ne répondit pas.

Un deuxième tour de clé, toujours rien.

Nouvelle tentative, nouvel échec.

Elle regarda le niveau du réservoir : rien d'anormal.

Pour une raison qu'elle n'expliquait pas, le véhicule était en panne à l'endroit même où il aurait dû ne pas l'être.

Quelqu'un l'avait-il saboté pendant qu'elle prenait le thé à la terrasse de la boulangerie ? Un membre de la secte l'avait-il suivie après l'avoir aperçue rôdant autour du prieuré ? Tout était possible, dans cette histoire effarante où les menaces étaient partout, où les morts côtoyaient les vivants, où les femmes s'évaporaient sans qu'on sache pourquoi.

Que faire ?

Appeler un taxi ? Un garagiste ?

Elle téléphona à son compagnon pour lui demander conseil.

— Tom ?

— Je te manque, c'est ça ?

— Oh oui !

— Qu'est-ce qui t'arrive ?

— Tu ne vas pas me croire.

— Venant de toi, je m'attends à tout.

Honteuse, elle inspira un grand coup avant de répondre. Elle lui expliqua la situation.

— Patiente cinq minutes avant d'essayer de relancer le moteur, dit-il. Si toujours pas de jus, appelle un garagiste, c'est peut-être un problème de batterie, il la rechargera sur place. Une panne banale.

Elle attendit un quart d'heure puis tenta de nouveau de faire repartir la voiture : rien ne se produisit.

Le découragement l'envahit, d'autant que les ombres remplaçaient peu à peu la lumière incandescente du soleil.

Elle téléphona à un garagiste. En quelques mots, elle expliqua le problème en indiquant où elle se trouvait.

— J'arrive dans une vingtaine de minutes, se contenta-t-il de répondre, laconique.

Elle était fébrile, nauséeuse. Pour se divertir, elle essaya d'écouter la radio, mais celle-ci ne fonctionnait pas. Sans son téléphone, elle ne savait pas ce qu'elle serait devenue.

Elle regarda les nouvelles sur son écran. Une dépêche ajouta à son trouble :

Belle-Île
Le mystère de la femme sans mains

La section de recherches de la gendarmerie vient de confirmer que le corps sans mains retrouvé à Belle-Île n'est pas celui de Chloé Turquoise et qu'il ne correspond à aucun signalement de femme disparue sur le territoire français. Dans l'attente des résultats complets de l'autopsie, l'identité de la morte reste un mystère, tout comme le fait qu'elle ait été mutilée.

Selon des informations qui restent à vérifier, au vu de l'état du corps, le décès remonterait à une dizaine de jours. Les causes de ce dernier n'ont, pour l'instant, pas été établies avec certitude. A-t-elle été jetée morte ou vivante dans la mer ?

Léa n'avait jamais connu un tel scénario : sur une île, une femme disparaît sans laisser la moindre trace ; au même endroit, une autre est retrouvée morte sans qu'on puisse déterminer son identité. Un lien entre les deux affaires ? Coïncidence ?

En bas de l'article, un appel à témoins avait été reproduit, aussi vague que possible :

Toute personne ayant croisé ces dernières semaines à Belle-Île ou dans le reste de la Bretagne une femme correspondant au signalement suivant est priée de contacter la gendarmerie ou le commissariat de police le plus proche.

Description de l'individu : femme d'une trentaine d'années très mince, type européen, taille d'environ 1,60 mètre, cheveux châtains mi-longs, habillée d'un tee-shirt bleu clair, d'un jean et de chaussures de randonnée. Signe particulier : tatouage en forme d'étoile sur le biceps droit.

Léa était dubitative. Hormis le tatouage, cette femme ressemblait à des millions d'autres. Un mystère complet. L'ADN n'avait pas encore parlé, à supposer qu'il parle un jour. Aucun papier, semble-t-il, n'avait été retrouvé. Ce signalement était comme une bouteille jetée à la mer par la section de recherches. Il était impossible de publier la moindre photo de la morte vu son état de décomposition. Il arrivait qu'une reconstitution du visage soit créée grâce à des logiciels spécialisés en identité criminelle, mais pour l'instant, rien.

Un détail intrigua la journaliste : la façon dont la morte était chaussée. La femme était-elle une randonneuse solitaire qui avait fait une mauvaise rencontre ? Léa effectua une recherche sur Internet. Le GR340 faisait le tour de l'île : longueur 85 kilomètres, altitude maximale 55 mètres, dénivelé cumulé (montée) 1 674 mètres, carte IGN 0822OT (Belle-Île, îles d'Houat et d'Hoëdic), cinq jours de marche. Si l'inconnue de la pointe des Poulains avait suivi le GR, elle aurait forcément croisé des gens, dormi dans des gîtes, et dans ce cas, on découvrirait son identité très vite. Le fait de porter des chaussures de randonnée ne signifiait pourtant pas grand-chose. Ce détail éloignait-il l'hypothèse qu'elle ait pu chuter d'un bateau ?

L'obscurité gagnait la lande, et le garagiste n'arrivait pas. Pourtant, la journaliste lui avait indiqué sa position exacte par téléphone, grâce à la géolocalisation. Elle regarda sa montre, cela faisait une heure qu'elle avait appelé. Un mélange de frayeur et d'impatience la submergeait, elle ne voulait pas rester seule dans l'obscurité. Elle recomposa le numéro, tomba sur le répondeur. Était-il en route sans pouvoir décrocher ? Elle l'espérait de tout cœur, mais comment savoir ? Elle laissa un message d'une voix agacée : « Ici Léa Grange, je vous ai téléphoné tout à l'heure pour un dépannage près de Bangor, vous m'avez promis que vous seriez là dans vingt minutes, et toujours rien. En cas d'empêchement, rappelez-moi d'urgence, je trouverai une autre solution. »

Le soleil avait disparu, la fraîcheur de la nuit montait comme une marée, un petit vent arrivait de la mer, de plus en plus vif.

Le dépanneur ne rappelait pas.

Machinalement, Léa jeta un œil dans le rétroviseur.

Ce qu'elle aperçut la glaça d'effroi.

Un homme (ou une femme ?) habillé de noir se trouvait à l'arrière de la voiture, immobile, les mains posées sur le hayon.

Léa ne l'avait pas entendu arriver. Était-il là depuis longtemps ? L'avait-il repérée de loin ? Un banal promeneur faisant une halte sans savoir qu'une femme se trouvait dans la voiture ?

Pour se rassurer, pendant quelques secondes, elle se dit que c'était le garagiste, mais elle ne voyait aucun véhicule. Que signifiait cette présence ? L'homme voulait-il s'en prendre à elle ? Elle était pétrifiée.

Elle avait entendu parler de cette légende insulaire : la nuit, un homme en noir parcourt les landes à la recherche de jeunes filles seules. Elle ne croyait pas à cette histoire abracadabrante qu'on retrouve dans d'autres régions de France, et qui rappelait celle de la dame blanche faisant du stop le long des routes, fantôme d'une femme morte dans un accident de voiture.

L'individu collé à sa voiture s'était-il inspiré de cette fable pour l'effrayer ? Appartenait-il à Lumière du Monde ? Les questions s'entrechoquaient dans la tête de Léa. Elle essayait de garder son sang-froid en se disant que, s'il voulait l'agresser, il n'attendrait pas sagement à l'arrière du véhicule sans dire un mot.

L'irrationalité de la scène provoquait en elle une peur incontrôlable. Elle sortit de la voiture et tenta de le dévisager. Il portait un chapeau noir dont le rebord cachait le haut de son visage, lui-même dissimulé par une cagoule de couleur sombre.

— Qui êtes-vous ? demanda-t-elle. Que voulez-vous ?

Pas de réponse. La présence de cet individu muet dans le vent de la lande avait quelque chose de terrifiant. Pourtant, il n'avait proféré aucune menace, pas eu de geste violent.

Que faire ? Que dire ? S'approcher de lui ? S'enfuir en courant ? Ah, si au moins le garagiste arrivait, elle serait sauvée. Mais sur la petite route, aucun phare de voiture, aucune promesse de délivrance.

Elle regarda en direction du prieuré, des lumières étaient allumées.

Mue par une peur irrépressible, elle s'élança vers une maison éclairée qu'elle apercevait au loin, à l'opposé du manoir. C'était sa seule chance de salut. Pendant quelques secondes, elle avait pensé appeler les gendarmes, mais le temps qu'ils arrivent, l'homme avait tout loisir de l'agresser et de la tuer.

Dévorée par la peur, Léa fonçait sur l'asphalte. Elle se retourna un instant, vit l'homme qui la suivait. Il courait sans parvenir à la rattraper. Elle ignorait comment rejoindre la maison, quand elle se rendit compte qu'elle avait laissé tomber son portable. L'île était un entrelacs de chemins. Elle aperçut d'autres lumières plus lointaines, elle ne savait pas s'il s'agissait d'habitations ou de simples lampadaires. Elle misa sur celle qui semblait la plus proche, quitte à se perdre. Elle distingua un sentier sur la gauche, elle le suivit, espérant tomber sur des gens secourables. L'homme était-il l'assassin qui hantait l'île ? Avait-il fait disparaître Chloé et tué l'inconnue aux mains tranchées ? C'était plausible, vu la proximité de l'endroit où la première avait passé son ultime soirée.

Une femme disparue, une autre probablement assassinée, une troisième menacée en pleine nature : Léa envisageait l'hypothèse d'un tueur en série. La présence d'une secte à proximité épaississait le mystère. Quelque chose échappait à toutes les règles des affaires criminelles : un *serial killer* caché au sein d'une secte serait un scénario inédit. En général, celui-ci est un loup solitaire qui agit hors de toute organisation, dans l'ivresse de sa toute-puissance.

Léa n'avait pas le temps de réfléchir, il fallait qu'elle sauve sa peau.

Elle courut sur le sentier, les ronces lacéraient son pantalon, elle s'aperçut qu'elle ne pouvait plus avancer…

À contrecœur, Léa revint sur la route, les jambes flageolantes. Elle s'attendait à tout, au meilleur comme au pire, le pire étant le plus probable. Depuis tout à l'heure, un sinistre concours de circonstances l'avait fait plonger dans l'irrationnel.

L'homme l'attendait sur le goudron, immobile, comme un loup affamé, comme s'il savait que la jeune femme allait revenir par là, comme s'il connaissait le moindre chemin, ceux permettant de fuir et ceux ne menant nulle part.

Qui était cet homme sans voix et sans visage ? Elle n'arrivait pas à trouver d'explication, tout n'était qu'hypothèses invérifiables.

Elle avait l'impression d'avoir rencontré un personnage de *Men in Black*, membre d'une organisation secrète. La secte d'illuminés lui avait-elle donné pour mission de faire fuir les importuns ?

— Qui êtes-vous ? hurla-t-elle.

Elle entendit sa voix, à l'évidence déformée : un ton rauque et inquiétant.

— Light of the World.

— Quoi ?

— Lumière du Monde.

De nouveau, le silence dans l'effroi de la nuit.

Elle resta à distance. Étrangement, l'homme ne tenta pas de s'approcher. Attendait-il de se retrouver avec elle dans un lieu isolé pour la tuer ?

Que faire ? Rester sur le bitume ? Traverser la lande par un autre sentier ?

Elle se remit à courir.

Quelques mètres seulement.

Un chemin sur la gauche.

Cette fois, elle pensait que c'était le bon. Plus large que le précédent, une voiture pouvait l'emprunter. À son extrémité se trouvait la lumière rassurante. Elle fonça en jetant un œil derrière elle. À son grand soulagement, elle n'aperçut pas la silhouette de l'homme, comme s'il s'était évaporé, renonçant à l'agresser ou à lui faire peur. Elle s'arrêta pour reprendre son souffle, décontenancée par la tournure que prenaient les événements. Il aurait pu s'en prendre à elle à deux reprises, il ne l'avait pas fait, c'était très étrange.

Elle ne courait plus, elle était épuisée.

Le feu du grand phare de Bangor, l'un des plus puissants des côtes françaises, tournait. Il semblait très proche mais c'était une illusion d'optique. Le vent soufflait de plus en plus fort, la nuit devenait de plus en plus sombre, Léa était frigorifiée, tétanisée. Elle ne savait pas où passer, elle ne voulait pas rebrousser chemin. Elle avançait au hasard, espérant qu'elle finirait par découvrir une maison occupée.

Tout à coup, le miracle se produisit. Au sortir d'un sentier, elle se retrouva face à une habitation éclairée de l'intérieur, une longère surmontée d'un toit d'ardoises typique de l'architecture locale. Était-ce celle qu'elle avait aperçue ? Qu'importe, elle était sauvée. Elle imaginait des paysans, ou des vacanciers lui ouvrant la porte, elle raconterait sa mésaventure, ils lui offriraient l'hospitalité, la ramèneraient à son hôtel.

Demain, elle retournerait à sa voiture, accompagnée du garagiste ou d'un homme capable de la défendre, en espérant qu'elle retrouverait son téléphone. Sans lui, elle avait l'impression d'être nue, coupée du monde, et surtout de Tom. Il avait dû tenter de la joindre pour savoir si elle avait réussi à redémarrer. Il savait qu'elle prenait souvent des risques insensés et qu'elle avait échappé plusieurs fois à la mort dans des affaires qu'elle tentait de résoudre.

Elle allait le rappeler très vite en utilisant une autre ligne.

La porte de la maison était peinte d'un joli bleu, une lampe extérieure éclairait des parterres de fleurs.

Elle frappa une première fois. Pas de réponse. Une deuxième fois. Dans le jardin, sur la gauche, elle entendit un pas.

L'effroi l'envahit.

C'était l'homme en noir. Il attrapa la poignée de la porte sans l'ouvrir.

— Entrez, murmura-t-il d'une voix glacée.

Sans réfléchir, elle s'enfuit par le même chemin qu'à l'aller. La peur de la mort lui donnait des ailes, elle courut comme jamais. Il fallait qu'elle fonce le plus loin possible, elle avait l'avantage de la rapidité sur son poursuivant, engoncé dans son costume de carnaval.

Intuitivement, elle emprunta une petite route se dirigeant vers Bangor, mais elle était tellement épuisée qu'elle se dissimula dans un fourré pour reprendre son souffle, après s'être assurée que l'homme ne la poursuivait pas. Ensuite, elle perdit connaissance.

Quand elle rouvrit les yeux, elle regarda sa montre : deux heures s'étaient écoulées. Son poursuivant ne l'avait pas retrouvée. De guerre lasse, il avait dû abandonner la partie. Elle regagna l'asphalte et, d'un pas hésitant, marcha vers le village, qu'elle atteignit au bout d'une dizaine de minutes. À son grand étonnement, elle s'aperçut que la boulangerie était encore ouverte. Surpris, Conan s'exclama :

— Déjà de retour ? Où est passée votre voiture ?

Léa ne savait que dire.

— En panne. Un individu habillé de noir m'a poursuivie.

— Vraiment ?

— Il faut que vous m'aidiez. S'il vous plaît.

— Appelez les gendarmes, suggéra-t-il en fronçant les sourcils.

— J'ai perdu mon téléphone.

— Décidément, ce n'est pas votre jour.

Elle était paniquée à l'idée que l'homme de la nuit déboule. Certes, elle n'était plus seule, mais elle s'attendait à tout, y compris à ce qu'il sorte un couteau, le même que celui qui avait sectionné les mains de la jeune femme retrouvée à la pointe des Poulains.

— Je préviens les forces de l'ordre ? demanda le boulanger.

— Pour leur dire quoi ? Que j'ai croisé la route d'un homme qui m'a effrayée ? Il ne m'a même pas agressée. Je veux surtout regagner mon hôtel.

— Vous êtes retournée au prieuré ?

Elle n'était pas fière d'elle.

— Oui, d'une certaine manière, mais ça ne s'est pas passé comme prévu. Je ne vais pas entrer dans les détails…

— Vous pensez que cet homme est membre de l'organisation ?

Elle ne voulut pas répondre.

— Vous pouvez me raccompagner ?

— Ah, désolé, je n'ai pas de voiture. Je viens à pied ici, j'habite à quelques centaines de mètres. Je peux appeler un taxi si vous voulez, mais le soir, il y en a très peu. Vous n'êtes pas à Paris, il faut réserver plusieurs heures à l'avance, surtout la nuit, sauf si vous partez d'un hôtel ayant passé un accord avec les chauffeurs. J'essaie quand même ?

— Allez-y.

Il tenta, mais aucun véhicule n'était disponible.

Elle demanda d'une voix atone :

— Vous avez déjà croisé cet homme habillé de noir ?

— Moi, jamais, mais une rumeur court qu'un individu effraie les femmes dans la nuit. Jusqu'à votre témoignage, j'ai cru que c'était une légende, comme il en existe tellement dans le coin. Vous vous en êtes sortie, c'est le principal.

— J'ai aperçu aussi une jeune fille habillée de blanc derrière une fenêtre du prieuré.

— Ah bon ? Il paraît que plusieurs personnes l'ont vue. Moi jamais.

Elle se jeta à l'eau :

— Vous pouvez m'héberger ?

— Avec plaisir. Je vais fermer la boutique, et on y va.

Elle n'était pas très rassurée.

— Le trajet dure combien de temps ?

— Une vingtaine de minutes. On longe une route puis, avant la mer, on tombe sur ma petite maison. Vous verrez, c'est tout près.

— Vous habitez seul ?

— En ce moment, oui.

Elle n'avait d'autre choix.

Ils s'avancèrent dans la nuit, éclairés par le faisceau tournant du phare sentinelle de la côte. Un quartier de lune rendait le paysage fantomatique. Conan n'avait pas menti, sa maison n'était pas loin.

Malgré l'obscurité, Léa reconnaissait l'endroit.

— L'autre jour, j'ai rendu visite à un couple qui habite tout près.

— Les Guillou ? Ils se trouvent à trois cents mètres. Malgré la proximité, ça fait longtemps que je ne les ai pas vus.

— Quelle coïncidence ! J'ai rencontré Marie l'autre jour.

— Ça vous tente d'aller leur dire bonjour ?

— Pourquoi pas ?

Elle ne savait pas si c'était une bonne ou une mauvaise idée, mais surtout qu'allait-elle dire ?

Quelques minutes plus tard, Conan frappait à la porte de la maison où toute l'affaire avait débuté. Léa repensait à cette pendaison de crémaillère houleuse et arrosée. La disparition de Chloé était absurde, invraisemblable, horrible. Elle revoyait le joli sourire que la jeune femme arborait sur ses photos. Elle avait l'air tellement heureuse.

Avait-elle été agressée par l'homme en noir en quittant la soirée ? Léa ne pouvait que l'envisager.

Marie était stupéfaite de la voir débarquer en pleine nuit. L'artiste serra la main de Léa avant de la présenter à Kevin qui, assis devant la table de la salle à manger, travaillait sur son ordinateur.

— Ah oui ! s'exclama-t-il d'une voix aimable. L'autre jour, quand vous êtes venue, j'étais en classe avec les gamins.

C'était un individu au visage austère. Elle n'avait entendu nulle part qu'il pouvait être mêlé à la disparition. Il était resté avec sa compagne jusqu'à la fin de la soirée et, le lendemain, ils avaient rangé la maison. On leur avait signalé la disparition de l'ostéopathe le lundi, au moment de l'ouverture du cabinet.

— On laisse bosser Kevin tranquille, poursuivit Marie. Il prépare un cours. On va papoter dans le jardin. Il fait doux ce soir, on n'a pas l'impression d'être en hiver.

Ils sortirent, le ciel était d'une grande pureté. Encadrant un croissant de lune, des myriades d'étoiles s'étalaient jusqu'à l'horizon.

Marie s'adressa à Léa :

— Par quel hasard incroyable vous retrouvez-vous ici en pleine nuit ?

La journaliste ne voulait pas entrer dans le détail de son enquête, cela ne regardait qu'elle. Elle n'avait pas révélé à Conan la vraie raison de son séjour à Belle-Île, elle imaginait que Marie allait vendre la mèche.

— Je me promenais en voiture et je suis tombée en panne. J'ai appelé un garagiste qui n'est jamais venu. Du coup, j'ai marché jusqu'à Bangor, où Conan a gentiment proposé de m'héberger. Quand je suis arrivée ici, j'ai reconnu les lieux. Voilà, c'est tout bête.

Le boulanger acquiesça de la tête, Marie se tourna vers lui :

— À cause de l'affaire qui nous bouleverse, j'ai perdu de vue mes amis, j'en suis bien désolée, cher Conan. On ne s'est pas vus depuis la pendaison de crémaillère. Les flics t'ont questionné ?

Léa ne comprenait pas ce que Marie voulait dire. Elle ouvrit grand les oreilles.

— Ils m'ont charcuté plusieurs fois, oui. Posé des tas de questions. Ils ont même perquisitionné ma maison. Ça n'a rien donné : et pour cause, je n'avais aucune raison de m'en prendre à cette femme.

— Nous savons que tu n'as rien à te reprocher, murmura Marie en lui tenant le bras.

Devant la mine déconfite de la journaliste, l'artiste précisa :

— Conan a participé à la fête, voilà, c'est tout.

Ce dernier fixa Léa droit dans les yeux.

— Je ne savais pas que vous vous intéressiez à la question…

Incrédule, la jeune femme se passa la main dans les cheveux.

— Vous connaissiez la… disparue ?

— J'avais entendu parler d'elle, mais c'était la première fois que je la voyais. Une fille épatante… On a discuté gentiment… Jamais je n'aurais imaginé la suite… Quand j'ai appris qu'on ne savait pas où elle se trouvait, je n'arrivais pas à y croire. Le pire dans cette histoire, c'est qu'on n'a découvert aucun indice, aucun témoin, aucun suspect.

Léa se demandait s'il n'était pas mêlé à la disparition. Dans la mesure où il avait participé à la fête, il devenait, *de facto*, un nouveau suspect.

Après un silence, elle posa l'unique question qui lui importait, même si elle se doutait que personne n'y répondrait :

— Quelqu'un a-t-il aujourd'hui une idée du sort de Chloé ?

Long silence. On entendait le vent dans les ajoncs. Puis Conan murmura :

— Pour moi, la secte a… comment dire ?… sa part de responsabilité.

— Vous en avez la preuve ?

— La preuve non, l'intuition oui. Ce sont des gens tellement bizarres, je vous l'ai dit. Vous voulez en faire partie, c'est ça ?

Elle était embarrassée.

— J'effectue une enquête sur Lumière du Monde. Rien de plus.

Marie la fixa des yeux.

— Vous avez découvert quelque chose ?

— Presque rien. Je suis passée devant le prieuré en voiture à plusieurs reprises, j'ai aperçu une femme habillée de blanc à la fenêtre, mais ce n'était pas Chloé, j'en suis certaine.

Elle ne voulait pas continuer à mentir à Conan, elle ne reparla pas de la fausse rencontre avec une supposée secrétaire. À quoi bon ? Il écouta la suite de la conversation sans sans dire un mot.

— Rien remarqué d'anormal ? poursuivit Marie.

Léa raconta la vérité.

— Après la panne, un homme en noir m'a poursuivie.

— Il est de retour ?

— Vous le connaissez ?

— J'entends régulièrement parler de lui. On ne sait pas qui c'est. Une rumeur circule selon laquelle il appartient à ce groupe d'illuminés.

Léa essayait de comprendre.

— C'est lui qui a fait disparaître Chloé ?

— Peut-être. Ou peut-être pas. Comment savoir ? Si ça se trouve, c'est un dingue pas bien méchant, une sorte d'idiot du village. Il existe des gens comme ça partout en France. Ils effraient les passants, ça les excite.

Léa plissa le front.

— Je sais où il habite.

— Ah bon ?

— Sans le vouloir, j'ai frappé à sa porte, il m'a proposé d'entrer, je suis partie en courant.

— Vous sauriez reconnaître l'endroit ?

— Je me suis perdue en chemin.

Après un silence qui sembla interminable à la journaliste, Marie prononça d'une voix navrée :

— On a l'impression que cet homme traverse les murs. Il aurait été aperçu dans plusieurs habitations différentes. À la suite d'une plainte, les gendarmes ont même perquisitionné l'une d'elles, mais ça n'a rien donné. Il ressemble à un fantôme parcourant la lande, mais jusque-là, on n'a pas retrouvé de cadavre sur son passage. Rien ne permet de dire s'il est impliqué dans la disparition de Chloé.

— À un moment, devant moi, il a hurlé « Light of the World » puis « Lumière du Monde » : j'en déduis qu'il est membre de la secte.

Marie, fébrile, haussa les épaules.

— Pas forcément. Il a peut-être essayé de le faire croire. On ne sait pas. On ne sait rien. Tout baigne dans le brouillard.

Léa était surprise par le manque de motivation de la gendarmerie. Elle était étonnée qu'elle n'ait toujours pas investi le prieuré. Cherchait-elle à couvrir l'organisation ? Il n'était pas exclu qu'un membre des forces de l'ordre soit de mèche avec elle, ralentissant l'enquête. Lors de sa rencontre avec le commandant, elle l'avait trouvé désinvolte. Il n'avait pas l'air de croire à la piste criminelle. Quel était le fond de sa pensée ?

Avant d'aller dormir chez le boulanger, elle demanda à passer un coup de fil à Tom. Elle tomba sur son répondeur, lui laissa un court message : « J'ai perdu mon téléphone mais à part ça, tout va bien. Je te rappelle dès que possible. Bisous mon chéri. »

Elle aurait pu demander à Marie de la raccompagner au Palais, le bourg n'étant pas loin, mais en dehors du fait qu'elle ne voulait pas la déranger, elle avait des questions pressantes à poser à Conan sur le déroulement de la fameuse soirée où tout avait basculé dans l'horreur.

À moins qu'il ne soit dans le coup, sa rencontre inopinée avec lui était une aubaine.

Conan pria Léa de s'asseoir sur le canapé de sa salle à manger. L'endroit était agréablement décoré. Des tableaux abstraits ornaient les murs peints en ocre.

— Alors, cette soirée, c'était comment ?

Elle l'observait en analysant chacun de ses mots, de ses gestes.

— Un moment très étrange ! Ne dites pas à Marie que je vous en ai parlé, elle n'apprécierait pas. J'ai appris qu'elle ne voulait pas qu'on évoque le sujet. Elle s'est retrouvée dans l'œil d'un cyclone et s'en serait bien passé.

— Pourquoi « étrange » ?

— Plusieurs invités ne s'entendaient pas entre eux. Dès le début, l'atmosphère était pesante, lourde, orageuse. Cela m'a surpris et déplu. Quand on organise une soirée, on fait en sorte de rassembler des gens qui sont sur la même longueur d'onde. Marie avait convié deux copines et Kevin trois copains, je suis l'un d'eux. À l'évidence, ils ne s'étaient pas concertés.

— Pas terrible, ça.

— Mika Villard et Abel Urrutia se retrouvaient face à Chloé, une de leur ex.

— Abel Urrutia ?

— Un invité, oui. Vous n'avez jamais entendu parler de lui ?

— Jamais.

— Tout ça doit rester entre nous.

Elle hocha la tête en signe d'acquiescement.

— Vous avez ma parole… Pour vous, Chloé collectionnait les mecs ?

— Pas du tout. Elle cherchait le grand amour et ne l'a jamais trouvé.

— Et eux ?

— Des dragueurs pas très fins. Lourdauds. Vous voyez ce que je veux dire ?

Elle était perplexe.

— Je ne comprends pas pourquoi les Guillou ont invité ses anciens petits copains.

— C'est seulement au moment de l'enquête qu'ils ont appris que Chloé avait eu une liaison avec eux. Kevin me l'a dit au téléphone.

— Vous le saviez ?

Conan semblait ému.

— À un moment, lors de cette fameuse nuit, j'ai discuté avec Chloé dans le jardin. Au bord des larmes, elle s'est confiée à moi. Je me souviens de cette phrase : « Deux d'un coup, c'est un traquenard. »

— Elle est partie avant tout le monde ?

— La soirée a commencé très tard. À un moment, Mika l'a giflée.

Léa n'apprenait rien, elle voulait avoir la version du jeune boulanger.

— J'en ai entendu parler.

— Quand elle est arrivée, en voyant les deux types, elle a failli rebrousser chemin. Par politesse, elle est restée. Quel courage !

Par la fenêtre, la journaliste aperçut la lune entourée d'un halo.

— Si j'avais su, poursuivit Conan, je l'aurais invitée à dormir chez moi plutôt que de la laisser repartir seule. Mais comment imaginer l'inimaginable ?

Léa posa la seule question qui lui importait :

— Vous pensez qu'Abel et Mika sont impliqués dans cette disparition ?

— Pour moi, c'est une évidence. Je vais être vulgaire…
— Dites…
— Ce sont des porcs.
— Vous en avez parlé aux enquêteurs ?
Il hésita un court instant.
— Je ne balance pas les gens comme ça. Je n'ai aucune preuve. En revanche, j'ai une intime conviction.
— Laquelle ?
— Ces deux salopards, alcoolisés, l'ont violée avant de la tuer.
— Et la voiture ?
— Les gendarmes n'ont pas visité tous les garages de l'île.
Elle planta son regard dans les yeux noirs du boulanger.
— Vous semblez sûr de vous.
— Sûr, non, mais si vous aviez vu l'expression de ces deux-là pendant la soirée, vous penseriez la même chose. Ils n'ont cessé de la mater, comme deux loups s'apprêtant à engloutir une proie. C'était obscène.
— Complices ?
— Ils sont connus pour chasser les filles en bande.

Léa était chamboulée par ces révélations. Elle ne savait pas si Conan avait raison, ou si c'était l'expression d'une colère sourde. À l'évidence, le mystère entourant le sort de Chloé l'avait bouleversé, il cherchait des coupables. Mais Léa savait qu'une suspicion n'était pas une preuve, sinon les deux hommes auraient été coffrés depuis longtemps.

Comment dénouer le vrai du fantasme?

— Et la secte? demanda la journaliste.

Il renifla.

— Ce sont des dingues, je vous le redis.

— Abel et Mika sont mêlés à la disparition de Chloé, ou pas?

— Il faut envisager toutes les hypothèses.

Elle trouvait qu'il allait loin. Les deux anciens amants d'une femme magnifique l'auraient violée et tuée avant de faire disparaître sa voiture dans un prieuré occupé par un groupe sectaire: difficile à croire. Existait-il un lien entre Mika, Abel et cette organisation aux desseins impénétrables?

Avant cette conversation, Léa ignorait l'existence d'Abel. Elle avait discuté avec des gens dans les magasins du Palais. Son nom n'avait jamais été évoqué. Elle ne connaissait pas non plus le nom de la femme conviée par Marie, elle n'avait été citée par personne.

Jusque-là, l'identité des invités avait constitué à elle seule un mystère.

On ne lui avait jamais parlé de Conan. Elle le regarda en essayant de deviner s'il était sincère. Elle n'avait aucun moyen de savoir s'il avait joué un rôle dans cette affaire. Quelles auraient été ses motivations ? Elle n'en voyait aucune.

— Où Abel habite-t-il ? demanda-t-elle.

— Juste à côté de Sauzon. Tous les lieux sont proches les uns des autres. L'île ne fait qu'une quinzaine de kilomètres de long… Je le connais sans le connaître. Il vient de temps en temps à la boulangerie, mais je ne discute pas avec lui, ou si peu. Il ne m'inspire pas confiance.

Après une hésitation, il reprit :

— Je ne dis pas ça pour vous effrayer, mais depuis la fameuse fête, je ne me déplace pas sans une bombe lacrymo. On ne sait jamais… Un tueur rôde quelque part… On a retrouvé un cadavre près de la pointe des Poulains, vous êtes au courant.

— Un rapport entre la disparition de Chloé et la femme aux mains coupées ?

— Tout est possible.

Un temps de silence.

— Le métier d'Abel, c'est quoi ?

— Vous ne me croirez jamais : il est gendarme.

Le lendemain matin, très tôt, Kevin raccompagna Léa en voiture au Palais.

Elle n'avait pas encore eu l'occasion de parler avec lui, c'était le moment.

— Marie vous a peut-être informée, j'étais une amie de Chloé.

— On en a discuté. Vous êtes venue pour essayer de comprendre…

— Absolument. Quel est votre point de vue ?

— Aucune certitude, juste des intuitions. Cette disparition m'a ébranlé, comme tout le monde. Sur le moment, j'ai pensé qu'elle allait réapparaître, qu'elle avait fait un break de quelques jours dans un coin paumé de l'île. J'étais persuadé que les choses rentreraient dans l'ordre rapidement. Je n'imaginais pas d'autre scénario qu'un dénouement heureux. Belle-Île n'est pas Bagdad, on ne vous enlève pas à chaque coin de rue.

— Ensuite ?

— Les jours ont passé, l'espoir s'est envolé… Rien n'a bougé depuis le soir de sa disparition… Le plus fou, c'est que personne n'a retrouvé le moindre indice, la moindre trace, alors que l'île est toute petite… Rien. Je n'avais jamais entendu parler d'une histoire comme ça, et il faut que ça tombe sur nous.

— Désolée d'être aussi abrupte, mais pensez-vous qu'un de vos invités a pu être impliqué dans… ?

Kevin, agacé, lui coupa sèchement la parole :

— Malgré leurs défauts, nos amis sont des gens irréprochables… Je sais, une dispute a éclaté… Mais bon, voilà… Tout le monde était alcoolisé, ce sont des choses qui arrivent, même si c'est très regrettable… Nous avions invité deux nanas et trois mecs.

— L'autre femme, c'est qui ? Personne ne m'en a parlé.

Il hésita, avant de murmurer d'une voix désolée :

— Je ne vous le dirai pas. Elle a demandé que soit respecté son anonymat. Voyez-vous, depuis la disparition de Chloé, elle a la trouille. Essayez de vous mettre à sa place.

— Interrogée par les gendarmes ?

— Je n'ai pas à répondre, j'en suis navré.

Elle l'observait, essayant de deviner ses pensées.

— Conan est un gars sérieux ?

— Vous le soupçonnez alors qu'il vient de vous rendre service ? Pas très élégant.

— Du tout. Je l'ai trouvé charmant et serviable. Je veux juste en savoir plus sur lui.

— Il ne connaissait pas Chloé et, pendant la soirée, il a été exemplaire. Il n'a pas bu d'alcool et, à la moindre tension, il essayait de calmer le jeu. Conan est la perle de Bangor, un type extra. Autre question ?

— Vous connaissez des gens qui avaient des raisons de s'en prendre à Chloé ?

— Non.

Le trajet jusqu'au Palais était très court, Léa espérait que Kevin lui ferait une révélation. Et s'il était lui-même dans le coup ?

— Pour vous, quelle est la piste la plus crédible ?

— Celle du *serial killer* est une possibilité à prendre très au sérieux. Je sais, les gens d'ici ne veulent pas en entendre parler car ça fait un tort considérable à l'île. Si cette piste est la bonne et que le gars n'est pas coffré d'ici la prochaine saison, aucun touriste ne viendra. Ce serait une catastrophe économique. Vous imaginez des vacanciers séjournant sur une île où rôde un tueur en série ? Je vous rappelle qu'on vient de retrouver un cadavre qui n'est pas celui de Chloé. Deux morts suspectes, c'est flippant…

Léa tiqua : il supposait sans preuve que l'ostéopathe était décédée.

— Pour vous, Chloé n'est plus de ce monde ?

— Je le crains.

— Et sa voiture ?

— Pas compliqué de la planquer…

Avait-il une idée plus précise ?

— Le tueur habite Belle-Île ?

— Attention, je n'ai pas dit ça. Le gars vient peut-être du continent.

Elle se gratta la gorge.

— Des indices pour envisager l'hypothèse que les deux meurtres aient été commis par la même personne ?

— La coïncidence entre les deux tragédies est une sorte de signature, non ?

Il fallait qu'elle avance dans sa quête.

— Des gens disent que Chloé a disparu volontairement…

— Chacun son avis. Je ne suis pas forcément d'accord avec Marie sur ce point. On en a souvent discuté.

— Et la secte ?

— Quelle secte ?

— Lumière du Monde.

Un profond soupir sortit de sa bouche.

— Ah oui ! On en fait tout un fromage, mais jusque-là, ses membres n'ont rien fait de répréhensible. Un fantasme collectif les désigne comme dangereux car ils ne se mêlent pas à la population. Tout ce qu'on ne connaît pas fait peur, c'est bien connu. J'ai mené ma petite enquête : ce sont des Anglo-Saxons qui organisent des séminaires sur des thèmes un peu mystiques, comme la survie de l'âme ou la télépathie avec des civilisations extraterrestres, rien de bien méchant. Ils sont givrés, c'est tout.

— Pas impliqués dans la disparition de Chloé ?

— Rien d'impossible, mais j'en doute.

La voiture arriva au Palais, elle traversa le rempart dressé par Vauban.

— Je vous laisse où ? demanda Kevin.

— Où vous voulez.

— Dans ce cas, devant mon école. Je donne un cours dans quinze minutes. Vous êtes à L'Armoric ?

Comment le savait-il ?

Du téléphone de sa chambre, Léa appela Tom, qui décrocha immédiatement.

— J'étais follement inquiet, dit-il d'une voix émue. Tu es où, chérie ?

Elle lui raconta rapidement ce qui lui était arrivé depuis la veille au soir, sans entrer dans les détails. Elle avait envie qu'il débarque le plus vite possible. Certes, elle avait l'habitude de mener seule ses enquêtes, mais la plupart du temps, un ami n'était jamais très loin, prêt à la secourir en cas de problème. Ici, elle se trouvait sur une île, un huis clos perdu au milieu des vagues, comme enfermée. Elle n'avait pas d'amis, les gens qu'elle rencontrait étaient de potentiels suspects.

— Je t'appelle de l'hôtel. Note bien le numéro, si tu veux me joindre. J'ai perdu mon portable. Il va sans doute falloir que j'en achète un autre…

Enjoué, il s'exclama :

— J'arrive demain ! Je te serrerai dans mes bras sur le môle, ça te va ?

— Génial ! À quel moment ?

— Je ne sais pas encore. Il faut que je regarde les horaires de train et de bateau. Le soir, forcément. Je te tiens au courant. Et d'ici là, tu fais quoi ?

Elle hésitait.

— Je vais sans doute récupérer ma voiture en sollicitant un dépanneur, j'espère en trouver un.

— Attention aux garagistes !

— Pourquoi ?

— Je rigole. C'est toi qui m'as dit qu'il fallait se méfier de tout le monde, n'est-ce pas ? Dans tous les bons polars, c'est celui qu'on soupçonne le moins qui est le coupable. Je viens d'en finir un où le petit copain de l'héroïne a commis tous les crimes.

— Ah, c'est toi le meurtrier ? J'essaie de ne pas être trop parano, sinon je vais finir par te soupçonner…

Ils raccrochèrent.

Elle ferma les yeux en pensant à ce qui venait de se produire : chacun lui avait donné une interprétation différente des événements des dernières semaines, sans qu'elle sache si les gens disaient la vérité ou ce qui les arrangeait. Elle était épuisée, mais dans toutes ses enquêtes, c'était la même chose : elle avait l'impression de faire du sur-place, bloquée dans un brouillard épais, jusqu'au jour où, à force de ténacité, la vérité éclatait.

Elle voulut solliciter un autre garagiste que celui qu'elle avait attendu en vain.

Elle en appela trois, mais aucun n'était disponible avant le lendemain, ce qui l'agaça. Que faire sans véhicule et surtout sans son portable ? Elle imaginait qu'il était tombé de sa poche au moment où elle avait commencé à courir pour échapper à l'homme en noir. Il contenait des centaines de contacts, professionnels, amicaux, familiaux. Sans lui, elle avait l'impression de n'être plus rien.

Elle réussit à joindre Loïk à son bureau. Elle appréciait sa déontologie et sa clairvoyance. L'un des invités de la pendaison de crémaillère étant un gendarme, elle refusait désormais de s'adresser aux forces de l'ordre. De toute façon, elle n'avait rien à leur dire.

— Allô, Loïk ?

— Moi-même.

— Ici Léa. Vous allez bien ?

— Je ne reconnais pas votre numéro.

— J'appelle de l'hôtel. J'ai besoin de vous.

En quelques mots, elle lui expliqua la situation : voiture tombée en panne sur une petite route et portable égaré ; aucun garagiste ne pouvant l'aider, elle se permettait de le solliciter.

— Vous vous y connaissez en mécanique ?

Il se mit à rire.

— Si c'est un problème d'essence, d'huile ou de batterie, je peux arranger ça. Si c'est un truc plus grave, il faudra demander à un spécialiste.

Elle se montra très insistante.

— Vous pouvez venir me chercher à l'hôtel ? Je vous dédommagerai…

— Ah, je ne vous demande rien. Je regarde juste mon emploi du temps… Une seconde…

Un blanc au bout du fil, puis :

— J'ai un truc important en milieu d'après-midi… D'ici là, ça tombe bien, je suis libre. Je passe vous prendre maintenant si vous voulez.

— Entendu. C'est adorable. Merci.

Elle se sentit délivrée d'un fardeau. Quelqu'un allait l'aider en attendant l'arrivée de Tom.

Dix minutes plus tard, Loïk s'arrêta devant l'hôtel et klaxonna. Léa descendit, presque heureuse. La voiture démarra.

— À cause de cette affaire de femme aux mains coupées, je suis un peu débordé, annonça-t-il. Mais vous voyez, j'ai réussi quand même à me libérer.

— J'espère ne pas être la prochaine victime, dit-elle avec un petit rire nerveux.

— Avec moi, vous ne risquez rien. J'ai une batte de base-ball dans mon coffre au cas où…

La voiture prit la direction de Bangor. Elle s'arrêta près de la Clio.

— Maintenant, j'aimerais retrouver mon téléphone… Je n'y crois pas, mais bon…

Ils effectuèrent quelques pas et, à sa grande surprise, elle l'aperçut gisant dans l'herbe grasse.

— Comme je suis heureuse, c'est un miracle! Ne pas le récupérer aurait été une catastrophe. On est dépendant de ces petites machines, n'est-ce pas?

Elle envoya un texto à Tom pour lui annoncer la nouvelle. Puis Loïk s'assit au volant de la Clio, il tourna la clé plusieurs fois dans le démarreur. Un râle de moteur, puis rien. Il essaya de nouveau, sans succès.

— Ça sent la panne de batterie. Rien de bien méchant. Dans mon coffre, j'ai un booster avec des câbles munis de pinces, on va voir ce que ça donne. Ici, on a beaucoup d'humidité, je garde ça toujours avec moi, au cas où.

En quelques minutes, il procéda à l'opération, et le moteur se remit à tourner.

— Eh voilà, dit-il d'un air triomphant, c'est tout simple. Attendez-moi cinq minutes, je vais faire un petit tour pour relancer la machine et tout fonctionnera normalement.

— Je monte avec vous.

Principe de précaution.

Ils roulèrent jusqu'à Bangor puis revinrent. La Clio roulait à merveille. Loïk précisa:

— Ce genre de panne est assez courant quand le véhicule n'est pas entretenu régulièrement – à moins que quelqu'un n'ait sciemment déchargé votre batterie, mais il s'agit d'une hypothèse presque farfelue.

Elle y avait pensé.

— Possible?

— Techniquement, tout est possible. Quelqu'un vous a vue débarquer ici et…

— Et quoi?

— Un individu vous a peut-être identifiée. Vous avez laissé votre voiture sans surveillance?

— Un peu avant, à Bangor, j'ai garé le véhicule dans une ruelle sans le fermer à clé et je suis allée prendre un thé dans une boulangerie. Comment m'aurait-on reconnue?

— Dans une île comme celle-ci, les nouvelles circulent vite. Vous aviez annoncé votre venue sur votre blog et j'ai relayé l'information dans le journal en ligne. Il est facile de vous pister, sur un territoire aussi exigu, non ?

Elle montra le castel se dressant à quelques centaines de mètres.

— Vous connaissez cette bâtisse, je suppose. J'imagine que l'endroit est équipé de caméras. Je suis passée une première fois en voiture. Il est possible qu'un membre de la secte m'ait discrètement suivie. À moins que quelqu'un ne m'ait pistée au départ du Palais.

Cette question ne semblait pas intéresser Loïk.

— Je ne vous l'ai pas dit, mais une rumeur galope depuis la disparition de Chloé.

— Laquelle ?

— Elle expliquerait pourquoi une femme a disparu et une autre est morte. Je ne suis pas certain que l'information soit vraie, mais un jeune membre de la secte aurait raconté sous couvert d'anonymat qu'il se passait des choses terribles dans ce prieuré.

— Qui vous a répété ça ?

— Un habitant du Palais, mais je n'ai pas vu moi-même le témoin, donc méfiance. Il s'agit peut-être d'un simple racontar, qui s'ajoute à tous les autres. Ce territoire est un nid de rumeurs. En tout cas, c'est une piste qui expliquerait bien des choses. Cette secte est un paravent pseudo-mystique. En réalité, de jeunes filles y sont séquestrées. C'est un lieu de…

Il n'osait pas terminer sa phrase.

— D'esclavage moderne, c'est ça ? s'exclama Léa.

— De jeunes majeures sont enlevées sur le continent et, endormies, elles sont emmenées ici sans que personne en sache rien.

Léa se souvenait de la jeune fille habillée de blanc regardant par une fenêtre.

— Puis on les tue ?

— Le témoin aurait affirmé qu'il n'avait assisté à aucune exécution. La plupart du temps, les femmes seraient ramenées à l'endroit où elles ont été enlevées après avoir été droguées… Souvent de jeunes migrantes isolées qui parlent à peine français… Les gendarmes ont du mal à les croire car elles sont incapables de dire où elles ont été séquestrées. Pour ma part, j'imagine que certaines sont assassinées, enterrées ou lestées dans la mer. Une morte ne parle pas. Pensez à cette pauvre femme aux mains coupées…

Elle poussa un long soupir.

— C'est digne du marquis de Sade ! Vous croyez à ce genre de choses ? Pourquoi ce témoin ne prévient-il pas les gendarmes ?

— Il aurait versé une forte somme d'argent pour venir s'amuser avec des filles, sans savoir que c'étaient des esclaves. Il a été écœuré par ce qu'il a vu mais ne veut pas être accusé de complicité et préfère rester anonyme, c'est aussi simple que ça.

Elle n'en revenait pas.

Après un instant de silence, il reprit :

— J'avais entendu qu'il se passait des trucs pas très catholiques là-dedans… Jusqu'à la disparition de Chloé, j'étais sceptique… Je me méfie des ragots.

— Vous pensez qu'elle est séquestrée ici ?

— Après tous ces jours, elle est sans doute morte. Elle a peut-être été enterrée avec sa voiture dans le parc, qui sait ?

La tête de Léa tournoyait de stupeur.

— Mais pourquoi les gendarmes ne font rien ? C'est révoltant. Ils n'ont pas entendu parler de cette rumeur ? Ils pourraient perquisitionner.

Elle devinait en partie la réponse.

— Parce que l'un d'eux serait membre de la secte et participerait aux orgies. Je ne vais pas révéler son nom, je ne suis pas sûr de ce que j'avance. Ce ne sont que des hypothèses invérifiables, mais il orienterait ses collègues sur de fausses pistes… Le reste de la brigade ne se doute de rien… Mon oreille traîne partout et j'entends toutes sortes de choses incroyables, mais j'ignore ce qui est du domaine du fantasme et ce qui appartient à la réalité.

Léa respira un grand coup avant de poser la question cruciale.

— S'agit-il d'Abel Urrutia ?

Loïk sursauta.

— Vous connaissez son nom ? Qui vous a parlé de lui ?

— Je sais rester discrète, moi aussi ! Celui qui me l'a dit ne veut pas d'ennuis…

— Vous voyez, cette piste n'est pas à exclure…

— Ça me rappelle l'affaire Lamare, soupira Léa. Vous voyez de quoi il s'agit ?

Il fit non de la tête, elle poursuivit.

— Alain Lamare, gendarme modèle, menait des enquêtes sur des crimes qu'il avait lui-même commis entre 1978 et 1979 dans le département de l'Oise. Il attirait systématiquement ses collègues sur de fausses pistes. Il a sévi longtemps, avant d'être arrêté grâce à un portrait-robot réalisé à partir d'un témoignage. Il a été reconnu pénalement irresponsable et interné dans un hôpital psychiatrique. La même histoire se répète-t-elle ?

— Ce n'est jamais la même, répondit Loïk, mais il peut exister des similitudes entre les deux.

Tout à coup, sur la route, déboula un véhicule de la gendarmerie.

Léa ne s'y attendait pas.

Une voiture bleu marine passa à petite allure devant les deux véhicules en stationnement. Un seul gendarme se trouvait à bord.

— Incroyable : Abel ! s'écria Loïk. Qu'est-ce qu'il fout là ?

C'était un bel homme, portant une petite moustache et des lunettes de soleil. Il avait un côté acteur de cinéma.

Il jeta un œil rapide sur les voitures à l'arrêt et continua sa route. À l'évidence, il n'avait pas remarqué le journaliste qu'il connaissait, ou si c'était le cas, il avait feint de ne pas l'avoir vu.

Léa n'en revenait pas.

— Il se balade à proximité de la secte, il ne manque pas de culot. Vous pensez qu'il lui rend visite ?

— S'il est dans le coup, il doit l'informer de l'avancée de l'enquête. Par téléphone, ce serait impossible, ses appels pourraient être entendus. Il a vu nos voitures, c'est certain. À mon avis, il a préféré s'éloigner pour revenir plus tard. Il est seul à bord de son véhicule. Ici, d'habitude, les gendarmes se déplacent par paires.

— Il aurait pu venir avec sa propre voiture, cela aurait été plus discret.

— Il avait peut-être un trou dans son emploi du temps. Le Palais n'est qu'à quelques minutes.

— Où habite-t-il ?

— Sauzon, comme Mika.

— Comment savoir s'il rend visite à Lumière du Monde ?

Il hocha la tête.

— Aucun moyen de l'affirmer, mais la coïncidence est troublante, n'est-ce pas ? Un gendarme seul à bord de son véhicule qui roule au pas tout près du prieuré…

— Ou alors il effectue un repérage pour la gendarmerie… À moins que ce ne soit un agent double…

Loïk ne put s'empêcher d'en rire. Puis ils se turent, éclairés par la lumière resplendissante du soleil. L'irruption de la voiture avait été tellement inattendue que Léa, bien qu'habituée aux rebondissements, était perturbée. Elle parlait d'un suspect qui, d'un coup, jaillissait comme par enchantement. Elle le voyait pour la première fois, elle trouvait son physique agréable. Les tueurs sanguinaires ont parfois des têtes à la Marlon Brando… Ted Bundy, *serial killer* américain, ressemblait à un gendre idéal. Il a violé et tué près de quarante jeunes filles, avant d'être arrêté et condamné à la peine capitale.

Elle n'osait demander à Loïk de l'aider à chercher la maison de l'homme en noir. À quoi bon ? Abel était dans les parages, ça risquait de ne pas être facile. Et puis, comment la retrouver ? Il existait des dizaines de maisons dans le coin, elle ne savait pas quel chemin elle avait emprunté. En plein jour, le paysage n'était plus le même.

— Je vais reprendre ma voiture et rentrer, dit-elle. Merci pour tout, Loïk. Infiniment.

Tom serait là demain, dévoué. Sa puissance, sa volonté et son optimisme l'aideraient à surmonter les obstacles. Elle était spécialisée dans les affaires criminelles, il était féru de polars. Ils se complétaient bien. Sa présence devenait indispensable en raison du contexte : un gendarme supposé ripou, une secte impénétrable, des personnages incertains, une femme disparue, une autre aux mains coupées.

Belle-Île était magnifique, magique, mystérieuse, ténébreuse, effroyable. Le paradis et l'envers du paradis.

Journal de Léa

J'ai publié ma première chronique pour plonger les lecteurs dans l'ambiance de l'île. Je parle de Chloé de manière poétique, je dis qu'elle est la plus belle femme que les gens d'ici aient jamais vue et qu'elle a enflammé le cœur de plusieurs hommes qui l'ont harcelée pendant des mois. Je ne cite aucun nom, personne ne pourra m'accuser d'avoir jeté le soupçon sur tel ou tel d'entre eux. De toute façon, pour ne pas avoir de problème, je signe mes articles d'un pseudonyme qui sera un hommage à la disparue : « Mélusine ».

Dans cet article, comme prévu, j'imagine qu'elle a fui loin de Belle-Île en bateau pour échapper à ceux qui la désiraient trop, tout en précisant que cette hypothèse n'en était qu'une parmi des dizaines d'autres.

Dans le dédale insondable de l'île, qui sait quelque chose et qui ne sait rien ? Il existe tant de pistes contradictoires que j'ai le sentiment de me perdre. Sur 85 km^2 se déroule l'affaire la plus inimaginable de ces dernières années, mais personne, à commencer par les gendarmes, n'a l'air de vouloir l'élucider, comme s'il existait un pacte de silence qui empêchait toute investigation sérieuse. Abel Urrutia est-il mêlé à cette histoire ? Est-ce lui qui pollue l'enquête ?

Je pars d'un fait incontestable : ici, tout le monde, ou presque, sait des choses sur l'autre qu'il ne dit pas publiquement, de peur d'être accusé en retour. La preuve ? Chacun me demande de ne pas révéler son identité.

Marie et Kevin restent évasifs, ils ne désignent personne nommément. Loïk est très bavard, tout comme Conan qui a clairement désigné de possibles coupables. Ont-ils pour autant raison ? La secte est citée dans la plupart des témoignages mais personne n'apporte de preuves. Elle vagabonde dans les esprits tel un feu follet, sans qu'aucun élément vienne confirmer la véracité des propos des uns et des autres. C'est la piste la plus crédible, mais aucun repenti n'a jamais témoigné à visage découvert. J'espère retrouver le jeune homme qui prétend savoir tant de choses sur les agissements de l'organisation, mais comment ? À ma connaissance, aucune investigation n'est menée du côté du prieuré, comme s'il bénéficiait d'un statut d'extraterritorialité. Si l'on met à part l'hypothèse invérifiable que le gendarme Abel en est membre, la secte fait-elle pression sur les autorités pour ne pas être inquiétée ? Est-elle protégée au plus haut niveau ? Cette hypothèse est loin d'être farfelue.

Belle-Île porte bien son nom, elle est superbe avec ses falaises sombres, ses plages de sable fin, sa lumière idéale, ses landes à perte de vue, ses villages pimpants.

Mais Belle-Île est aussi un rébus, un entrelacs de chemins creux qui ne mènent nulle part.

En fin de journée, Léa but une limonade avec Loïk dans un café donnant sur le port. Apeurée, elle avait besoin de parler en attendant la venue de Tom. Le journaliste était le seul avec qui elle pouvait discuter librement. C'était un bon informateur, une caisse de résonance des nouvelles et des ragots de l'île.

— Comment allez-vous depuis tout à l'heure ? demanda-t-elle d'une voix douce.

— Je viens de publier un article sur la fréquentation touristique actuelle, en évoquant le taux d'occupation des hébergements…

Elle éclata d'un rire nerveux, irrépressible.

— Le prieuré est-il recensé ?

— N'étant pas considéré comme un gîte, il échappe à toute statistique, vous pensez bien… C'est une propriété privée, fermée au public.

— Du nouveau du côté de l'enquête ?

— Laquelle ?

— Chloé… La femme aux mains coupées…

— Les deux ne sont pas forcément liées…

Il fixa la jeune femme d'un regard triste.

— Les affaires récentes ternissent l'image de l'île, vous le savez.

— Quand on évoque Belle-Île, on parle plutôt des paysages sublimes…

— Eh bien, pas en ce moment… On se serait bien passé de ce genre de publicité.

Loïk savoura une gorgée de limonade en fermant les yeux, avant de reprendre :

— Je vais vous faire une confidence en vous parlant d'une affaire purement privée.

— Je ne dirai rien.

Il se pencha en avant et murmura :

— J'étais un patient de Chloé Turquoise. Cela n'a rien d'extraordinaire en soi, elle avait une importante clientèle, mais une chose est stupéfiante…

Il sembla hésiter.

— Dites-moi, Loïk.

— J'avais rendez-vous avec elle le lundi matin, juste après sa disparition. J'étais le premier patient. Quand je suis arrivé, j'ai pris place dans la salle d'attente, un peu surpris de n'entendre aucun bruit. Jusque-là, elle avait toujours été ponctuelle. Une deuxième personne est venue… Au bout d'un certain temps, on a commencé à s'inquiéter. J'ai craint un accident et j'ai fini par appeler la gendarmerie…

— Et vous êtes tombé sur Abel, c'est ça ?

— Non, sur une femme qui n'a pas été aimable. Elle m'a dit que les gendarmes n'allaient pas enquêter pour une ostéo qui avait du retard. Sur le fond, elle avait raison, mais Chloé n'était jamais en retard.

— Les gendarmes ont fini par agir ?

Léa ignorait ce qu'il s'était passé lors des toutes premières heures. La presse n'en avait pas parlé.

— À Paris, continua Loïk, la police n'aurait rien fait, mais ici, au moindre incident, les forces de l'ordre interviennent. Comme il n'y avait eu aucun accident sur l'île, les gendarmes sont passés chez elle, une maison située à deux kilomètres du Palais. Vous connaissez la suite…

Elle posa une question indiscrète :

— Vous la fréquentiez uniquement comme ostéopathe ?

— Uniquement. Excellente praticienne. Elle soulageait mes douleurs de manière magique. Quand elle est arrivée sur l'île, j'ai réalisé un petit portrait d'elle dans le journal, elle m'a chaleureusement remercié mais je n'ai jamais fait partie de ses amis.

Elle le dévisagea en essayant de deviner ses pensées.

— Aviez-vous décelé quelque chose d'anormal en elle ?

Il réfléchit un instant.

— Elle était très professionnelle, ne s'épanchait jamais, mais intuitivement, je sentais qu'elle souffrait, au sens psychologique.

— En quel sens ?

Il regarda Léa d'un air ému.

— Une chose m'a frappé. Elle prenait les gens en consultation à n'importe quelle heure, y compris tard le soir.

Léa osa une question indiscrète :

— Elle est venue chez vous ?

— Jamais, mais je connais plusieurs personnes qui l'ont appelée à l'improviste parce qu'elles avaient le dos bloqué, et elle s'est déplacée très vite… Au début, je me suis dit que son dévouement était hors du commun, puis je suis arrivé à une deuxième conclusion : c'était un être seul. Pas de liaison durable, je ne sais même pas si elle avait de véritables amis… Sous des dehors de femme forte, elle me donnait le sentiment d'être paumée. Ses patients constituaient sa seule raison d'être… Elle était trop belle, sans doute.

— Pourquoi « trop belle » ?

Il soupira.

— Dans cette île peu peuplée, plusieurs hommes lui couraient après, je l'ai entendu à maintes reprises. Elle vivait des flirts qui ne débouchaient sur rien.

— Vous n'êtes pas le premier à me le dire.

— C'est le problème quand on a trop de charme. Elle avait un surnom : « Marilyn Monroe en Mer », ou « MMM ».

— On l'appelait aussi « la fée Mélusine », non ?

À présent, Loïk tremblait.

— Un surnom poétique donné par ses copains. Elle avait un côté magnétique, mystérieux… En clair, elle ne laissait personne indifférent. Sa disparition a provoqué un choc énorme.

— Vous croyez à la piste du féminicide ?

— Ce n'est pas une affaire de croyance, c'est une hypothèse crédible, parmi d'autres, mais je n'ai aucun élément concret permettant de l'étayer.

— Je lis régulièrement vos articles en ligne et vous n'en avez jamais parlé…

Il haussa les épaules.

— Vous devriez le savoir : un journaliste s'occupe des faits et d'eux seuls. Je ne peux pas lancer cette hypothèse, surtout ici, car plusieurs personnes se sentiraient visées.

— Ses ex-copains ?

Après une hésitation, il répondit :

— Je n'en ai malheureusement pas la liste exhaustive.

Léa, tout en considérant cette piste plausible, essayait désespérément de comprendre en quoi Lumière du Monde avait pu être mêlée à cette disparition, et pourquoi une jeune fille inconnue avait été assassinée. Il existait des éléments disparates qui empêchaient d'envisager un tout cohérent.

— Il paraît que quelqu'un a aperçu la voiture de Chloé le samedi…, poursuivit-elle. Or, elle a disparu le vendredi soir…

— Après vérification, il ne s'agit, là encore, que d'une rumeur… Un homme a dit qu'un agriculteur aurait vu passer ce type de véhicule dans la journée de samedi. C'est l'histoire de l'homme qui a vu l'homme qui a vu l'ours… Vous voyez ce que je veux dire ?

— Vous n'avez donc pas les coordonnées de ce… témoin ?

Loïk but une nouvelle gorgée.

— Je le cherche depuis des jours. Pour l'instant, pas trouvé.

— Quel dommage ! Si l'homme a dit vrai, Chloé était peut-être…

Elle ne savait pas comment terminer sa phrase. Après un silence.

— … vivante au lendemain de la fête…

— Certes. Mais comment savoir ?

En attendant Tom, Léa passa la matinée du lendemain à éplucher sur Internet les dépêches consacrées aux deux affaires. Elle glana çà et là des informations qu'elle ignorait, comme le fait qu'à plusieurs reprises, des gens auraient vu Chloé sur le continent, notamment sur le chemin des douaniers de Ploumanac'h, où habitaient ses parents. On l'aurait également aperçue en Irlande, seule, marchant dans une rue de Bangor : la nouvelle avait été reprise par plusieurs médias, mais la journaliste considérait qu'il s'agissait de simples rumeurs invérifiables comme il en existe tant dans ce genre d'affaires. Xavier Dupont de Ligonnès a été « reconnu » à de multiples reprises depuis sa disparition, provoquant maintes fois des interventions policières aussi médiatisées qu'inutiles.

Vers 11 heures, une nouvelle tomba. On connaissait enfin l'identité de la femme aux mains coupées. Il s'agissait de Grace Taylor, une Anglaise qui effectuait en solitaire le tour de l'île à pied en bivouaquant en pleine nature. Aucun gîte n'avait recensé son passage, mais sa famille, n'ayant plus de nouvelles et sachant la jeune fille en Bretagne, s'était manifestée auprès des autorités françaises. L'ADN avait permis de savoir qu'il s'agissait bien d'elle et la nouvelle commençait à faire la une des médias en France et outre-Manche. Les circonstances et les causes exactes de la mort n'étaient, à ce stade, pas connues, le corps se trouvant dans un état de décomposition avancée, mais le fait que les mains aient été tranchées prouvait qu'il y avait eu une intention criminelle. Qui était le bourreau ? Sur ce point, les médias évoquaient une piste, de plus en plus insistante à mesure que les heures passaient.

En début d'après-midi, un quotidien national publia cet article :

Serial killer *à Belle-Île ?*

En quelques semaines, deux jeunes femmes disparaissent. La première, Chloé Turquoise, ostéopathe, s'évapore avec sa voiture en pleine nuit après une fête dans une maison près de Bangor. La deuxième, Grace Taylor, après des jours sans donner de nouvelles à sa famille, est retrouvée morte dans la mer, les mains sectionnées. Un lien entre les deux affaires ? Selon les premiers éléments de l'enquête, les victimes ne se connaissaient pas. En revanche, il existerait des similitudes physiques entre les jeunes femmes : même âge, très belles, célibataires. Le corps de Chloé Turquoise n'ayant pas été retrouvé, on ne peut exclure qu'elle soit encore vivante, mais il existe une parenté troublante entre ces deux faits divers hors norme. Pour la première fois, la section de recherches évoque explicitement la piste d'un déséquilibré qui s'en prendrait à des femmes seules. Il n'est pas impossible qu'il vienne du continent. La liste des passagers des bacs est en ce moment passée au tamis, sans qu'aucun résultat concluant ait été communiqué. Notre envoyé spécial indique qu'une certaine fébrilité s'est emparée des habitants, à qui l'on déconseille de se promener seuls dans la nature.

Les nouvelles n'étaient pas enthousiasmantes. Un *serial killer* sur une île paisible ? Si l'hypothèse avait effleuré les esprits au moment de la découverte de la femme aux mains coupées, c'était la première fois qu'on l'évoquait explicitement dans les médias.

Le meurtrier était-il un Bellilois ? Appartenait-il à la secte ?

Heureusement que Tom arrive, pensa Léa avec soulagement. *Sinon, vu le danger, j'aurais été obligée de mettre fin à mon enquête et de plier bagage. Il n'est plus question pour moi de prospecter en solitaire.*

Tom débarqua avec le dernier bateau du soir. La lumière rasante était magnifique. Léa l'attendait sur le quai, follement heureuse. *Enfin il était là.* Elle se blottit dans ses bras rassurants, ils s'étreignirent sur la digue, caressés par le vent. De délicieuses odeurs d'iode accompagnaient leurs baisers.

Elle était sous la protection de l'être qu'elle aimait le plus.

Depuis qu'il était entré dans sa vie, elle se sentait débarrassée du fardeau de la solitude.

— C'est chouette que tu viennes.

— J'ai toujours rêvé de participer à des enquêtes, murmura-t-il en la serrant dans ses bras.

— Ah oui ? Tu ne me l'avais jamais dit.

— Tu n'as pas remarqué que j'aimais les polars ?

— Certes, mais j'ignorais que tu avais envie de m'accompagner sur le terrain.

— Oh, tu sais, pendant des années, j'ai envisagé d'entrer dans la police judiciaire. Finalement, je ne l'ai pas fait, même s'il n'est jamais trop tard. Me retrouver ici, avec toi, sur la scène d'une disparition inquiétante, me permet de vivre une passion refoulée.

— Chaque jour je te découvre un peu plus…

— Par ailleurs, ça me fait des petites vacances avec toi dans un endroit zen…

— Des vacances avec deux cadavres au menu.

— Pourquoi deux ? Le corps de Chloé a été retrouvé ?

— Pas encore. Mais pour moi, elle est sûrement morte.

— Qu'est-ce qui te pousse à le penser ?

— Je ne sais pas, aucune preuve, c'est une intime conviction.

— Je n'ai pas lu les dépêches dans le train, faute de réseau. Du nouveau depuis ce matin ?

Elle évoqua la piste d'un tueur en série.

Il plissa le front.

— Tu y crois ?

— Il faut garder à l'esprit que les deux affaires ne sont pas forcément liées. Leur proximité géographique et temporelle est peut-être une coïncidence.

Il l'observa intensément.

— Tu soupçonnes quelqu'un ?

— Je pense à deux invités de la fameuse soirée… Deux mecs amoureux de Chloé qui la harcelaient…

— Il y aurait donc deux tueurs en série ? dit-il d'une voix teintée d'ironie.

Un catamaran blanc pénétra dans le port, ils cessèrent de parler pour le contempler. On aurait dit une gigantesque créature marine, mi-oiseau, mi-cétacé.

— Tu vois, Paris est loin, murmura Léa. Je sais, c'est bête à dire, mais tu viens d'arriver sur une autre planète. Tu connaissais Belle-Île ?

— Pas du tout, mais j'en ai souvent entendu parler. À la librairie, les livres consacrés à cet endroit se vendent comme des petits pains. Et j'ai lu un certain nombre de choses sur les curiosités locales, il fallait bien que je prépare mon voyage.

— Qu'est-ce que tu as appris ?

— C'est un coin tranquille, fleuri, ensoleillé. Il existe deux côtes : celle du nord, boisée et paisible, celle du sud, sauvage et dénudée. Il n'y a jamais d'affaire sordide, ici. C'est le paradis terrestre, n'est-ce pas ?

Léa était décontenancée par son humour glacé mais, au fond, ça lui faisait du bien. Dans l'océan du malheur, il était une bouée de sauvetage.

— Tout baigne, répondit-elle avec un petit rire. On peut se balader tranquille dans la lande à toute heure du jour et de la nuit.

Il avait emporté son gros sac à dos de montagne, comme s'il partait en randonnée.

— Tu as bien fait de venir avec ça, ajouta-t-elle. On va sans doute être obligés de crapahuter sur les sentiers.

Dans ses immenses bras, elle se sentait toute menue, mais elle avait une force mentale analogue à la sienne : les deux étaient taillés dans le même granit. Ils marchèrent jusqu'à L'Armoric, s'installèrent dans la chambre. Tom prit une douche. Puis ils firent l'amour.

Le lendemain, dès l'aube, ils prirent la direction de Bangor. Grâce à Tom, Léa se sentait prête à affronter n'importe quoi, n'importe qui. Il était un char de combat qu'elle dirigeait, planquée dans la tourelle d'observation, elle avançait ainsi en « zone de guerre », comme elle appelait les endroits dangereux. Elle brûlait de savoir si l'homme en noir était impliqué dans la disparition de Chloé et la mort de Grace.

— Tom, cette affaire est la plus tarabiscotée de ma carrière.

— Tu dis ça à chaque fois, non ?

— Un peu, c'est vrai. Mais celle-ci a des caractéristiques que mes autres enquêtes n'ont pas : pas de garde à vue, pas de suspect, pas d'arme retrouvée, pas de scène de crime, pas de mobile, et il manque un corps sur deux, à supposer que Chloé soit morte. De plus, on ignore où Grace Taylor a été tuée ni à quel moment, c'est quand même fou. Il existe des blancs, des trous partout.

— Tu penses que les enquêteurs cachent des indices ?

— Sans doute.

— Dis-moi.

Elle lui parla de l'hypothèse invérifiable et invérifiée de l'implication du gendarme Abel Urrutia, avant d'ajouter :

— S'il est coupable, ses collègues ne diront rien.

— Je ne suis pas d'accord. Il est arrivé que des flics soient confondus par leur hiérarchie.

— Attention, je ne dis pas que l'institution va le couvrir, mais certains de ses potes vont faire l'autruche. L'amitié empêche de regarder la vérité en face, tu le sais. C'est arrivé dans de nombreuses affaires. Récemment, on a découvert qu'un ancien cavalier de la Garde républicaine devenu policier avait été un *serial killer*. Mais pendant des années, personne ne s'est intéressé à lui. Tu vois de qui je parle ?

La voiture s'approchait de Bangor.

— L'affaire du « Grêlé » ?

— Bravo, Tom, tu es aussi bien renseigné que moi. Un certain François Vérove. Il a commis plusieurs meurtres, mais pendant trente-cinq ans, il est resté en dehors des radars. Il a finalement reconnu les faits dans une lettre, avant de se suicider. Mon hypothèse est que certaines pistes avaient été négligées, comme celle menant à l'implication d'un membre des forces de l'ordre.

— Tu veux dire qu'aucune hypothèse n'est à bannir ?

— Tout le monde peut être coupable, même toi et moi.

— Tu penses que je suis mêlé à cette histoire ? s'exclama-t-il d'une voix amusée. De toute façon, j'ai un alibi. Tu étais dans mes bras à Paris lors de la disparition de Chloé.

— C'est vrai, et juste avant, on est allés dîner dans un restau rue Blanche…

Ils traversèrent Bangor, la boulangerie était fermée, mais Léa n'avait qu'un objectif : retrouver la maison de l'homme en noir et tenter d'en savoir plus.

Ils passèrent devant le prieuré et se garèrent à l'endroit exact où elle avait laissé sa voiture l'autre soir. Le temps était radieux, pas un souffle de vent. L'odeur entêtante de la lande.

Ils sortirent du véhicule.

— Tu vois le manoir, là-bas ? murmura la jeune femme. Eh bien, c'est l'endroit où se planque la secte…

— Je n'imaginais pas une cabane comme ça.

— Tu t'attendais à quoi ?

Il ne put réprimer un fou rire.

— Un truc plus austère, plus monacal. Là, on se croirait à Disneyland. Tu as vu ces tourelles en poivrière ? Ces mâchicoulis ? C'est le château de la Belle au bois dormant, non ?

Léa ne lui parla pas de la jeune fille en robe blanche qu'elle avait aperçue derrière une fenêtre…

— À mon avis, nous sommes repérés, mais peu importe. Tu n'es pas une proie pour eux, vu ton gabarit.

Ils marchèrent en direction de la maison la plus proche, sans savoir si c'était celle que Léa avait atteinte lors de sa nuit d'effroi.

— Et si l'homme en noir nous ouvre la porte, qu'est-ce qu'on fait ? demanda Tom d'une voix circonspecte. On lui offre un bouquet de fleurs ?

— C'est toi qui frapperas. Moi je resterai en retrait, planquée. Je verrai de loin si sa silhouette correspond à celui qui m'a poursuivie, et à quoi il ressemble sans sa cagoule.

Il braqua son regard sur elle.

— Tu m'envoies à l'abattoir, c'est ça ?

— Tu ne risques rien.

— Et je lui demande quoi ?

— Dis-lui que tu t'es perdu et que tu cherches le prieuré abritant Lumière du Monde, tu verras comment il réagira.

Il soupira.

— Je ne comprends rien. S'il appartient à la secte, il n'habite pas une petite maison planquée dans la lande. Son repaire, c'est le château de la Belle au bois dormant et ses affriolantes jeunes filles…

— Écoute, je ne sais pas. Je suis moi-même perdue. Mais il faut bien agir d'une façon ou d'une autre, sinon on rentre à Paris.

— OK, j'obéis.

Après avoir suivi plusieurs sentiers, ils arrivèrent devant une maison. Celle où Léa avait tenté de trouver refuge ? Elle pensait que oui, elle n'en était pas certaine. Elle reconnut les volets bleus, mais la plupart des maisons de Belle-Île en possèdent, en vertu de règles d'urbanisme très strictes.

Elle se planqua derrière un buisson, légèrement en retrait. Tom frappa à la porte. Une fois, deux fois. Pas de réponse. Minutes interminables. Puis quelqu'un apparut. Le cœur de Léa se serra, elle ne s'attendait pas à ça.

Habillée d'une robe à fleurs, une vieille dame ouvrit la porte. Un bonnet cachait en partie sa chevelure grise.

— Bonjour, Madame ! s'exclama Tom d'une voix avenante. Pardonnez-moi de vous déranger, mais je rends visite à un ami qui habite ici…

Léa était bluffée par ses dons d'improvisation.

— J'occupe seule cette maison, dit-elle d'une voix teintée d'un fort accent. Vous faites erreur.

— Je connais l'homme en noir. Vous savez, celui qui porte un grand chapeau.

Elle semblait surprise.

— Qui êtes-vous, Monsieur ?

— Je me trompe ? Ah, vraiment désolé, j'étais persuadé que…

Elle lui coupa la parole.

— J'ai failli ne pas vous ouvrir. Je vous ai aperçu derrière la fenêtre et vous m'avez fait peur. Je suis irlandaise, je viens me ressourcer ici. Je ne connais pas l'individu dont vous me parlez et j'en suis bien désolée. Merci, Monsieur, je vous souhaite une bonne journée.

Elle claqua la porte, qu'elle verrouilla. Tom s'approcha de Léa.

— J'imagine que tu as entendu.

— À peu près.

— Qu'est-ce qu'on fait ? On va toquer ailleurs ?

— On rentre.

Dix minutes plus tard, ils roulaient en direction du Palais.

Léa reprit la parole.

— On ne peut pas aller frapper partout, ce serait grotesque. Il me semble que l'homme en noir m'a dit qu'il habitait là, mais il a peut-être menti.

— La vieille dame m'a assuré qu'elle vivait seule.

— J'en doute.

Tom poussa un long soupir.

— Tu nages en plein roman.

— J'ai du mal à croire qu'une vieille dame habite dans une maison perdue dans la lande.

— Et pourquoi pas ?

Elle haussa les épaules.

— Quelque chose me dit que cette femme ment.

— D'où te vient cette idée ?

— Une intuition.

Elle était absorbée par ses pensées. La voix de Tom la fit sursauter :

— Elle n'a pas caché qu'elle était irlandaise. Membre de la secte ?

— Tom, je vois que tu es fatigué. Tu vas finir par dire que c'était l'homme en noir déguisé en vieille dame.

La nervosité ambiante déclencha un grand éclat de rire.

Léa avait le sentiment qu'elle nageait dans un océan d'absurdités, de contradictions et de silences.

— Oh, tu sais, répondit-elle, la secte possède sûrement des maisons autour du prieuré…

— Certes. On peut tout envisager. Ton hypothèse concernant l'homme en noir ?

— Je n'en sais rien, c'est le problème. En tout cas, je n'ai pas eu d'hallucinations. Un type bizarre m'a importunée en pleine nuit, j'ai cru ma dernière heure venue… Tout ça dans un contexte de disparition de jeunes femmes sur une île qui, par la force des choses, est coupée du reste du monde…

Ils arrivèrent en vue de la petite capitale.

— On fait quoi, maintenant ? demanda Tom de sa grosse voix. Des câlins dans la chambre ?

— J'aimerais bien, mais je voudrais avancer. Je ne peux pas rester éternellement à Belle-Île. Une autre affaire me tend les bras.

— Ah oui ? Déjà ? Tu ne m'en as pas parlé. C'est quoi ?

Elle resta silencieuse un moment, tout en fixant Tom, avant d'ajouter.

— Je ne sais pas encore si je vais me lancer, mais voici le brief : il y a dix ans, on a retrouvé une jeune femme au fond d'un puits en Bourgogne. On n'a jamais su qui c'était. Elle n'avait aucun papier sur elle. Tu n'as pas entendu parler de cette histoire ?

— Du tout, mais j'ai lu un thriller abominable où il se passe ce genre de choses…

— Les gendarmes ont conclu à un suicide… Mais, fait bizarre, le puits était cadenassé. Un nouveau juge d'instruction a rouvert le dossier.

Tom secoua la tête.

— Louche. Quelqu'un a peut-être verrouillé la grille après le suicide sans savoir s'il y avait un corps au fond.

— Possible, oui. Mais j'ai l'intuition d'un meurtre et j'aimerais me pencher sur cette affaire. Je vais étudier ça à distance avant, peut-être, d'aller sur place.

— En te penchant, ne tombe pas dans le puits… En tout cas, je constate que tu t'intéresses beaucoup au sort des femmes.

Elle baissa la tête, visiblement émue.

— Normal, elles sont victimes de la cruauté des hommes.

— Pas toujours.

— Pour les crimes qu'on dit « passionnels », c'est certain. Je souffre quand une femme subit des violences, quelles qu'elles soient, ce qui ne veut pas dire que je suis indifférente aux hommes…

— Ouf ! Et maintenant, on fait quoi ?

— Je vais te présenter Mika Villard.

— Redis-moi qui c'est, je suis perdu dans les personnages de ta série télé.

— Eh bien, il s'agit d'un invité de la pendaison de crémaillère. Il a giflé Chloé. Suspect n° 1. Je suis allée le voir, on a fait un tour en bateau le long des falaises. Je ne t'en ai pas parlé ?

— Ça y est, je situe. Une fois de plus, tu as été très imprudente.

— Je te l'ai dit cent fois : il faut prendre des risques. Sinon, rien n'avance. Mais c'est très bien que tu sois là, tu me sers de gilet pare-balles. Je sais aussi que tu es passionné par cette affaire qui te rappelle tes lectures, n'est-ce pas ?

Il la taquina :

— Exact, mais si je n'avais pas réussi à me libérer, tu serais rentrée à Paris.

— Possible, mais pas certain. Ça te vexe ?

— Je pensais que tu ne pouvais plus te passer de moi.

Ils roulèrent en direction de Sauzon. Léa était gagnée par une appréhension à l'idée de revoir Mika.

Elle appelait ça une « visite de politesse », une expression qu'elle affectionnait, ce qui signifiait, dans son jargon, qu'elle venait pour discuter de tout et de rien, sans poser d'emblée de questions sur l'enquête, juste pour prendre la température, jauger le suspect, analyser ses silences ou ses éventuels lapsus. C'était une autre façon d'en savoir plus, très différente des méthodes utilisées par les inspecteurs de la gendarmerie.

— Emmène-moi à Port-Coton, s'exclama Tom tout à coup.

Un silence.

— Pardon ?

— J'aimerais tellement jeter un œil. On n'est pas pressés, si ?

— Ça ne fait pas un gros détour… Mais pourquoi ?

— J'ai vu des photos sur Internet, ça a l'air magnifique.

Elle ne voyait pas l'intérêt d'aller là-bas dans l'immédiat.

— Si tu insistes…

Les aiguilles de Port-Coton sont le symbole de Belle-Île : des stacks (rochers marins) jaillissent de l'océan tels des animaux fantastiques hurlant au milieu des flots blancs comme de la ouate, d'où le nom. Le site a été immortalisé par Claude Monet dans un émouvant tableau.

Léa s'arrêta sur le parking situé au sommet des falaises, d'où la vue était vertigineuse.

— Le détour valait le coup, non ? murmura Tom.

— On va marcher quelques minutes. Je n'étais pas encore venue.

Ils sortirent du véhicule et contemplèrent le paysage. Un petit vent s'était levé, pas bien méchant, il irisait la mer de moutons.

— Tu crois qu'un véhicule peut tomber d'ici ? dit Tom en observant le parking. C'est aussi pour ça que je voulais venir. J'ai vu sur une carte que les voitures pouvaient aller jusqu'au bord de la falaise…

— Tu ne vois pas le muret qui empêche ce genre d'accident ?

— Tu m'as souvent dit qu'il ne fallait jamais rien exclure…

Elle regarda l'à-pic de très près.

— Si la voiture avait percuté le parapet avant de basculer dans le vide, il y aurait eu des traces. Or, je le répète : les enquêteurs n'ont rien trouvé. J'imagine qu'ils ont ausculté l'endroit, comme tous les autres parkings dominant la mer.

Ils entendirent alors le bourdonnement d'un hélicoptère et levèrent la tête : un appareil bleu marine avait fait son apparition dans le ciel. Vision étrange et inattendue.

— On nous surveille, ou quoi ? demanda Tom d'un ton sarcastique.

Tel un gros insecte, il virevoltait. Puis il descendit vers le sol.

Que se passait-il ?

— Très bizarre, murmura Léa. D'habitude, sur ce genre de site, l'hélicoptère est utilisé pour secourir des gens en perdition dans la mer. Il ne se pose pas sur la terre ferme.

L'appareil n'était pas très loin ; il disparut derrière un repli de terrain.

— Il a atterri, murmura Tom d'un air intrigué. Tu en penses quoi ?

— Un accident ? Quelqu'un est tombé d'une falaise ?

Ils devinèrent la sirène deux tons d'un véhicule de secours.

Quelques minutes plus tard, un bateau de la Société nationale de sauvetage en mer (SNSM), reconnaissable à ses couleurs vert et orange, apparut au large du site où l'hélicoptère avait atterri.

Léa et Tom étaient surpris par un tel déploiement de force.

À ce moment précis, le portable de la journaliste vibra dans sa poche. Elle regarda l'écran. *Loïk*. Elle imaginait qu'il avait une chose importante à lui dire.

— Allô ?

— Léa, vous êtes où ?

— Pourquoi ? Je suis à Port-Coton. Apparemment, un accident a eu lieu. Un hélicoptère vient de se poser.

— Justement, c'est pour ça que je vous appelle.

Il avait la voix hachée.

— Je viens d'apprendre une nouvelle affreuse : un autre corps de femme morte a été découvert, dans une crique.

— Oh non !

— C'est pourtant la vérité.

Cette fois, Léa voulut se faire une opinion par elle-même. Après avoir raccroché, elle s'écria :

— On reprend la voiture, vite ! Un nouveau cadavre a été retrouvé.

— Je ne te crois pas.

— Loïk, le journaliste local, vient de me l'annoncer.

— Quelqu'un s'est noyé ?

Le regard bleu de Léa balaya les alentours. Une larme coula sur sa joue gauche.

— Je n'en sais rien. J'aimerais tant que ce ne soit pas un nouveau meurtre.

— Ça te permettrait peut-être de résoudre les autres, non ?

Elle ne répondit pas à cette remarque qu'elle trouvait déplacée. Ils remontèrent dans la voiture et démarrèrent. Le lieu de la découverte était facile à trouver, il suffisait de se diriger vers le lieu d'atterrissage de l'hélicoptère.

Une voiture des forces de l'ordre se trouvait en travers de la route menant au rivage. Léa effectua un demi-tour et se gara à l'écart.

Accompagnée de Tom, elle coupa à pied à travers la lande. À un moment, ils passèrent sous un ruban jaune sur lequel était inscrit : « Gendarmerie nationale, zone interdite ».

Ils avançaient aux endroits où la végétation était la plus dense, la plus haute, histoire de ne pas se faire repérer. Ils débouchèrent au-dessus d'une plage de galets où se trouvait une dizaine de pompiers et de gendarmes.

Un corps était allongé. Une femme. Habillée d'une robe blanche éclatante. Longs cheveux blonds. Visage posé sur le sol. Impossible de savoir qui c'était. La jeune fille que Léa avait aperçue à la fenêtre du prieuré ? La coïncidence entre les deux visions était troublante, dérangeante, outre le fait qu'apercevoir un corps mort, même de loin, était choquant.

Elle n'eut pas le temps de réfléchir, elle entendit quelqu'un qui venait. Elle se retourna. C'était Abel.

Le gendarme s'approcha du couple, l'air mécontent.

— Qu'est-ce que vous faites là ?

Aucun uniforme n'impressionnait Léa.

— On fait une balade, c'est interdit ?

— La zone est bouclée, vous n'avez pas vu les inscriptions ?

— Non.

— On a déroulé des rubans pour empêcher les gens de passer.

Elle écarquilla les yeux, comme si elle n'était au courant de rien.

— Désolée, je n'ai pas remarqué.

— Vous devez quitter l'endroit sur-le-champ.

Elle joua à l'innocente.

— Il s'est passé quelque chose ?

— Ça ne vous regarde pas ! dit-il d'une voix agacée.

— Je ne vois pas qui nous dérangeons. Expliquez-moi.

Il brandit une matraque.

— Vous n'avez pas à discuter. Montrez-moi vos papiers.

À contrecœur, Tom et Léa sortirent une pièce d'identité.

— Touristes ?

Il semblait ne pas savoir qui était Léa. Elle ne l'avait pas vu lors de son passage à la gendarmerie.

— Touristes, oui. Nous visitons ce coin magnifique.

— Vous logez où ?

Elle n'avait aucune raison de lui mentir. Si c'était lui qui avait adressé la lettre anonyme le premier soir, posait-il cette question pour insinuer qu'il n'était au courant de rien ? À quoi bon le lui cacher ?

— L'Armoric. Vous situez ?

— Vous me prenez pour un idiot ? En tant que gendarme, je connais tous les hôtels de l'île.

Un court temps de silence, puis :

— Dégagez, dit-il d'un ton autoritaire. Je me répète : vous avez forcément vu les rubans jaunes, on a instauré un périmètre de sécurité. Je pourrais vous verbaliser…

Léa hésitait à sortir sa carte de presse, elle ne savait pas si ça servirait à quelque chose.

Il prononça une phrase qui stupéfia Léa :

— C'est la troisième femme assassinée en quelques semaines.

Comment savait-il que Chloé avait été tuée et que la femme qu'on venait de repêcher était une autre personne ?

Elle ne voulut pas discuter avec lui. S'il était impliqué dans ces drames, il n'allait pas le dire. Sa présence à cet endroit, en tant que gendarme, était normale, mais elle trouvait sa réaction étrange et excessive.

Elle tenta de l'amadouer.

— Excusez-moi.

— Faites demi-tour immédiatement.

Ils n'avaient pas le choix.

Avant de le quitter, elle lui posa la seule question qui l'intéressait :

— Savez-vous le nom de la personne retrouvée sur la plage ?

— Pourquoi me demander ça ?

— Car je connais du monde ici, je m'inquiète…

— Pas de commentaire.

— Le corps est dans quel état ?

La voix du gendarme était excédée :

— Vous posez trop de questions. Je vous demande de partir. Point final.

Léa et Tom reprirent le même chemin qu'à l'aller.

— On fait quoi ? demanda le second.

— Eh bien, on file chez Mika comme prévu, en attendant d'en savoir plus sur cette découverte macabre… Je t'en prie, dis-moi que tu m'aimes. Cette fois, j'ai envie de pleurer.

— Mais oui, je t'aime.

Ils reprirent la voiture et se dirigèrent vers Sauzon. Léa était fébrile, inquiète. Ses mains tremblaient sur le volant. Sa gorge était nouée. Bien que rompue aux affaires criminelles, elle avait été bouleversée par la vision de la femme couchée sur le sable. Au fond d'elle-même, une petite voix lui disait que, cette fois encore, ce n'était pas Chloé. Une troisième victime. Y en aurait-il une quatrième ? une cinquième ? une sixième ?

Elle roulait à vive allure, elle voulait connaître l'avis de Tom sur Mika. Allait-il déceler une chose bizarre, inattendue, qu'elle n'avait pas remarquée ? Le réparateur de bateaux savait-il qu'un nouveau cadavre avait été découvert ? La conversation ne serait pas la même que celle prévue par Léa.

La dernière fois, c'est elle qui lui avait annoncé qu'un corps avait été retrouvé sur le rivage.

La même histoire infâme se répétait.

Ils se garèrent près d'une crêperie du port. Elle ne savait pas si le jeune homme se trouvait sur son lieu de travail.

Ils déboulèrent dans le hangar, dont le battant était ouvert. Accroupi, Mika s'occupait d'une barque de pêcheur en bois, il s'appliquait à repeindre la coque d'une belle couleur émeraude. Absorbé dans sa tâche, il ne remarqua pas le couple. Léa s'approcha de lui, il leva les yeux. Surpris, il s'écria :

— Ça alors, je ne m'attendais pas à vous voir !

— Comment allez-vous, depuis la dernière fois ? Je vous présente Tom, mon compagnon.

Celui-ci serra vigoureusement la main du réparateur de bateaux, histoire de lui montrer qu'il était un homme à poigne.

— Enchanté, dit Mika, visiblement surpris et impressionné.

— On passait ici par le plus grand des hasards. Je me suis dit que j'allais vous saluer. J'espère ne pas vous déranger.

— J'ai un travail urgent à terminer, mais soyez les bienvenus.

Léa observa l'intérieur du hangar, mine de rien. Tout était ordonné, presque trop. Elle ne voulut pas lui parler d'emblée de la femme retrouvée dans une crique, mais Tom posa la question qui le démangeait :

— Vous connaissiez Chloé Turquoise, non ?

— Pourquoi me demandez-vous ça ? s'exclama le réparateur, visiblement abasourdi.

— On m'a dit que vous vous entendiez très bien, c'est vrai ? Nous aimerions savoir ce qu'elle est devenue. Nous sommes dévastés par sa disparition.

Mika observa l'ami de Léa d'un œil effaré.

— J'ai déjà donné la réponse à de multiples reprises.

— J'aimerais l'entendre de votre bouche.

— Je repense sans arrêt à la fameuse soirée où nous l'avons vue pour la dernière fois…

Tom le scrutait attentivement : sa bouche, ses yeux, ses mimiques, le langage de son corps. Parfois, les expressions et les non-dits en disent davantage que les mots eux-mêmes.

— Après avoir ressassé toutes les possibilités dans ma tête, je pense qu'elle est morte accidentellement. Il s'agit du scénario le plus probable.

— Vous avez des preuves ? demanda Tom.

— Il s'agit d'une intuition profonde.

Léa écoutait sans rien dire.

— Expliquez-moi.

Mika marqua un silence avant de reprendre, d'une voix sourde :

— Cette nuit-là, il y avait une immense tempête. Vous êtes au courant, non ?

— Une vague l'a emportée, c'est ça ? s'exclama Tom d'une voix cassante.

— Presque. Chloé avait bu plus que de raison… Comme nous tous.

— Les autres ne sont pas morts.

— Certes, mais elle n'avait pas l'habitude de boire… Elle n'aurait pas dû prendre le volant. Erreur fatale.

Tom pensait qu'il cherchait à l'embrouiller par n'importe quel moyen.

— Elle a coulé dans le port du Palais ?

Mika ne saisissait pas qu'il se moquait de lui.

— Il y aurait eu des témoins.

— Expliquez-moi ! dit-il d'un ton agacé.

— Eh bien, elle a dû chuter d'une falaise et la tempête a broyé la voiture comme une…

Léa lui coupa la parole.

— Vous savez que cette hypothèse a été exclue.

— Pourquoi ?

— Des débris auraient été retrouvés.

Mika la regarda d'un air moqueur.

— Vous avez déjà connu une tempête à Belle-Île ?

— Ici, non, mais ailleurs, j'en ai vu de très impressionnantes.

Il ricana.

— Eh bien, s'exclama-t-il d'une voix docte, revenez quand la prochaine se déclenchera. Ici, ce ne sont pas des vagues, mais des montagnes d'eau. Les Parisiens ne peuvent pas imaginer à quoi ça ressemble. On peut tout à fait concevoir que la voiture et sa passagère aient été déchiquetées par les éléments déchaînés.

— Chloé aurait chuté d'un parking ? Mais dans ce cas, le parapet aurait été abîmé. Or, il est partout intact.

Mika avait réponse à tout.

— Ivre, dans un état second, elle a très bien pu emprunter un chemin agricole donnant sur la mer. Certains se terminent au-dessus d'escarpements rocheux…

Léa ne croyait pas à cette hypothèse, dans la mesure où les enquêteurs avaient ratissé chaque recoin du rivage. Pas une trace, même infime.

À ce moment précis, quelqu'un fit irruption dans le garage, un homme d'une cinquantaine d'années que Léa n'avait jamais vu.

— Hello, Mika, tu vas bien ?

— Super. Et toi, Edgar ?

— Écoute, pas trop le moral. Tu as appris la nouvelle ?

— Heu, non…

— On a retrouvé le corps d'Amélie sur une plage. Morte. Tu te rends compte, c'est horrible. Morte !

Mika baissa les yeux, Léa l'observa, elle ne savait pas s'il était triste ou s'il feignait de l'être.

— Affreux ! murmura-t-il. On connaît les causes de son décès ?

— Pas la moindre idée, poursuivit l'homme. Les gendarmes ont découvert son cadavre sur la côte sauvage. On l'a identifiée grâce à ses papiers. Une enquête est ouverte. La dernière fois que tu l'as vue, c'était quand ?

Un silence que Léa supposa gêné.

— Il y a deux jours. Dans un bar. Elle semblait en pleine forme. C'est terrible, ce que tu me dis ! Je suis anéanti.

Léa ignorait s'il jouait ou non la comédie. Elle ne disait rien, elle observait de ses grands yeux qui voyaient tout, enregistraient tout. Elle avait l'impression qu'il allait pleurer, mais elle savait que même des larmes ne prouvent rien.

Comment savoir s'il était sincère ?

La journaliste murmura d'une voix qui se voulait compatissante :

— On ne va pas vous déranger plus longtemps, Mika. Le drame qui vient de se produire est horrible. Je suis de tout cœur avec vous. Vous avez une idée de la façon dont elle est morte ?

— Comment voulez-vous que je sache ? Je viens d'apprendre la nouvelle. En tout cas, c'était une excellente nageuse. Impossible qu'elle se soit noyée.

— Elle se baignait souvent ?

— Tout le temps. Été comme hiver.

La journaliste ne voulut pas lui dire que la jeune femme avait été retrouvée habillée : à l'évidence, elle n'était pas en train de nager au moment de sa mort.

Dans cette affaire où les événements se succédaient sans la moindre logique, le brouillard devenait de plus en plus dense.

Soit Mika était impliqué, et dans ce cas il n'avouerait rien, soit il était innocent, et Léa se disait qu'elle allait le laisser. Elle reviendrait peut-être plus tard, quand elle en saurait davantage sur les causes de la mort de la femme en blanc.

Pour elle, il ne faisait aucun doute qu'elle avait été assassinée.

Sur le chemin du retour, elle échangea quelques mots avec Tom.

— Ton avis ?

— Tout sonne faux, chez lui. C'est un mauvais acteur de cinéma.

— Qu'est-ce qui te fait dire ça ?

— Je ne sais pas. Une intuition. Il n'a pas l'air net.

Elle était impressionnée par ses certitudes.

— Mais encore ?

— Il était blanc comme un linge.

— Quoi d'extraordinaire ? S'il est innocent, il est choqué. S'il est coupable, vu ce qui s'est passé la dernière fois entre nous, il suppose qu'on le soupçonne.

Les yeux de Tom étaient perdus dans le vague.

— Sans preuve, mon hypothèse est la suivante : ce type est un dragueur compulsif. Quand une jolie femme lui résiste, il l'agresse sexuellement. On l'a vu dans pas mal d'affaires qui ont défrayé la chronique. Pour éviter qu'elle ne parle, il la flingue, c'est aussi simple que ça. Il connaissait Chloé, il connaissait Amélie, drôle de coïncidence… Il est sorti avec la première. Je parie qu'on va apprendre qu'il était l'amant de la seconde…

— Tu as des dons de voyance, toi.

Ils arrivèrent au Palais. Tom était intarissable.

— Si Amélie a été violée, on le saura très vite. Elle était vivante avant-hier. Elle est morte hier ou ce matin. Le corps n'a pas eu le temps de se décomposer. À mon avis, sans certitude, je pense qu'elle a été violée.

Le lendemain, juste avant le déjeuner, une dépêche tomba. Tom la lut à Léa :

La femme retrouvée hier sur la plage s'appelle Amélie Loarec. Elle a été transportée à l'Institut médico-légal par hélicoptère. Âgée de vingt-cinq ans, elle était serveuse dans le village de Sauzon. Les premiers éléments de l'analyse balistique accréditent l'idée d'une agression suivie d'une noyade, sans qu'on sache si celle-ci a causé la mort. Un examen rapide par le médecin légiste semble exclure la piste du viol. Une chose stupéfie les enquêteurs : ses oreilles ont été sectionnées net, on ignore pourquoi. Une autopsie plus complète doit être pratiquée dans les jours qui viennent. Nous ne manquerons pas de vous informer.

Tom poussa un long soupir.

— Elle n'aurait pas été violée…

— Tu le regrettes ?

— Arrête de me charrier. Tu sais bien que je réprouve tout ce qui attente à la dignité des femmes.

— Dis-moi ce que tu penses sans tourner autour du pot.

Il était dubitatif.

— Ses oreilles ont été tranchées comme les mains de Grace. De nouveau, ça ressemble à un rituel. Il ne s'agit pas d'un hasard. Pas de viol, une mutilation. J'imagine que ce ne sont pas les petits poissons qui ont fait ça... Pour quelle raison son meurtrier a-t-il agi ainsi ? Pour incriminer Lumière du Monde ou parce que la secte est responsable de cet acte abominable ?

Au bar de l'hôtel, ils commandèrent des mojitos.

— Je vais parler à Loïk, murmura Léa d'une voix lasse. Même s'il n'est pas enquêteur, il connaît certains secrets qu'il ne divulgue pas dans son journal. Il m'a souvent révélé des choses que personne ne savait.

— Bonne idée. Il faudrait aussi que tu retrouves l'homme qui aurait vu la Smart le samedi après la soirée. Tu te souviens, je t'en avais parlé à Paris ?

Elle haussa les épaules.

— Loïk m'a dit que, depuis la disparition de Chloé, l'île bruissait de rumeurs invérifiables. Il faut faire le tri. Pourquoi ne retrouve-t-on pas ce témoin ? Parce qu'il n'existe pas ou parce qu'il est menacé ?

Elle soupira d'un air las et reprit :

— Je me souviens d'une affaire sur laquelle j'avais enquêté en Ardèche sans réussir à découvrir la vérité. Un adolescent avait disparu. Le problème, c'est que personne ne voulait parler à personne. Je n'ai jamais compris pourquoi. Les gens avaient-ils peur d'être incriminés ? Je n'en sais rien. Conséquence : j'ai jeté l'éponge au bout de quelques jours... L'affaire n'est toujours pas résolue.

Tom secoua la tête.

— Les mystères de Belle-Île resteront-ils insolubles ?

Il regarda par la fenêtre, avant d'ajouter d'une voix insistante :

— Refais le point avec Loïk, j'imagine que c'est un gars sérieux. Je te laisse le voir toute seule, je crains de l'impressionner...

— Tu fais peur, c'est vrai.

Il l'embrassa sur la bouche.

— Bon, je vais faire un petit jogging pour me détendre.

Il enfila un survêtement et sortit de l'hôtel.

Après son départ, Léa aperçut un livre qu'il avait laissé sur la table : *L'Archipel des femmes pendues*. Elle ne connaissait pas ce thriller, elle supposait que Tom le lisait en essayant d'y trouver des réponses à des questions qu'ils se posaient l'un et l'autre.

Une heure plus tard, sans prévenir, Léa se pointa dans le bureau de Loïk, qu'elle avait envie de secouer comme un cocotier. Il fallait qu'il révèle ce qu'il dissimulait.

Après avoir frappé à sa porte, sans même attendre qu'il réponde, elle se retrouva face à lui. Il travaillait devant son ordinateur, ce qui n'avait rien d'original.

— Quelle surprise de vous voir ! dit-il d'une voix plutôt aimable.

Elle n'entra pas sur-le-champ dans le vif du sujet.

— Je passais dans la rue, je me suis dit que j'allais vous faire un petit bonjour.

— C'est gentil, dit-il en se levant. J'imagine que ce n'est pas la seule raison de votre venue…

— Quelle perspicacité !

Il marcha vers elle, lui tendit la main de manière amicale.

— Je suis un peu débordé par la nouvelle affaire qui vient d'éclater, dit-il. Vous en avez entendu parler ? On peut discuter dix minutes. Un café ? Un thé ?

— Un verre d'eau.

Il sortit du réfrigérateur une bouteille de Badoit.

Elle jeta un œil sur le bureau, Loïk avait étalé des articles où figurait la photo d'une femme. Elle imaginait que c'était Amélie.

— La jeune fille noyée ?

Il acquiesça de la tête, son visage était triste.

— Je viens d'être informé d'un élément auquel je ne m'attendais pas… Je ne sais pas si je dois vous le dire… Il ne faut pas en parler pour l'instant.

— Vous avez ma parole.

— Eh bien, Mika a été son petit copain.

Interloquée, Léa demeura silencieuse quelques instants avant de dire :

— J'imagine que ce n'est pas sorti dans les médias…

— Je l'ai appris par des amis de Sauzon.

Elle regarda Loïk d'un air navré.

— On sait comment elle est morte ?

— D'après mes sources, mais ça reste officieux, elle aurait reçu des coups. Elle a le visage tuméfié. Vous le savez sûrement, ses oreilles ont été sectionnées. La coupure est très nette, au scalpel.

Léa était une hypersensible. Elle baissa la tête pour ne pas montrer l'émotion qui l'envahissait.

— Vous pensez que Mika l'a tuée ?

— Je n'ai aucun avis. Je répète ce qu'on m'a dit : il a été le petit copain de la jeune femme.

Elle supputait qu'il en savait davantage.

— Je viens de le voir…, murmura-t-elle. Quelqu'un lui a annoncé la mort d'Amélie devant moi.

— Comment a-t-il réagi ?

Elle hésitait sur les mots à employer.

— Il semblait décomposé, mais ça n'a rien d'extraordinaire s'il sortait avec elle. Et puis, il a pu jouer la comédie.

— Votre sentiment ?

— Je suis comme vous, je n'en sais rien. La moitié de moi-même estime qu'il est coupable, l'autre moitié qu'il ne l'est pas.

Après une hésitation, elle reprit :

— Vous le connaissez personnellement ?

— Ce n'est pas un intime. Je l'ai croisé plusieurs fois, c'est tout. J'ai écrit plusieurs articles sur son activité d'artisan, je sais qu'il en est fier. Après la disparition de Chloé, j'ai souvent entendu parler de lui. Normal, il a giflé celle qui s'est évaporée juste après. Mais vous le savez : aucune charge n'a été retenue contre lui…

Sans rien demander, Léa se servit un deuxième verre de Badoit, avant d'ajouter en le fixant des yeux :

— En tant que correspondant local, vous devez avoir une idée sur les raisons de la disparition de Chloé, mais aussi de la mort de Grace et d'Amélie. Vous refusez de me dire certaines choses ?

— Si les trois affaires sont liées, ce qui reste à démontrer, la piste d'un *serial killer* me semble la moins improbable. Mika ou un autre.

— Il paraît qu'Amélie n'a pas été violée.

Loïk semblait moins catégorique.

— À mon avis, il faut attendre les résultats complets de l'autopsie pour en être certain. Ce n'est pas moi qui ai révélé cette information, mais la presse nationale. Prématuré ! En tout cas, elle est morte il y a peu de temps.

— Une certitude ?

— Elle a été vue vivante il y a deux jours par plusieurs habitants de Sauzon. Son séjour dans la mer a été très bref, ce qui permettra d'analyser son corps avec minutie. Les médecins légistes font du bon boulot, mais actuellement, on ne sait rien de précis, malgré ce qui a fuité.

Elle enfonça le clou :

— Si elle n'a pas été violée, la piste d'un tueur en série tient-elle debout ? Chloé, Grace, Amélie étaient toutes de belles femmes… Vous voyez ce que je veux dire ? Dans ce genre d'affaires, il y a presque toujours un mobile sexuel, non ?

— Pour les deux premières, on ne sait pas. Pour la troisième, soyons patients, je me répète.

Léa savait qu'un *serial killer* pouvait tuer sans violer, par pur sadisme, mû par une pulsion irrépressible, mais c'était rare, surtout quand la victime était jeune et jolie.

Que dire ? Que faire ?

— J'aimerais bien avancer de mon côté, soupira-t-elle. Vous en savez davantage sur l'homme qui aurait vu une Smart verte au lendemain de la pendaison de crémaillère ?

— Je l'ai cherché, pas trouvé. À mon avis, soit il n'existe pas, soit il se planque.

— Pourquoi se planquerait-il ?

Il regarda dans le vague, par la fenêtre, vers le ciel bleu.

— Si un *serial killer* rôde dans le coin, le témoin a peut-être reçu des menaces.

Elle brûlait d'en savoir plus.

— À qui a-t-il raconté son histoire ?

— D'après ce que j'ai cru comprendre, il l'a dit à un de ses proches, qui l'a répété aux gendarmes. J'en ai été brièvement informé. Depuis, plus rien. En dépit des recherches, je vous le redis, je n'ai pas découvert le nom de ce supposé témoin. Sinon ça ferait longtemps que je l'aurais questionné.

— Et l'individu qui prétend avoir vu des choses abominables dans le prieuré ?

— Là encore, plus de nouvelles. Un mythomane ? Une rumeur construite à partir de rien ?

Journal de Léa

J'ai discuté avec James des derniers rebondissements. Il m'a suggéré d'envisager la piste d'un *serial killer* dans ma deuxième chronique. Elle s'impose aujourd'hui comme la plus vraisemblable, même si aucun élément ne permet de relier les trois affaires. Chloé (en supposant qu'elle soit morte), Grace, Amélie ont-elles été victimes du même tueur ? Pour les deux dernières, le *modus operandi* est analogue. Elles auraient été massacrées avant d'être précipitées dans la mer, sans que le corps ne soit lesté. Cela ressemble à un meurtre impulsif, sauvage, sans motif crapuleux. Les deux jeunes femmes, *a priori*, ne se connaissant pas, le seul mobile semble la folie criminelle d'un homme. Mais qui ?

Je sens intuitivement que la vérité est à la fois très proche et très lointaine. Proche, car le meurtrier se trouve dans le coin, à quelques petits kilomètres de moi. C'est comme si la solution était face à moi et que je ne la voyais pas. Quant à Chloé, sa mort est de plus en plus probable. Un crime sans corps est un crime parfait. Sa disparition a-t-elle été orchestrée par le tueur des deux autres femmes ? Sans doute.

À propos de l'autre piste, celle de l'implication de Lumière du Monde : il me faut absolument retrouver le témoin ayant assisté à des sévices. Existe-t-il vraiment ? Comment savoir ? J'ai effectué ma propre enquête dans le bourg du Palais, en posant des questions sur la secte à des gens rencontrés par hasard, sans évoquer ma qualité de journaliste. Des rumeurs inédites circulent, insistantes, mais ne reposant sur aucun fait concret. Les gens ne pensent plus que Chloé a disparu volontairement vu ce qui vient de se produire : les trois femmes auraient été sacrifiées pour des raisons religieuses. Comme dans toutes les rumeurs, les gens répètent ce qu'ils ont entendu, en ajoutant des éléments sortis de leur imagination enfiévrée. La secte serait une internationale du viol et du crime venue des États-Unis, m'a dit un commerçant qui souhaite garder l'anonymat.

Une chose m'intrigue : pourquoi la secte aurait-elle fait disparaître soigneusement l'ostéopathe et son véhicule alors qu'elle a balancé les deux autres femmes dans la mer ? Pour faire croire qu'il s'agit d'affaires disjointes ? Quel est le rôle de l'homme en noir ? Meurtrier ou personnage secondaire ? Mythomane se greffant par jeu à des crimes dont il n'est pas responsable ?

L'île est petite et la tragédie incommensurable. Dans ce labyrinthe cerné par les flots, qui est le Minotaure ?

Tom revint de son footing et entra dans la chambre, transpirant. La mine défaite de Léa l'attrista.

— Allons, garde le moral. Si cette affaire est trop pénible, on regagne notre appartement. Tu n'as aucune obligation de résultat, après tout. L'histoire me passionne parce que je suis fan de polars, mais je suis moins sensible que toi.

— Le calvaire successif de trois femmes au même endroit me bouleverse comme jamais je ne l'ai été. Je m'identifie à elles, je pourrais être l'une des victimes. Voilà. Je suis pourtant une spécialiste des *cold cases*, mais celui-ci me répugne.

Après un silence, elle poursuivit :

— J'ai vu que tu étais en train de lire *L'Archipel des femmes pendues*. J'ai parcouru la quatrième de couverture, je ne connaissais pas ce livre. Des points communs avec ce qui se passe ici ?

— J'en ai lu une bonne moitié. Au début, oui, c'est le même genre de scénario, mais la suite n'a rien à voir. Tu veux que je te raconte ?

— Pourquoi pas ? Je n'ai pas l'intention de le lire, pour l'instant.

— On retrouve des cadavres de femmes sur le rivage, une corde autour du cou, étranglées. L'équipage d'un paquebot voguant au large serait impliqué dans cette affaire, sans qu'on sache pourquoi. Une sorte de vaisseau fantôme, sous pavillon de complaisance. J'en suis là… Je te dévoilerai la suite quand j'aurai fini… Si ça se trouve, le meurtrier de Belle-Île s'est inspiré de certaines scènes de ce livre, qui sait ?

Il se tut quelques instants, observa la citadelle par la fenêtre, puis regarda Léa avec douceur en lui caressant les cheveux.

— Dans ce cauchemar, quel est ton rêve ? lui demanda-t-il d'une voix tendre.

— Que tu m'embrasses sous la pluie. Et le tien ?

— Qu'il pleuve.

Il la serra dans ses bras, le plus fort possible, comme s'il craignait qu'elle ne s'échappe.

L'étreinte dura quelques minutes. Sans un mot. Chacun écoutait la respiration de l'autre. Le moment était d'une beauté inouïe. Ils s'embrassèrent.

— Je me sens bien, murmura-t-elle.

Ils s'allongèrent sur le lit et restèrent quelques instants en apesanteur.

— Tu es formidable, murmura Tom.

Après quelques minutes de silence, sans la moindre transition, il poursuivit :

— Je viens de vivre un truc énorme.

Elle écarquilla les yeux.

— Tu es tombé sur Chloé ?

— Presque.

— Raconte.

— J'ai couru le long de la côte nord jusqu'à la plage des Grands-Sables, un endroit très chouette.

Elle s'attendait à tout.

— Tu as vu un cadavre qui flottait ?

— Toi aussi, tu fais de l'humour noir ?

— C'est toi le champion.

Un bref silence, avant qu'il ne reprenne :

— Comme j'avais soif, j'ai bu une canette de Coca dans une guinguette sur la plage. Et là…

— Alors ?

— Tu ne vas pas me croire, mais j'ai récupéré le numéro de l'homme qui a vu la Smart au lendemain de la soirée. Un groupe de jeunes évoquait l'affaire autour d'une table, j'ai écouté mine de rien. Certains disaient que Chloé avait fui l'île et qu'elle s'était réfugiée sur le continent avec la complicité du type qui enregistre les voitures sur le bac : c'est une autre piste mais personne n'apportait la moindre preuve, j'en ai déduit que c'était une banale rumeur comme il en existe des centaines... En revanche, à un moment, une adolescente a dit que son père avait aperçu la Smart au lendemain de la fête. Du coup, je suis allé la voir en prétendant que j'étais un ami de Chloé et que je voulais rencontrer son papa... Je n'ai eu aucun mal à récupérer le numéro.

Il sortit de sa poche un bout de papier griffonné.

— Voilà, dit-il d'un air triomphant. Tu vois, je ne suis pas totalement nul...

— Je n'ai jamais dit que tu l'étais. Chacun sa spécialité. Comment s'appelle-t-il ?

— Yann.

— Prénom original pour un Breton ! Tu connais son boulot ?

— J'ai cru comprendre qu'il était pêcheur, mais il possède aussi quelques champs au centre de l'île.

Léa saisit le papier et composa le numéro.

Yann décrocha.

— Allô ?

— Excusez-moi de vous déranger, je vous appelle de la part de votre fille.

— Il lui est arrivé quelque chose ? s'écria-t-il, la voix inquiète.

— Non, rassurez-vous.

— Qui êtes-vous ?

— Je m'appelle Léa, je suis une amie de Chloé Turquoise...

Elle essayait d'être la plus concise possible.

— ... Il paraît que vous êtes le dernier à avoir vu sa voiture.

— Pourquoi cette question ?

Elle cherchait à l'apitoyer.

— Car je veux revoir Chloé. On était très proches l'une de l'autre. Aucun signe de vie.

— Vous habitez l'île ?

— Parisienne. Je suis arrivée il y a peu de temps. J'aimerais tant la retrouver…

Un silence.

— Écoutez-moi bien, dit l'homme d'une voix grave. Depuis que j'ai témoigné, je n'ai eu que des emmerdes. Les gendarmes ont pensé que j'étais dans le coup, les amis de la disparue m'ont harcelé de questions, j'ai même reçu des menaces.

— Des menaces ? Quel genre ?

Nouveau silence.

— Ce n'était pas très agréable…

Elle insista.

— À quelle heure avez-vous vu la voiture de Chloé au lendemain de sa supposée disparition ?

— J'ai vu une Smart verte, mais je n'ai pas distingué le conducteur. Homme ou femme, je n'en sais rien. L'heure ? Je n'ai pas regardé ma montre…

— Un caducée se trouvait sur le pare-brise, c'est ça ?

Il répondit d'une voix agacée :

— Il paraît que j'ai dit ça, mais je ne m'en souviens plus. Un journaliste a dû me poser une question piège au téléphone, j'ai répondu de manière évasive… Il faut dire que j'avais un peu picolé…

— Vous n'êtes donc sûr de rien ?

— Je suis certain d'avoir vu une Smart sur la route au centre de l'île, je sais reconnaître ce genre de modèle, mais pour le reste… Voilà, j'aurais dû me taire, pour éviter d'avoir des histoires. Cette affaire m'a traumatisé…

Après un blanc, il poursuivit :

— Je vais raccrocher, sauf si vous avez d'autres questions…

— Dans quelle direction roulait la voiture ?

— Je ne sais plus.

— Heu… Vous connaissez Mika, le réparateur de bateaux ?

Hésitation à l'autre bout du fil.

— Tout le monde le connaît. Je suis pêcheur. Il me dépanne.

— Il n'était pas au volant de la Smart ?

— Vous m'énervez avec vos questions. Je vous ai dit que je n'avais vu personne. Attention, je coupe.

Elle n'avait rien à perdre.

— Que pensez-vous de lui ?

— Un type très bien. Il n'est pas mêlé à cette histoire, contrairement à ce que disent les gens.

— Qu'est-ce qu'ils disent ?

— Demandez-leur. Je n'ai rien à ajouter. Allez, je raccroche. Bonne journée, Madame. Et bonne chance.

La communication s'interrompit.

Déconcertée, elle se tourna vers Tom.

— Tu as compris la conversation ?

— En gros, oui.

— Il prétend avoir vu une Smart verte, c'est tout.

— J'ai une intuition, mais je me trompe peut-être.

— Laquelle ?

Il semblait très sûr de lui.

— Il a parlé de ça à son entourage, et la rumeur s'est emballée. Des gens l'ont appelé, puis il a changé de version car il a eu peur. Si ça se trouve, il a reconnu le conducteur mais ne veut pas le dire. À mon avis, il a été menacé de mort.

— Par le meurtrier ?

— Ben oui, ça me semble clair. Un grand classique.

Elle poussa un soupir.

— J'ai connu plein d'affaires où des témoins sont revenus sur leurs premières déclarations. Tu as entendu parler de Murielle Bolle ?

— L'affaire Grégory ?

Elle acquiesça de la tête.

— Elle a prétendu avoir vu le petit garçon juste avant sa mort en compagnie de son oncle Bernard Laroche avant de se rétracter sous la pression familiale. Laroche a été incarcéré avant d'être libéré, puis tué par le père du gamin. L'affaire n'a toujours pas été résolue.

— Celle-ci le sera-t-elle ?

— Je crains que non. Ce sera un *cold case* pour l'éternité. Sur une île idyllique, des femmes sont victimes d'un tueur qui agit avec méthode et froideur sans qu'aucune piste soit trouvée. Tu te rends compte ? J'imagine une conspiration énorme derrière tout ça, mais si ça se trouve, la solution est élémentaire…

Tom avala un verre d'eau avant d'enfoncer le clou.

— Après avoir écouté ce témoin, mon avis est le suivant : Chloé a été tuée après la soirée, ou le lendemain. Le meurtrier est monté dans sa voiture. Pour éviter qu'on retrouve ses empreintes génétiques, il a fait disparaître la Smart au même moment que le corps, mais pas forcément au même endroit. Si l'individu n'avait pas laissé de traces, il n'avait aucune raison de se débarrasser du véhicule.

— Les gendarmes ont cherché la voiture partout et n'ont rien trouvé. C'est très bizarre.

— Il existe des centaines de garages sur l'île, la Smart a pu aussi être enterrée dans un jardin isolé. Ou coulée…

Léa haussa les épaules.

— Je radote, pardonne-moi : les enquêteurs ont exploré les côtes avec minutie. Personne n'a trouvé le moindre indice.

Tom lui secoua le bras.

— Tu me déçois, Léa. J'ai l'impression de parler à une débutante en matière d'affaires criminelles. À Paris, avant de venir, j'ai examiné une carte très détaillée de l'île. Il existe trois grandes retenues d'eau. J'imagine que les gendarmes ne les ont pas fouillées.

— Qu'est-ce que tu en sais ?

Il n'avait pas l'air d'écouter.

— Une affaire a défrayé la chronique, récemment. Tu as entendu parler de William Moldt ?

— Non. C'est qui ?

— Cet homme a disparu en 1997 au volant de sa voiture, en Floride, un soir de beuverie. On vient seulement de retrouver l'un et l'autre, grâce à Google Maps. Sur un écran d'ordinateur, quelqu'un a remarqué un véhicule gisant dans un étang…

Elle était vexée de ne pas connaître.

— Tué ?

— Un accident, ou un suicide. Il avait appelé sa copine pour lui dire qu'il la rejoignait dans une boîte de nuit. Elle l'a attendu plus de vingt-cinq ans…

Léa imaginait Chloé prisonnière de sa voiture au fond d'une retenue d'eau. Et si quelqu'un avait poussé le véhicule avec le cadavre à l'intérieur ? Ou avec le corps vivant, attaché ?

— Qu'est-ce qui te fait penser que Chloé a été assassinée ? murmura-t-elle.

— Simplement parce que Yann a vu la Smart le lendemain, à un moment où Chloé aurait dû dormir après sa soirée alcoolisée. La bagnole se dirigeait vers l'endroit où le meurtrier l'a fait disparaître. Dommage que Yann prétende ne se souvenir de rien de précis.

— Tu devrais toi aussi te mettre à écrire des polars ! s'exclama-t-elle d'une voix un brin ironique. Tu penses que Chloé a été balancée dans un étang, couchée dans le coffre de sa Smart ?

— Cette hypothèse est à prendre au sérieux, non ?

Léa ignorait si Tom plaisantait, ou si c'était une idée qu'il lançait en l'air pour montrer qu'il servait à quelque chose. Elle reconnaissait dans son attitude son côté fantasque, gentiment illuminé. Il proposait des pistes comme ça, sans preuve. Rien n'était jamais absurde dans ce qu'il avançait. Il y avait toujours un fond de vérité, une clairvoyance qui, parfois, éclairait la nuit noire, mais souvent, ça ne menait nulle part.

— Tu es formidable! s'exclama Léa d'une voix amusée. Tu as toujours une longueur d'avance sur les autres. Tu m'épates. On n'a plus qu'à sonder les étangs.

— Je vais m'acheter une combinaison d'homme-grenouille.

Il l'embrassa sur la bouche. Elle ferma les yeux, avant de reprendre:

— Concrètement, on fait quoi?

— Tu en parles à Loïk?

— Je ne sais pas ce qu'il pense de cette hypothèse. À mon avis, il n'y a même pas songé. Quand je suis arrivée, la rumeur courait que la Smart se trouvait au sein du prieuré, enterrée dans le parc, ou planquée dans un garage.

Il était intarissable.

— Et l'hypothèse d'un enlèvement extraterrestre, c'en est où? dit-il d'une voix moqueuse. J'ai lu dans un blog qu'une grande lumière a éclairé le ciel au moment où Chloé a disparu.

Elle ricana.

— Certains Parisiens ne connaissent pas l'existence des phares.

— Alors ? On fait quoi ?

— Tom, on ne risque rien à jeter un œil dans les trois retenues d'eau, mais je doute qu'on y découvre quelque chose.

Une heure plus tard, ils longèrent le lac de Borfloc'h, réservoir destiné aux cultures et à l'alimentation de l'île en eau potable. Un chemin agricole en longeait une partie.

— Je ne remarque rien d'anormal, constata Léa.

— Tu pensais que la Smart allait klaxonner en nous voyant, c'est ça ? Il faudrait un drone…

Elle s'exclama :

— Je ne te l'ai jamais dit, mais j'en possède un. Depuis la tuerie du Mont-Blanc, j'ai pensé que ça pourrait servir. Je l'emporte toujours avec moi.

— Je ne l'ai jamais vu voler dans l'appart'.

Elle aimait se moquer de lui.

— Il décolle quand tu commences à ronfler.

— Tu es la fée des enquêtes, tu me surprendras toujours.

— Arrêtons-nous et faisons-le décoller, on verra bien.

Léa ouvrit le coffre et s'empara d'un drone noir grand comme la main. Elle déplia ses ailes et le mit en marche.

— On dirait un merle, s'exclama Tom. À Paris, il est interdit de faire voler ce genre de choses.

Quelques instants plus tard, l'appareil avançait au-dessus de l'étang. À l'aide de la télécommande, elle le plaça en vol stationnaire à une trentaine de mètres de hauteur. L'engin filmait et photographiait les bords. Si l'eau n'était pas trouble, il serait facile de détecter la carcasse d'une voiture. Léa se demandait si les gendarmes avaient contrôlé la pièce d'eau de la même manière. Dans un premier temps, ils étaient tellement persuadés que la Smart avait chuté dans la mer qu'ils avaient peut-être oublié les lacs. Dans certains faits divers, les enquêteurs et les proches cherchent partout sauf au bon endroit. En 1988, l'actrice Pauline Lafont avait disparu en plein été dans les Cévennes lors d'une promenade à pied en partant de sa maison de vacances. De nombreuses hypothèses avaient été envisagées : enlèvement, meurtre, séquestration, suicide, disparition volontaire… De folles rumeurs avaient circulé : retraite dans un couvent ou dans une secte, suicide consécutif à une dépression due à une rupture amoureuse… Plusieurs mois après, par hasard, un agriculteur avait retrouvé le corps sans vie de la jeune femme au pied d'une falaise à proximité de son domicile, en un lieu où personne n'avait cherché. Pauline Lafont était morte accidentellement.

Les images des eaux du Borfloc'h furent stockées sur le téléphone de Léa ; elle ne les regarda pas tout de suite car l'écran était trop petit. Les deux autres retenues d'eau furent survolées et filmées par le drone.

En rentrant au Palais, Tom évoqua une nouvelle hypothèse.

— Je viens de penser à une chose. Si ça se trouve, Chloé est morte de manière accidentelle. Rien à voir avec un meurtre. Ivre comme William Moldt, elle est peut-être tombée dans l'un des étangs.

Elle se demandait s'il était sérieux.

— Tu changes tout le temps de disque.

— Non, mais j'ai vu qu'on pouvait chuter dans les retenues d'eau sans que personne s'en aperçoive. Je n'ai pas vu de parapets…

— J'ai l'impression que tu es dans un jeu vidéo. Tu tournes les manettes pour changer de partie. Chloé a été tuée, ou pas ?

— Je n'en sais rien.

À ce moment précis, un gros hélicoptère passa dans le ciel. D'après la trajectoire, il arrivait du continent. Un deuxième le suivait.

— Tu as vu ? s'écria Léa, intriguée.

— Ben oui. Un engin volant, puis un deuxième. La routine, quoi ! Une nouvelle femme a été retrouvée dans la mer ?

Elle observa les deux mastodontes.

— Regarde bien. Tu ne vois rien de bizarre ?

— Je dois avoir une mauvaise vue.

Elle semblait très surprise.

— Ce ne sont pas des hélicoptères de la gendarmerie, de pompiers ou de la protection civile, je vois ça aux couleurs.

— Ah oui, ils sont kaki.

— L'armée ! Exercice militaire ou intervention sur l'île ?

Les deux appareils perdirent de l'altitude et disparurent à l'horizon.

En arrivant à l'hôtel, ils jetèrent un coup d'œil à un site d'actualités. Rien sur les hélicoptères, c'était sans doute une opération de routine, à moins que ce ne soit une intervention coup de poing, secrète jusqu'au dernier moment.

— Écoute, murmura Léa, on va regarder nos vidéos et nos photos sur l'écran de l'ordinateur, puis j'appellerai Loïk pour savoir ce que sont ces gros insectes volants.

Elle transféra les données de son téléphone sur son disque dur. Elle observa les clichés un à un, en commençant par ceux du Borfloc'h : une centaine au total.

— Sacré boulot ! dit-elle en soupirant. À mon avis, ça ne va rien donner, mais ça permettra de « fermer une porte », comme on dit dans le jargon policier.

Tom était assis à côté d'elle, une main affectueuse posée sur son épaule.

Par chance, l'eau n'était pas boueuse. On distinguait bien le dessous de la surface. Là, une poutre en métal, à un autre endroit de grosses pierres, plus loin des débris de chantier.

Elle scruta les bords, seulement les bords. Elle n'imaginait pas une voiture au milieu d'un plan d'eau, il aurait fallu qu'elle vole.

— Rien, dit-elle d'une voix résignée, mais je m'y attendais.

— On n'a pas tout regardé…

À ce moment précis, le téléphone de Léa vibra dans sa poche. Elle jeta un œil sur l'écran.

Loïk.

Elle n'avait pas envie de décrocher, elle détestait s'interrompre quand elle effectuait une recherche, elle allait le rappeler, mais il insista. Il tenta deux fois, trois fois. Ça semblait urgent. Elle répondit à la quatrième.

— Allô, je vous dérange ? dit le journaliste.

— Je travaillais, mais vous avez l'air d'avoir une chose importante à me dire, n'est-ce pas ?

— Exact. Je viens de l'apprendre : le GIGN a investi le prieuré de Mullingar.

Elle n'était qu'à moitié étonnée.

— Je me demandais pourquoi deux hélicoptères de l'armée passaient dans le ciel.

— Opération secrète. La gendarmerie m'a informé à l'instant. Le GIGN ne prévient jamais quand il débarque.

Elle était songeuse.

— L'unité n'intervient que pour des choses graves. Lumière du Monde serait-elle enfin sur la touche ?

— J'imagine ! En tout cas, c'est un truc d'envergure, avec un grand nombre d'hommes.

— Les gendarmes du coin vous ont donné des précisions ?

— Rien en dehors de ce que je viens de vous dire.

Après un court silence, il reprit :

— En tout cas, quelque chose me dit que cette opération va clore l'enquête. Le GIGN n'intervient pas sur la base d'une rumeur. Des repérages ont forcément été faits par le groupe sans que personne en sache rien.

Léa connaissait les méthodes de cette unité d'élite : des hommes fondus dans la population locale observent pendant des jours sans attirer l'attention. La gendarmerie du coin elle-même n'est pas informée, sauf au moment de l'assaut. Et quand celui-ci, inattendu, a lieu, il ne dure pas longtemps : tout est plié en quelques minutes.

— Loïk, rappelez-moi quand vous aurez du nouveau. Ça ne sert à rien de me rendre sur place. J'imagine que toutes les routes ont été barrées.

— Je vous tiens au courant.

Ils raccrochèrent.

— Le GIGN à Belle-Île, murmura-t-elle en se tournant vers Tom, ça doit être une première.

— On rentre à Paris ?

— Pourquoi ?

— Si les responsables de ces tueries sont arrêtés, tu passeras à autre chose.

Léa haussa les épaules.

— Patientons un peu.

— Le GIGN ne se déplace pas pour cueillir des champignons, tu devrais le savoir. L'affaire est terminée, non ?

— Attendons avant de réserver nos billets de retour. Rien n'est fait. Tu vois ce que je veux dire ? Tant que le meurtrier n'a pas avoué, l'enquête se poursuit.

Elle déboucha une bouteille de cidre se trouvant dans le réfrigérateur de la chambre et emplit deux verres.

— À la tienne, Tom !

— Santé !

Ils trinquèrent, comme s'il fêtait le dénouement d'une affaire qui durait depuis trop longtemps.

— En attendant, dit la jeune femme, continuons à chercher la voiture de Chloé. Nous n'avons pas terminé notre visionnage, même si je m'attends à ce qu'on fasse chou blanc.

— Si les gens nous voyaient, murmura Tom, ils nous prendraient pour des dingues. On explore des plans d'eau sur une île pour retrouver la carcasse d'une voiture… Avoue que ce n'est pas banal.

Elle lui jeta un regard sombre.

— C'est toi qui m'as fait cette suggestion idiote.

— Je sais, oui. Cela dit, même si le GIGN met la main sur le tueur, il faudra retrouver la Smart.

— Dans ce cas, ce ne sera plus qu'une formalité. On peut concevoir qu'un membre de la secte ait balancé la bagnole dans un étang en pleine nuit, ni vu ni connu.

— Imagine qu'on retrouve Chloé vivante, séquestrée. Ou au contraire en pleine forme. Totalement consentante. Embrigadée dans la secte avec son accord.

Une moue dubitative se dessina sur les lèvres de la journaliste.

— À ce stade, tout est possible, oui. Tout et son contraire. Mais je te rappelle quand même que deux jeunes femmes ont été retrouvées mortes. Je ne pense pas qu'elles se soient suicidées.

Sans grande conviction, ils continuèrent à examiner les clichés qui défilaient sur l'écran. Léa attendait le coup de fil libérateur de Loïk lui annonçant que le GIGN avait découvert des choses cruciales.

À un moment, en observant une prise de vue, Tom poussa un cri.

— Regarde cette tache sombre.

— Où ça ?

— Là, à droite de l'écran, sous l'eau. Tu vois ?

Une forme rectangulaire apparaissait le long d'une rive.

— Je vais agrandir, s'écria la journaliste.

La silhouette d'un gros objet faisait penser à une voiture.

— J'imagine qu'on peut calculer la dimension.

Léa fronça les sourcils.

— Pas facile à partir de photos, mais si j'en crois la largeur du chemin juste à côté, ça correspond à la taille d'une petite voiture.

Ils regardèrent la taille d'une Smart sur Internet : 2,69 mètres de long, 1,55 de large. La tache immergée pouvait être la voiture de Chloé.

— Tu vois, j'ai bien fait de lancer cette piste ! s'exclama Tom d'une voix triomphante.

En toutes circonstances, Léa faisait preuve de la plus grande réserve. Elle refusait de s'emballer.

— Attends un peu avant de te réjouir.

— Comment savoir ? Tu as une idée ?

Elle plissa le front.

— Écoute, on va attendre les résultats de l'intervention du GIGN, puis nous aviserons. D'ici là, on peut retourner sur place, mais je nous vois mal en train de plonger à cet endroit.

— Pourquoi pas ?

Le lendemain, la nouvelle tomba. Une grande partie de la presse reprit l'information : à la suite de plusieurs « dénonciations anonymes » et en raison de la multiplicité des affaires criminelles sur l'île, le GIGN avait investi le prieuré de Mullingar. Fébrile, Léa dévora un article qui se terminait ainsi :

Les hommes de l'unité d'élite sont entrés dans le parc puis dans l'édifice, pendant qu'un hélicoptère stationnait, immobile, à une centaine de mètres au-dessus du bâtiment. Aucune photo n'a été diffusée. Selon nos sources, un gardien se trouvait à l'intérieur au moment de l'assaut. Il a ouvert la porte aux membres du GIGN sans opposer la moindre résistance. La Smart de Chloé Turquoise ne se trouvait pas dans la propriété. Les pièces étaient en ordre, aucune jeune fille séquestrée n'a été découverte. Nous n'avons pas d'autres informations à communiquer à ce stade, en dehors du fait que la section de recherches est désormais sur place.

— *Pschitt!* s'exclama Tom d'une voix moqueuse. De gros moyens, zéro résultat. La bonne blague !

— Attendons, corrigea Léa. D'abord, on ne sait pas forcément tout, l'enquête ne fait que commencer.

— Ça fait des mois qu'elle a démarré, et rien !

— C'est la première fois que la secte est visitée.

Tom n'était pas de bonne humeur.

— Il en a fallu du temps. Ses membres ont pu se barrer avant.

— Dans un État de droit, on ne peut pas décider de n'importe quoi. Les procédures d'intervention sont très strictes. À mon avis, le prieuré a été placé sous surveillance pendant des jours sans que personne en sache rien. Un truc a dû se passer, pour que le GIGN intervienne avec des moyens pareils. On ne saura sans doute jamais quoi.

Il plissa le front :

— Un journal parle de « dénonciations anonymes ». C'est vague.

— La presse n'en sait rien. En attendant, je propose de retourner près du plan d'eau où se trouve cette forme bizarre.

Une demi-heure plus tard, ils arrivèrent à l'endroit où gisait la supposée carcasse de voiture. Sur la berge, ils écarquillèrent les yeux pour tenter d'apercevoir quelque chose, mais ils ne voyaient rien. Léa fit de nouveau voler le drone. Elle avait emporté son ordinateur, ce qui permettait de voir les images en direct. Le soleil était haut dans le ciel, l'engin stationna à quelques mètres au-dessus de l'eau et zooma. Pas de doute, il s'agissait bien d'un véhicule de petite taille, immergé à quelques mètres. Impossible d'en déterminer le modèle.

— Cette fois, je plonge ? proposa Tom.

Elle ne comprit pas qu'il plaisantait.

— Tu n'as ni masque ni tuba… Tu ne vas rien voir… Soit un gars a voulu se débarrasser de sa voiture pour toucher une assurance, soit c'est…

L'émotion submergeait la journaliste… Depuis le temps qu'elle cherchait…

— Si ça se trouve, le corps de Chloé est à l'intérieur ! s'exclama Tom.

Elle avait les yeux humides.

— Si Chloé a été victime d'un banal accident, les deux crimes n'ont rien à voir avec sa disparition. Le seul moyen de savoir est d'extraire la voiture. J'appelle les pompiers ? Les gendarmes ?

— Les pompiers.

Une demi-heure plus tard, six pompiers arrivèrent dans deux véhicules. Léa leur avait simplement dit qu'elle avait aperçu une carcasse de voiture immergée dans la retenue du Borfloc'h. Les soldats du feu avaient l'habitude de récupérer des bateaux échoués sur les grèves, ils possédaient un camion doté d'un puissant treuil. Trois hommes-grenouilles plongèrent.

Légèrement à l'écart, Léa et Tom regardaient la scène sans rien dire.

Ils avaient l'impression de revivre la dernière séquence du film *Psychose*, d'Hitchcock, lorsque la voiture de Marion Crane, incarnée par Janet Leigh, est extraite d'un étang.

Les plongeurs attachèrent le véhicule avec un câble. Léa ignorait s'ils avaient repéré un corps.

Le camion se mit en position d'arracher la carcasse de sa gangue de vase. L'opération était très lente. La peinture avait rouillé, *elle semblait verte*, sans certitude.

Le véhicule remonta à la surface, personne ne pipa, l'émotion était à son paroxysme.

Une immense déception enveloppa Léa.

Il ne s'agissait pas d'une Smart. Léa reconnut une Peugeot 206 dont les plaques d'immatriculation avaient disparu. Un pompier observa l'intérieur avant d'ouvrir le coffre.

— Aucun corps. Ce n'est pas un accident. Un type s'est débarrassé de son véhicule pour une raison qu'il faudra éclaircir. Nous allons signaler ça à la gendarmerie. Grâce au numéro de série, il ne sera pas difficile de retrouver le propriétaire.

Dépités, Léa et Tom reprirent le chemin de l'hôtel.

— Deux mauvaises nouvelles le même jour, murmura-t-elle.

— Tu l'as dit toi-même, ça permet de fermer des portes. Il faudra juste vérifier que Chloé possédait bien une Smart.

— Tu en doutes ?

— Toute la presse le répète inlassablement depuis le début, mais si ça se trouve, elle était à bord d'une 206.

Léa n'envisageait pas cette hypothèse.

— Ne t'en fais pas, ajouta-t-il d'une voix tendre. La nuit la plus noire précède toujours l'aube.

— C'est beau, mais je n'en suis pas certaine. Je me pose une question : cette 206 a-t-elle un lien quelconque avec la disparition de Chloé ? C'est peu probable, mais il faut tout envisager.

Le Palais était proche de la retenue d'eau, ils apercevaient déjà la citadelle.

— Tu penses qu'Abel a prévenu la secte que le GIGN arrivait ? demanda-t-il.

Elle hocha la tête.

— Peu probable. L'unité n'annonce jamais ce qu'elle va faire, même aux gendarmes du cru, pour éviter que la nouvelle ne s'ébruite. Ou alors au tout dernier moment. J'ai lu des bouquins passionnants à ce sujet. Abel n'était pas au courant. Même en supposant qu'il fasse partie de Lumière du Monde, il n'a pu informer personne.

Tom inspira longuement.

— Je n'ai pas confiance en lui. Quand nous l'avons croisé près de Port-Coton, j'ai senti qu'il cachait quelque chose. Sa méfiance à notre encontre était excessive.

— Certes, mais je ne vois aucun élément concret permettant de l'incriminer. Un gendarme sur une scène de crime, ça n'a rien d'extravagant. Tu as des intuitions, moi aussi, rien de plus. Il faudrait l'interroger, mais en principe un gendarme ne répond à aucune question, sauf à un supérieur ou à la justice. Nous devrions essayer de le coincer chez lui, par surprise, en essayant de ruser, mais je ne sais même pas où il habite.

Un bref silence s'installa dans la voiture. Léa réfléchissait à la meilleure stratégie pour avancer dans cette purée de pois. Elle décida d'utiliser une arme de destruction massive qu'elle affectionnait quand une enquête piétinait : elle prétendait savoir des choses dans le but de provoquer certains suspects, les pousser dans leurs retranchements, les faire parler. La posture la plus courante des potentiels coupables était le silence, ce qui, quand elle avait commencé ses premières investigations sur les *cold cases*, avait été une immense surprise. Les mis en cause parlaient le moins possible, sauf s'ils se sentaient acculés et n'avaient pas le choix.

Ils arrivèrent à l'hôtel, commandèrent un repas qu'ils prirent en terrasse. Un soleil radieux illuminait le ciel. Affamés, ils dévorèrent une délicieuse sole meunière accompagnée d'une jardinière de légumes, le tout arrosé d'un bon vin.

Léa regarda Tom sans rien dire en essayant de penser à autre chose qu'au drame qui la submergeait. Il avait un gros appétit, il commanda un dessert qu'il dévora à pleine bouche.

— Tu es un goinfre, dit-elle.

— Tu crois ?

Il la mangeait des yeux.

— Bon, ce n'est pas le moment de se câliner, dit-elle d'une voix un peu gênée. Nous devons avancer.

— Que comptes-tu faire ?

— Revoir notre ami Mika.

— Dans quel but ?

— Tu verras bien.

Elle avait une idée très précise pour le pousser dans ses retranchements.

Une heure plus tard, nouvelle surprise, elle reçut un appel du commandant Tardy. La 206 découverte dans la retenue d'eau avait été identifiée, il demandait à Léa de passer à la gendarmerie pour qu'elle explique comment elle avait découvert cette voiture, ce qu'elle fit sur-le-champ. Elle révéla au gradé qu'elle avait fait voler un drone et qu'elle était tombée sur cette épave.

Tardy semblait embarrassé.

— Pourquoi avoir cherché à cet endroit ? Je ne comprends pas. Quelqu'un vous a-t-il prévenue qu'une voiture se trouvait là ?

Léa hésita à lui dire que c'était presque un hasard.

— On m'a révélé qu'un véhicule se trouvait dans cette retenue d'eau. Je suis allée vérifier moi-même.

Le commandant semblait intrigué.

— Qui vous a dit ça ?

Elle improvisa.

— Un individu qui en veut au propriétaire de la 206… Il m'a dit qui c'était…

Elle faisait tout pour que le commandant révèle son identité.

— Ah bon ? Vous saviez qu'elle appartenait à Mika Villard ?

Léa raconta son entrevue à Tom.

— Je propose de rendre visite au propriétaire de la 206 sans tarder, s'exclama-t-elle. Notre découverte est extravagante, non ? Que faisait sa voiture au fond de l'eau ?

— Cette histoire est de plus en plus emberlificotée.

— On peut imaginer que la bagnole contenait des traces de Chloé et que Mika a préféré les faire disparaître. L'a-t-il utilisée pour transporter son cadavre ?

— Les gendarmes lui ont forcément demandé de quelle manière il s'est rendu à la pendaison de crémaillère…

— On lui posera la question.

Après un court moment d'hésitation, elle appela le réparateur de bateaux.

— Mika ?

Une voix sympa.

— *Yes !* Comment allez-vous ?

— J'ai avancé dans mon enquête sans en parler aux gendarmes.

Silence à l'autre bout, elle avait l'impression qu'il avait raccroché.

— Allô, allô, vous êtes toujours là ?

— Je vous écoute, dit-il d'une voix enrouée.

— Quelque chose ne va pas ?

— Tout baigne ! Pourquoi cette question ?

Elle voulait le coincer.

— Je vous sens bizarre…

— Problème de réseau, sans doute. Vous avez quelque chose d'important à me dire ?

— J'ai deviné qui a tué les trois jeunes femmes, Chloé comprise, dont la mort me semble probable.

À l'autre bout, une voix stupéfaite.

— Ce n'est pas moi !

— Vous croyez que je vous aurais appelé pour vous l'annoncer ?

— Vous en avez parlé aux gendarmes ?

— Un journaliste ne révèle rien aux flics.

Un long silence. Léa crut de nouveau que Mika avait raccroché.

— Écoutez, finit par lâcher le réparateur, je n'ai pas envie de parler au téléphone. Passez me voir si vous voulez.

— Vous avez quelque chose à cacher ?

— Rien, Léa, rien. Combien de fois dois-je le répéter ? Même si, depuis la disparition de Chloé, je suis dans le viseur des flics.

Elle lui dit d'une voix autoritaire :

— Comment le savez-vous ?

— Parce que je le sais.

Un temps de silence.

— Vous êtes dans votre atelier ?

— Chez moi. La maison jaune à gauche du hangar.

— Vous vivez seul ?

Un blanc trop long aux yeux de la journaliste.

— Pourquoi cette question ?

— Pour savoir.

— En ce moment, oui.

Une demi-heure plus tard, Léa arriva avec son compagnon chez le jeune homme. Elle connaissait l'atmosphère qui régnait sur cette île hors de l'espace et du temps, elle avait observé les gens, les mœurs, elle connaissait les ragots, elle avait analysé les silences, elle avait humé l'odeur des jalousies.

Il fallait qu'elle fasse craquer Mika en tenant compte de tout ce qu'elle avait appris.

Il habitait un logement pas très grand : trois petites pièces, une kitchenette et une salle de bains.

— Bienvenue, dit-il sobrement en ouvrant la porte, l'air penaud.

Son visage était sombre.

Léa se rendit la plus aimable possible, ça ne servait à rien de le braquer. Elle avait appris ça de son père quand elle était enfant : si tu veux que les gens te parlent, sois la plus douce possible, sinon ils ne diront rien.

— Vous ne travaillez pas aujourd'hui ? lui lança-t-elle.

— C'est mon jour de repos. Parfois j'en prends un deuxième, en fonction de l'avancée des réparations.

Elle ne voulut pas reparler de cette balade en mer si étrange, à quoi bon ?

Tom avait pour mission d'observer celui qui avait giflé Chloé. Sans rien dire. Sans émettre la moindre remarque. Il devait analyser les mimiques, le langage de son corps, les mots, les silences, les éventuels lapsus.

Mika proposa un verre d'eau à ses visiteurs.

Léa le sentait fébrile.

— Alors ? dit-il.

Elle ne parla pas du GIGN, elle ignorait s'il était au courant. D'une voix assurée, elle annonça :

— Je pense avoir découvert la vérité sur la disparition de Chloé.

Le réparateur plissa le front.

— On a retrouvé son corps ?

Elle le dévisagea.

— Pour moi, il est évident qu'elle est morte. Mais avant d'aller plus loin, j'aimerais savoir si vous restez en contact avec Abel.

— Pas revu depuis la fameuse soirée. On ne s'entend pas bien. D'abord parce qu'il est gendarme et que les enquêteurs m'ont suspecté… Ensuite parce que…

Il ne termina pas sa phrase.

— Parce que quoi ?

— Je ne devrais pas le dire, mais nous étions tous les deux amoureux de Chloé. Nous étions des rivaux, en quelque sorte. Nous étions fascinés par la plus belle femme de l'île, sa personnalité solaire…

Léa était très nerveuse, elle effectua quelques pas dans la pièce. Elle jeta un œil sur le port, les bateaux de pêche et de plaisance posés sur l'eau diaphane.

— Ne le répétez pas, dit-elle, mais selon moi, le gendarme est impliqué dans le meurtre des trois jeunes filles…

Elle n'en savait absolument rien.

Mika murmura, d'une voix quasi inaudible :

— Pour moi, le meurtrier était présent à la pendaison de crémaillère, mais je n'en ai pas la certitude.

Elle imaginait qu'il parlait d'Abel en refusant de le nommer, tout en se demandant si cette accusation n'était pas destinée à se dédouaner. En tant que principal suspect, il voulait que les gens regardent ailleurs.

— Abel a vécu lui aussi une aventure avec Chloé ? demanda Léa en le fixant dans les yeux.

— Pourquoi cette question ?

— Je me renseigne.

D'une voix blanche, il murmura :

— Je vous l'ai dit : comme presque tous les jeunes hommes de l'île, moi aussi je suis tombé amoureux d'elle. Ce n'est pas pour autant que je l'ai tuée…

— Et, un jour, vous vous retrouvez tous les deux pour faire la fête. Incroyable, non ?

— Vous n'allez pas me croire, mais personne ne savait qui était invité. En tout cas, moi, je n'ai pas été prévenu. Savez-vous qui vient quand vous participez à une soirée ? Quand j'ai vu arriver Abel, j'étais mal à l'aise… Il était sorti avec la fille que j'avais aimée…

Léa le fixa d'un air glacial.

— C'est vous qui avez giflé Chloé, non ?

— On me la ressort à chaque occasion, celle-là ! Je m'en suis expliqué des centaines de fois. Cet incident va me suivre jusqu'à ma mort. Je n'en peux plus.

— Vous pensez que le gendarme a tué Chloé par dépit amoureux ?

— Contrairement à d'autres, je ne lance pas des accusations gratuites. La section de recherches hésiterait entre trois pistes : féminicide, accident, disparition volontaire…

Pourquoi disait-il ça ? Elle n'apprenait rien.

— Et les autres victimes, qui les a massacrées ?

— En assassinant deux autres femmes, le meurtrier fabrique une quatrième piste : celle du tueur en série. Les Bellilois ne connaissaient pas Grace, et Amélie n'aurait pas été violée. Dans tous les cas, aucun ADN d'une tierce personne n'a été retrouvé nulle part. Bien joué ! Trois crimes parfaits.

Elle lui posa une question qui la démangeait :

— Quand vous êtes revenu de la soirée en voiture, vous étiez seul ?

Son visage s'empourpra.

— Pourquoi cette question ?

— Pour savoir.

— Seul et alcoolisé, oui.

— Quel est le modèle de votre véhicule ?

Il explosa de colère.

— Vous êtes flic ? Merci d'être venus, mais je dois retourner à mon atelier.

— Ah bon ? Je pensais que c'était votre jour de congé. Quel est le modèle de votre voiture ?

— Vous voulez voir ma carte grise ?

Sa réaction était si déconcertante qu'elle se disait qu'il cachait quelque chose. *Bon sang, à quel endroit avait-il planqué le corps ?*

Elle n'insista pas, à quoi bon ?

Avant de partir, elle lui demanda encore :

— Vous savez où habite Abel ?

— Pas très loin d'ici, à la sortie de Sauzon. Dans une maison au lieu-dit Bordery, juste à côté d'un calvaire. Elle est facile à trouver, c'est la seule à posséder deux garages côte à côte.

— Deux garages ? J'imagine que la gendarmerie n'a pas perquisitionné.

— Pas la moindre idée.

Elle pensait à l'affaire Natascha Kampusch : en Autriche, une adolescente avait été séquestrée pendant huit ans par un homme plus âgé. Et si Abel, gendarme au-dessus de tout soupçon, avait emprisonné sa proie, tout en enquêtant sur sa disparition ?

Léa et Tom remontèrent dans la Clio, direction Bordery, hameau perché au-dessus d'une crique. Ils se garèrent à distance du calvaire et n'eurent aucun mal à trouver la maison.

Torse nu, coiffé d'une casquette, vêtu d'un pantalon de survêtement, une paire de lunettes de soleil sur les yeux, Abel tondait sa pelouse. Léa le reconnut à sa moustache. Dans cette tenue, c'était un autre homme, très différent de celui qu'elle avait croisé à deux reprises. On aurait dit un sportif professionnel ou un adepte des salles de sport.

Sur la carte, elle avait constaté que Bordery se trouvait non loin de la pointe des Poulains, curieuse coïncidence.

Aucune barrière ne fermait le jardin. La jeune femme se dirigea vers l'homme au physique imposant, pendant que Tom restait à distance. Le gendarme ne l'avait pas entendue, à cause du tintamarre de la tondeuse. Quand elle se planta face à lui, il sursauta et coupa le moteur.

Visiblement, il ne l'avait pas reconnue.

— Qu'est-ce que vous foutez dans ma propriété ? s'écria-t-il d'une voix peu aimable.

— Je me suis perdue.

— Vous allez où ?

Elle avait repéré un nom sur la carte.

— Plage de Ster Vraz.

— Oh, c'est très simple.

Il indiqua une direction.

— Marchez sur cette petite route, vous arriverez dans une demi-heure. Sinon, il existe un chemin à travers la lande, pas facile à trouver.

— Merci. Je suis avec mon copain. Vous habitez ici ?

Il la toisa du regard.

— Pourquoi cette question ? Qu'est-ce que ça peut vous faire ?

— Je m'intéresse aux gens que je croise, je trouve ça sympa.

Il poussa un cri.

— Ah, mais je vous ai rencontrée, près de Port-Coton, vous étiez entrée à l'intérieur d'un périmètre de sécurité ! Vous avez de la chance, je ne vous ai pas collé de prune.

Elle plongea son regard dans le sien.

— Oui, je me souviens, vous êtes gendarme. Moi non plus je ne vous avais pas reconnu. Vraiment désolée pour l'autre jour…

— Vous passez votre temps à vous paumer. Vous le faites exprès ? Vous n'avez pas de GPS ?

Elle ne savait que répondre.

— Je m'oriente au soleil. Pas de téléphone pendant nos balades, juste une carte, c'est pour ça qu'on se perd.

Il semblait dubitatif.

— Après avoir relevé votre identité, j'ai regardé sur Internet. Vous êtes journaliste, c'est ça ? Vous tenez un blog consacré à des affaires non résolues.

— Vous êtes bien renseigné.

— Pas compliqué. Il suffit de taper votre nom sur Google. J'ai parlé de vous à mon boss, il m'a dit vous avoir rencontrée.

Elle ne s'attendait pas à cette confidence.

— Vous vous renseignez sur tous les gens que vous contrôlez ?

— Rarement, mais là vous étiez sur une scène de crime…

Elle jouait à l'innocente.

— Je l'ai appris plus tard par les médias. Amélie a été retrouvée morte, elle habitait le coin. Vous la connaissiez ?

— Je n'ai pas à répondre à ce genre de questions. C'est moi le gendarme, pas vous.

Il avait l'air ulcéré.

— Je dois finir de tondre ma pelouse. Essayez de ne plus vous perdre. Bonne balade.

Il fallait absolument qu'elle en apprenne davantage. Elle joua à l'effarouchée.

— J'espère qu'on ne va pas être convoqués à la gendarmerie. Nous sommes étrangers à cette affaire. Vous avez une idée de l'identité du tueur ?

Elle ne lâchait jamais sa proie. Tel un crocodile dans le marigot, sa gueule venait de saisir un morceau de choix, il fallait qu'elle le dévore. Elle ne partirait pas tant qu'elle ne serait pas rassasiée.

— Je ne répondrai à aucune de vos questions, désolé. Si vous voulez en savoir plus, contactez le juge d'instruction chargé de cette affaire…

— Et Chloé Turquoise, vous la connaissiez ?

Le visage du gendarme devint cramoisi.

— Pardon ? Vous m'accusez de quelque chose ? Oui, je la connaissais et sa disparition m'a bouleversé. Point final. Je n'entrerai pas dans des considérations personnelles.

Elle était une acharnée, elle n'avait rien à perdre.

— Il paraît que vous étiez amants…

Elle sentit une colère froide monter en lui.

— Vous êtes venus ici pour me cuisiner ?

— Pas du tout, répondit-elle d'une voix angélique. Nous nous baladons. Nous sommes tombés sur vous par le plus grand des hasards.

— C'est ce qu'on dit ! Qui vous a indiqué que j'habitais là ?

— Personne.

Elle voulait qu'il balance un indice, même infime, dans un sens ou un autre, sinon la visite n'aurait servi à rien.

— Je ne vous accuse pas, voyons. Je sais bien que vous n'êtes pas impliqué dans cette affaire. Mais, en tant que journaliste, j'essaie de connaître la vérité, c'est normal.

Il fallait absolument qu'elle entre dans la maison. Jusque-là, elle n'avait rien appris.

— Vous empiétez sur notre travail ! s'exclama-t-il.

— Pas du tout. Ce n'est pas moi qui vais arrêter le tueur en série qui rôde à Belle-Île.

Pour détendre l'atmosphère, elle devint de miel.

— Je vous propose une chose : on boit un café pour discuter tranquillement. Je vous sais innocent et vous promets que je ne parlerai pas de vous dans mes articles. Pas une allusion, je peux même signer une décharge. Je ne cherche qu'une chose : que ces trois affaires soient résolues le plus vite possible. En tant que gendarme, vous ne pouvez qu'être d'accord avec moi, non ?

Elle était très habile, elle le sentait décontenancé.

Il observa Tom.

— Et votre copain ?

— Il adore papoter. Je vous invite dans un bar de Sauzon, on a garé la voiture en contrebas, on vous y emmène.

Elle espérait qu'ils ne croiseraient pas Mika.

Abel réfléchit quelques instants.

— Pas la peine de descendre. Je prépare un café.

Il s'était radouci.

Léa supposait que c'était un stratagème pour tenter de se disculper : il avait compris qu'elle le soupçonnait. Il allait jouer à l'enfant de chœur, un classique dans ce genre d'affaires : celui qui se sent acculé peut se métamorphoser en agneau en quelques secondes.

— Entrez. C'est un peu le bazar, chez moi, excusez-moi.

— Vous habitez seul ?

Il plissa le front.

— J'avais une copine, elle est partie.

Il enfila un tee-shirt avant de gagner l'intérieur, suivi des deux visiteurs. Il mit en route la machine à café, qui hoqueta.

Léa observa la pièce, une sorte de grand living aux murs blancs. Des tableaux représentaient des femmes très belles. Quelques photos de petite taille étaient plus osées.

Il fallait tout imaginer, même le pire.

La Smart se trouvait-elle dans un des garages ?

Chloé était-elle séquestrée dans un sous-sol ? Peu probable, Abel ne les aurait pas fait entrer. Était-elle enfermée dans une autre maison ? Léa imaginait des choses répugnantes : la jeune femme enchaînée, un bâillon sur la bouche pour éviter qu'elle ne crie.

Tout était possible, même les trucs les plus écœurants, la journaliste le savait.

Tom ne disait rien, il observait tout.

Le gendarme emplit trois tasses à ras bord et ouvrit une boîte de gâteaux.

— Apparemment, vous faites pas mal de sport, dit Léa pour essayer de détendre l'atmosphère.

— Marche, vélo, muscu… Avant de m'installer sur cette île, je jouais au rugby. Mon rêve était de devenir professionnel, mais ça n'a pas marché.

— Vous habitiez où ?

Pour la première fois, un sourire illumina son visage.

— Biarritz ! Terre de l'ovalie. Vous connaissez ce coin ?

— Vaguement. Et ça fait combien de temps que vous êtes ici ?

— Quatre ans… Vous voulez tout savoir, vous.

La voix de Léa se fit la plus douce possible.

— Je m'intéresse à mes interlocuteurs, c'est tout. Moi j'habite Paris, à côté du Moulin Rouge… Vous situez ?

— J'ai visité le quartier. Quand j'étais à Biarritz, j'avais une copine rue Blanche. Elle était danseuse au Crazy Horse.

— On aurait pu se croiser…

L'atmosphère commençait à se détendre. Abel ne faisait pas mystère de sa passion pour les femmes. Léa n'aimerait pas se retrouver seule avec lui, même si elle n'était pas insensible à ses charmes.

Elle se jeta à l'eau :

— Je sais que vous n'êtes pas impliqué dans les trois tragédies qui ont bouleversé ce...

Cette fois, il lui coupa sèchement la parole.

— Pourquoi le préciser de nouveau ? Vous radotez. Je suis gendarme, ma mission est de protéger la population, pas de m'en prendre à des femmes sans défense. Et de plus, je suis un ex-rugbyman. J'ai des valeurs : intégrité, fair-play, bienveillance, loyauté.

— Désolée pour ma maladresse, répondit Léa, qui savait qu'un meurtrier pouvait défendre son honneur même s'il avait commis des crimes atroces.

Après avoir bu une gorgée de café, elle ajouta :

— Pour vous, qui est derrière ces affaires ?

— La section de recherches enquête, je ne vous apprends rien. Je ne vais pas révéler un certain nombre de choses que nous avons découvertes...

— Et pourquoi pas ? Votre commandant m'a exposé son point de vue.

Elle refusait de lui dire qu'il avait considéré que Chloé avait disparu volontairement. Vu la tournure des événements, il avait sans doute changé d'avis.

Le gendarme parla d'une voix dénuée de toute émotion. Un ton administratif.

— Depuis votre arrivée, deux femmes ont été tuées, vous le savez.

Elle regarda Tom qui, d'un air impassible, ne perdait pas une bribe de l'échange.

— À titre personnel, qu'en pensez-vous ?

Gêné, il regarda en direction du sol.

— Ce que je pense n'est qu'un point de vue, je ne devrais pas vous en parler. Vous vous êtes engagée à rester discrète ?

— Je n'ai jamais balancé personne.

— Eh bien, le responsable de toutes ces affaires, c'est la secte Lumière du Monde qui se trouve à Bangor. Vous en avez entendu parler ?

— À plusieurs reprises, oui. Mais je croyais que le GIGN n'avait rien découvert d'anormal.

Elle ne voulut pas évoquer l'homme en noir.

— Qui vous a dit cela ? L'opération est toute fraîche.

— Mais encore ?

Il la fixa droit dans les yeux.

— Aucune arrestation ne signifie pas que la secte n'est pas impliquée. La police scientifique procède à un travail d'analyse balistique. Si on retrouve l'ADN de Chloé Turquoise, bingo !

La journaliste se demandait s'il était convaincu de sa version des faits.

— Qu'est-ce qui vous fait dire ça ?

— Une conviction. Ces gens-là vivent en vase clos depuis des années. Ou plutôt, ils organisent des séminaires dans le plus grand secret sans se mêler à la population. Ils arrivent sur des bateaux sans emprunter le bac. La plupart viennent d'Irlande. Ce sont des gens d'ailleurs, dans tous les sens du terme, illuminés. Depuis pas mal de temps, la gendarmerie les observe, mais jamais nous n'avions découvert quelque chose d'anormal… Jusqu'à la disparition de Chloé…

Léa était surprise par cette confidence. Elle avait vu Abel rôdant à proximité du prieuré. Était-il en mission de surveillance ?

— Comment l'ostéopathe s'est-elle évaporée, vous avez une idée ?

Il toussa.

— Je ne veux pas trop m'avancer, mais le siège de la secte se trouve à quelques centaines de mètres de l'habitation des Guillou. Drôle de coïncidence, non ?

— Merci pour l'info, j'étais au courant. De toute façon, rien n'est loin de rien, ici. J'insiste : quelle preuve avez-vous de l'implication de la secte ?

— L'intervention du GIGN n'est pas due au hasard.
— Qu'est-ce qui l'a déclenchée? Je n'ai pas compris.
Il se raidit.
— Je ne peux pas vous dire. Secret professionnel.
— Des caméras?
— Si des caméras avaient filmé Chloé arrivant au prieuré après la soirée, les forces de l'ordre auraient agi sans attendre.
Elle jouait à celle qui ne savait rien.
— Vous participiez à la fameuse pendaison de crémaillère?
Il rougit légèrement.
— Oui, mais qu'est-ce que ça change?
Léa ne lâchait rien, elle insistait.
— Quels sont les éléments qui permettent d'incriminer la secte?
— Des indices graves et concordants.
On ne pouvait être plus flou.
— La secte est-elle responsable de la mort de Grace et d'Amélie?
— Nous essayons de le savoir… Vous m'agacez avec vos questions.
Elle avait l'impression que c'était en tant que gendarme qu'il parlait. Il pratiquait la langue de bois administrative habituelle.
— Quelle est votre conviction personnelle? *Personnelle, j'ai dit!*
Il hésita.
— Cette secte est le paravent d'un réseau d'esclavage moderne. Des femmes sont enlevées, violées, puis, pour certaines, tuées, tandis que d'autres sont relâchées sur le continent.
Cette piste avait été évoquée par le fameux témoin anonyme, mais comment s'assurer qu'il ne s'agissait pas d'une simple rumeur?
— Des gens ont parlé?
— Peut-être.
Abel était un mur en béton armé. Léa se disait qu'elle n'apprendrait rien de concret et changea de conversation.

— Vous avez deux garages ?

Il bafouilla.

— Oui, mais bon… Pourquoi cette question ? Cela n'a rien d'extraordinaire. C'est même très fréquent ici.

Dans la voiture du retour, Léa et Tom discutèrent avec animation.

— Toi qui n'as rien dit, quel est ton point de vue?

— Lui aussi a essayé de t'enfumer, c'est une certitude.

— Décidément. Tu te méfies de tout le monde, toi!

— Je l'ai senti mal à l'aise. À un moment, il a tremblé des mains. Tu as remarqué?

Elle cracha ce qu'elle avait sur le cœur:

— J'ai surtout été affligée par ses pseudo-révélations. Il incrimine la secte sans preuve, ce n'est pas le premier à le faire. La ritournelle s'entend depuis des semaines sans que personne n'apporte le moindre élément factuel. Le fameux témoin des sévices n'a pas été retrouvé, je ne sais même pas s'il existe. Quand Abel ne sait pas répondre, il se réfugie derrière le secret professionnel: trop facile.

Ils se turent en regardant le paysage, le vol des oiseaux de mer, les petits nuages blancs, la belle lumière d'extrême fin d'hiver.

Tom soupira.

— Ce type n'a pas la conscience tranquille.

— Tu le crois coupable dans les trois affaires?

Il hocha la tête.

— En tout cas, *impliqué*: il n'a pas forcément tué, mais il a participé. Ou il sait quelque chose qu'il ne peut pas dire. Je le sens. Tu as vu comment il a réagi quand tu lui as parlé de son second garage? Ce n'était pas naturel. Et si la Smart était enfermée dedans?

Ils se turent en pensant à la scène qu'ils venaient de vivre. Abel était sans doute un homme double. Gendarme modèle d'un côté, dragueur compulsif de jeunes femmes de l'autre. Était-il pour autant un assassin ?

Ils arrivèrent à L'Armoric et burent un verre de jus de pomme au bar. Quand Léa s'enferma dans la chambre pour écrire son journal, Tom lui annonça qu'il avait l'intention de visiter la citadelle Vauban.

Journal de Léa

Le ciel de Belle-Île s'obscurcit inexorablement malgré son bleu intense. Tout le monde accuse tout le monde. Conan accuse Mika et Abel, celui-ci accuse la secte malgré l'intervention infructueuse du GIGN. Kevin évoque la piste d'un *serial killer* quand Marie prétend que Chloé est partie volontairement et se cache. Il est étonnant que, dans une zone aussi petite, autant d'hypothèses s'entremêlent. Pour moi, chacun connaît une part de vérité mais la garde pour soi, dans le secret de son cœur. Cherche-t-on à m'envoyer sur un mauvais chemin ? Quelqu'un, au-dessus de la mêlée, tire-t-il les ficelles de cette tragédie en trois actes ? Menace-t-il ceux qui parlent ? Existe-t-il un maître chanteur ? Un parrain du crime ?

J'ai envoyé un nouveau projet de chronique à James. J'attends son retour. Tout en rappelant minutieusement les derniers rebondissements de l'affaire, j'ai imaginé un scénario incroyable, à la limite du vraisemblable. Un homme puissant, extérieur à l'île, est-il responsable de ces crimes ? Ne vient-il pas sur son propre bateau pour mettre à mort de jeunes filles ? Cette hypothèse fantasmagorique n'est pas à exclure. Au moins, je ne vise personne, même implicitement, au sein de la communauté locale, tout en affirmant qu'un *serial killer* est bien à l'œuvre.

Il paraît que ma précédente chronique a tenu en haleine mes lecteurs : ce halo de mystère sur une île battue par les vagues d'hiver fascine.

Je n'arrête pas de penser aux trois victimes : Chloé, Grace, Amélie, parties trop tôt, de manière injuste, révoltante. Elles auraient pu vivre encore un peu, comme le chante Jean Ferrat, et même vivre très longtemps. Elles auraient pu continuer à rire, à s'émouvoir, à aimer, à se balader, à nager, à observer le ciel, les nuages, les oiseaux. À écouter le chant de la mer. Elles auraient pu avoir un amant, un vrai, pas un pervers abusant d'elles avant de les tuer, elles auraient pu avoir des enfants, de beaux enfants qu'elles auraient vus grandir. Pour elles, tout s'est terminé dans le sang et les larmes. Un épouvantable gâchis.

J'imagine le moment où elles ont été piégées, acculées, sans défense. J'ignore tout du scénario de leur mort. Ont-elles rencontré quelqu'un qu'elles connaissaient, avec qui elles avaient rendez-vous ? Ne se sont-elles pas méfiées ? Ou, au contraire, ont-elles été surprises, comprenant vite que leur dernière heure était venue ? Ont-elles pleuré avant de mourir ? Se sont-elles demandé : *Pourquoi moi ?*

Tom poussa la porte de la chambre, elle ne l'attendait pas si tôt.

— Déjà rentré ?

— Ben non, je suis le sosie de Tom.

— Toujours le mot pour rire.

Sa mine était renfrognée.

— Je n'ai pas visité la citadelle.

— Pour quelle raison ?

— Tout simplement parce que j'ai changé d'avis.

— Comme ça ?

— Disons que je me suis trompé de chemin. Je suis étourdi. J'ai marché sur une digue, mais elle ne menait nulle part. J'en ai profité pour discuter avec l'un des responsables du bac qui relie l'île au continent. Je lui ai dit que j'écrivais un bouquin sur la disparition de Chloé et sur les autres meurtres. Ce n'est pas tout à fait vrai, mais presque.

Elle supposait que l'homme avait révélé certaines choses, sinon Tom n'en aurait pas parlé.

— Vas-y, dis-moi. Il a avoué qu'il a fait traverser la voiture de Chloé sans en parler à personne après avoir touché une commission ?

— Son bourreau…

— Comment ça ?

— Je rigole… mais le gars voit passer régulièrement un grand barbu qui n'est pas d'ici. Pas de véhicule. Toujours à pied. Il fait des allers-retours fréquents entre Le Palais et Quiberon.

Léa haussa les épaules.

— Tu parles d'un indice ! En soi, ça n'a rien d'extraordinaire. Il vient travailler au Palais et le soir il rentre sur le continent, ou l'inverse.

Ils entendirent la corne de brume d'un bateau qui arrivait dans le port.

— L'employé a demandé à des passagers du coin, personne ne le connaît. Au début, il n'a pas fait attention à lui, jusqu'à la mort d'Amélie. L'homme est venu avant son meurtre supposé, il est reparti après la découverte du corps.

— Il a dormi à L'Armoric ? dit-elle d'un ton moqueur.

— Oui, avec toi.

— Tu n'as pas de barbe.

— Arrête de plaisanter, c'est très sérieux. Le fait qu'il ait passé la nuit ici au moment du crime constitue un indice, non ?

Léa soupira.

— Si j'étais un tueur en série, je ne prendrais pas le bac. J'imagine que l'employé connaît son nom.

— L'identité des piétons n'est jamais vérifiée, tu le sais.

— Tu vois, c'est une piste très floue. Moi, je reste persuadée que le tueur habite l'île. Mais bon, affaire à suivre…

Tom s'étonna :

— Je croyais que tu n'excluais aucune piste. Tu m'as dit que tu envisageais l'hypothèse d'un tueur venu d'ailleurs dans ta prochaine chronique…

— Certes, mais c'est une feinte. Il n'est pas possible pour moi d'accuser dans un article des gens habitant ici, même implicitement. Tu as donné ton numéro à l'employé du bac ?

— Évidemment ! Il m'a dit que si le barbu revenait, il me préviendrait. Et de ton côté, que vas-tu faire ?

Elle hésita avant de répondre. Des mouettes rieuses hurlaient dans le ciel : un vacarme assourdissant.

— Je compte revoir Loïk, le seul qui me fournit des informations à peu près fiables.

— À mon avis, il ne te dit pas tout.

— J'aimerais qu'il m'aide à retrouver le témoin supposé des sévices commis dans le prieuré. Je ne vais pas attendre le résultat des analyses balistiques sur le corps des deux cadavres, ça peut prendre des semaines, des mois. On ne va pas s'éterniser ici. Tu reprends le boulot bientôt, non ?

Un long silence. Il semblait désolé.

— Eh oui ! Il faut qu'on perce le mystère au plus vite, sinon je serai obligé de te laisser seule.

— Oh non, ne m'abandonne pas !

— On met le paquet, alors. Je t'accompagne chez Loïk maintenant ?

Un quart d'heure plus tard, ils débarquèrent dans le bureau du reporter. Ils avaient décidé de ne pas parler de leurs dernières investigations.

— On ne vous dérange pas ?

— Un peu, mais pas grave.

Il observa Tom de la tête aux pieds, visiblement surpris.

— C'est mon garde du corps, dit-elle en riant. Après ce qui s'est passé, j'ai besoin d'être protégée.

— Vous êtes sacrément costaud, lui dit-il avec un sourire. Que puis-je faire pour vous ?

— Vous m'avez dit que le GIGN n'avait rien trouvé d'anormal dans le prieuré.

Il répondit sans hésiter.

— À ce stade, non.

— Vous avez été informé par les gendarmes ?

— Par le commandant Tardy en personne. Je suis en train de rédiger un article assez étoffé racontant l'intervention. Toutes les hypothèses restent ouvertes.

— Lesquelles ?

Il regarda quelques instants dans le vague, comme s'il hésitait. Le silence dura trop longtemps au goût de Léa.

— Soit la secte n'est pas impliquée dans les trois tragédies, soit elle prend d'infinies précautions pour ne pas être accusée. Dans ce dernier cas, elle aurait déserté le prieuré en effaçant les traces de ses méfaits, après avoir été prévenue que le GIGN interviendrait. Personnellement, je penche pour cette seconde hypothèse, mais je ne peux pas l'écrire explicitement dans un article.

— Vous avez des nouvelles du témoin ayant accusé la secte ?

— J'espérais qu'il allait se confier à moi, et... rien.

— Vous croyez en son existence ?

— Elle est possible, pas certaine. On ne peut pas exclure l'hypothèse d'un mythomane, ou de quelqu'un qui cherche à se venger pour une raison que j'ignore, ou d'un possible coupable qui veut brouiller les pistes. À moins que ce soit juste une rumeur sans fondement.

Une question brûlait les lèvres de Léa :

— Vous pensez que ces supposées révélations ont déclenché l'opération du GIGN ?

— Je ne sais pas. Le commandant n'a pas évoqué ce point.

— Vous lui avez parlé de cet homme ?

— Dans la mesure où j'ignore si ce témoignage est véridique, je me suis abstenu.

Elle s'agaça.

— Mais c'est de la non-assistance à personne en danger, ça ! Des femmes sont séquestrées et vous ne dites rien ?

— Ne vous énervez pas ! Si j'avais été convaincu du bien-fondé de ces accusations, j'aurais prévenu immédiatement les gendarmes, mais vous devriez savoir qu'une foule d'individus affirment n'importe quoi. Je ne veux pas endosser le rôle de celui qui colporte des rumeurs. Depuis la disparition de Chloé, si vous saviez ce que j'ai entendu ! Tout et son contraire. Je n'informe pas les flics à partir de racontars, sinon je passerais mon temps à les contacter. L'homme en question est peut-être allé les voir, je n'en sais rien.

Il lui décocha une flèche :

— Et vous ? Témoignez-vous auprès des gendarmes ?

Elle ne se démonta pas.

— J'interviens si quelqu'un est en danger, sinon je m'abstiens. Je n'ai aucune raison de révéler les dessous de mon enquête.

— Eh bien, je suis dans la même situation que vous : je me tais si on me parle d'événements auxquels je n'ai pas assisté. On est quittes, chère Léa. Au fait, vous restez encore longtemps ?

Elle se tourna vers Tom.

— Mon garde du corps n'est là que quelques jours. Sans lui, je me sens seule.

— Faites attention à vous ! En ce moment, les femmes doivent redoubler de vigilance. Depuis la mort de Grace, les quatre mairies de l'île ont mis des tracts dans les boîtes aux lettres demandant aux gens, y compris les hommes, d'éviter de sortir seuls. La psychose est à son comble, mais personnellement, je ne me sens pas en danger. Je continue à réaliser mes reportages tout seul. Et puis, ma batte de base-ball n'est jamais très loin. Je sais me défendre.

Après un court silence, il reprit :

— Sans indiscrétion, que comptez-vous faire dans les heures prochaines ?

— Eh bien, je vais essayer de questionner la seule invitée des Guillou que je n'aie pas vue.

— Excellente idée.

— Vous la connaissez ?

— Si nous parlons de la même personne, sachez que Marie a toujours refusé de me dévoiler son identité. Si vous en savez plus, prévenez-moi. J'aimerais lui poser moi aussi des questions. Je n'ai pas compris pourquoi un tel mystère autour d'elle.

Voyant qu'elle n'apprendrait rien de plus, Léa rentra à l'hôtel. Elle ne savait pas si elle allait regagner Paris avec Tom ou rester seule. Le mieux aurait été de percer le mystère avant de retrouver son appartement, mais pour l'instant, malgré l'abondance de pistes, elle faisait presque du sur-place.

Pendant trois jours, le couple se reposa à l'hôtel, effectua des balades à pied dans le bourg, jamais loin. Léa attendait qu'une chose se produise, mais rien n'arriva. Elle ne savait plus dans quelle direction aller : elle avait l'impression d'avoir cherché partout sans rien trouver de décisif. Des pistes, des hypothèses, des suspects, aucune certitude. Elle avait appris que la police scientifique, après quarante-huit heures d'analyses au sein du prieuré, avait plié bagage. Aucun communiqué n'avait indiqué que des indices auraient été trouvés, ce qui signifiait que le sort de Chloé restait un mystère.

La fée Mélusine avait disparu comme une brume chassée par le vent de la nuit.

Après avoir longuement hésité, Léa s'apprêtait à son tour à quitter l'île.

Un matin, ils décidèrent de visiter la citadelle. Au moment où ils sortirent de l'hôtel, le téléphone de Tom sonna. Celui-ci mit le haut-parleur.

— Allô ?

— Ici le type du bac avec qui vous avez discuté l'autre jour. Le barbu vient de débarquer.

— Ah ?

— Si vous voulez le voir, dépêchez-vous. Il est en train d'avancer sur la digue, habillé d'un survêtement rouge. Je ne sais pas où il va.

— Merci pour l'info.

Tom se tourna vers Léa, qui s'écria :

— On va le pister, on n'a plus rien à perdre! C'est un peu notre dernière carte avant d'abandonner la partie.

Au bout de quelques minutes, de loin, ils aperçurent l'individu. Un sac sur le dos, il marchait vite.

Il monta dans une voiture jaune conduite par un homme âgé. Par chance, le véhicule loué par Léa était juste à côté.

— On le suit. Je ne crois pas trop à cette piste mais on ne va pas le lâcher, même si ça ne mène nulle part. Au moins, on sera fixés.

Après avoir quitté Le Palais, les deux véhicules roulèrent à vive allure à travers la campagne.

La Clio garda une certaine distance pour ne pas être repérée.

Ils arrivèrent au carrefour des Quatre-Chemins, situé au centre de l'île. La voiture jaune fonça vers Bangor.

Tom éclata de rire.

— Si ça se trouve, ce sont des potes des Guillou, dit-il d'une voix amusée. Bientôt, on va apprendre que le couple bien sous tous rapports fréquente un *serial killer*.

— Tu dis ça pour plaisanter, je suppose.

— Pas du tout. Tu as déjà soupçonné ces deux-là?

— J'y ai pensé, oui, mais très honnêtement, je n'ai aucun élément permettant de les incriminer.

— Tu me l'as souvent dit: il faut se méfier de l'eau qui dort. Je vois bien l'instituteur irréprochable dans le rôle d'un psychopathe à la Stephen King. Tu sais d'ailleurs que cet auteur habite Bangor?

— Comment ça?

— Tu n'es pas au courant?

— Non.

— Bangor… une ville américaine située dans le Maine.

Il se mit à rire.

Léa était agacée par ses facéties.

— Pourquoi l'instituteur serait-il impliqué?

— J'envisage tout.

Elle essayait de ne pas perdre de vue la voiture.

— Ce n'est pas Kevin qui est venu chercher le barbu au bateau. Même si je sais que tu me taquines, attendons un peu avant de faire des plans sur la comète. Si ça se trouve, c'est un banal habitant de Quiberon qui séjourne chez des amis. Pour l'instant, la piste est mince…

Tom fronça les sourcils, l'air dubitatif.

— Certaines affaires se résolvent-elles par hasard ?

— Le hasard joue, bien sûr. Tu as entendu parler de Thierry Paulin ?

— Ben oui, le « tueur de vieilles dames » ? Il a sévi dans notre quartier il y a plus de trente ans.

Léa connaissait bien l'affaire, elle avait écrit un livre très documenté à son sujet.

— Il a assassiné sauvagement des femmes sans défense, une trentaine au total. L'un des plus grands *serial killers* de l'histoire. Des moyens considérables avaient été déployés pour le retrouver. Il a été arrêté lors d'un banal contrôle au coin d'une rue par un policier seul. Paulin n'a opposé aucune résistance.

— L'agent l'a reconnu ?

— Un portrait-robot avait été diffusé dans les commissariats, le policier a eu un soupçon, il l'a emmené au poste, où ses empreintes digitales ont été relevées. Les mêmes que sur les scènes de crime ! Comme quoi le hasard existe. Une intuition, même infime, permet parfois de résoudre une affaire.

Quelques minutes de silence avant que Tom ne s'exclame d'une voix amusée :

— On parie combien que le barbu se rend chez les Guillou ?

— Il existe des centaines de maisons, et même un prieuré, je ne sais pas si tu es au courant.

L'atmosphère se détendit.

— Et un vilain monsieur habillé en noir qui fout la trouille aux femmes. Il avait de la barbe ?

— Peut-être.

— C'est lui, alors !

— Tu as le mérite de tourner tout en dérision.

La voiture jaune n'emprunta pas le chemin menant chez le couple, elle roula en direction du village de Bangor, qu'elle traversa sans s'arrêter.

— Ma parole, s'écria Tom, elle fonce vers le château de la Belle au bois dormant. C'est dingue. Si ça se trouve, il y a peut-être encore des types du GIGN ou de la section de recherches.

— J'ai entendu que les forces de l'ordre avaient plié bagage.

Au bout de quelques minutes, la voiture s'arrêta devant la porte du manoir.

La voix de Léa était très exaltée.

— Le barbu est-il membre de la secte ? Je n'avais pas pensé à ça. Si ça se trouve, c'est tout simplement un gendarme en civil chargé d'observer ce qui se passe…

— Encore une hypothèse invérifiable ! À voir ! On lui demande ?

Elle éclata de rire.

Les pistes partaient dans tous les sens.

Le barbu descendit seul de la voiture, qui redémarra, pendant qu'il entrait dans le parc.

Léa passa à petite vitesse devant la porte.

— Qu'est-ce qu'on fait ? demanda Tom.

— Je connais quelqu'un qui travaille dans le coin et qui pourra me renseigner. Je te propose une chose : je vais parler avec lui pendant que tu l'observes sans rien dire, et après, tu m'exposeras ton point de vue de criminologue averti.

Léa se rendit à la boulangerie de Bangor. Coup de chance, Conan était là. Il serra chaleureusement la main de la journaliste, qui lui présenta Tom.

— C'est chouette d'être accompagné par un gorille, dit-il avec un sourire. Au moins, vous vous sentez en sécurité.

— Il arrive de Paris. Le problème, c'est qu'il doit repartir. Il bosse dans une librairie et ses vacances ne sont pas extensibles. Je vais peut-être rentrer avec lui mais j'aimerais bien clore cette enquête. Je déteste rester sur un échec.

Dans la boutique, il n'y avait personne.

— On peut parler tranquille ?

— Je ne suis pas débordé par la clientèle en ce moment. Si quelqu'un arrive, on changera de conversation. Vous avez envie de quoi ?

— Deux cafés, répondit Léa sans demander à Tom. Si ça ne vous dérange pas, on va boire ça debout, ici.

Après une légère hésitation, elle décida de ne pas parler de l'étrange barbu entrant dans le prieuré.

— Vous avez vu le GIGN ?

— J'étais là, oui. Tout à coup, j'ai entendu le bruit de deux hélicoptères. Je n'en revenais pas.

— L'opération a duré longtemps ?

Il semblait ne pas savoir.

— Une heure ? Deux ? J'ai appris par la presse que ça n'avait rien donné, je ne sais pas si c'est vrai. En tout cas, ça n'avait pas l'air bien méchant. Je n'ai entendu aucun coup de feu.

— Et ensuite ?

— Très vite, trois véhicules banalisés sont arrivés en trombe, j'imagine que c'était la section de recherches. À l'évidence, l'opération avait été coordonnée dans le plus grand secret, il paraît que même les gendarmes du Palais n'étaient pas au courant.

— La section est restée combien de temps ?

Elle connaissait la réponse mais elle aimait entendre la version des uns et des autres.

— Deux jours, je crois. Ils ont dû faire des prélèvements. Je pensais qu'ils travailleraient plus longtemps, eh bien non ! J'en déduis qu'ils n'ont rien trouvé de déterminant, ou alors ils ont caché certaines choses…

Elle dit ce qui lui passait par la tête :

— C'est très bizarre. Dans cette enquête, personne n'a l'air de rien savoir, ce qui est inhabituel. J'imagine que la section de recherches explore des pistes sans en parler à quiconque.

Conan soupira.

— Je comprends la méthode. Ici, dès qu'une chose se passe, tout le monde commente. C'est une chambre d'échos.

Songeuse, Léa but une gorgée de café. Elle regardait Conan avec insistance.

— Vous croyez toujours que Mika et Abel sont impliqués dans cette affaire ?

— Oui.

— Vous avez découvert des indices, depuis la dernière fois ?

— Aucun, murmura le jeune boulanger, et je n'ai parlé de mon intime conviction à personne en dehors de vous.

— Pourquoi vous être confié à moi ?

— Vous n'habitez pas l'île. Vous n'êtes pas mêlée à tous les ragots. Et vous m'avez assuré que vous étiez discrète.

Elle opina de la tête.

— Seul Tom est au courant de ce que je sais. C'est mon confesseur. Il ne répète rien. Vous pouvez parler en toute sérénité.

— Un truc me conforte dans mes convictions, poursuivit Conan. J'ai laissé plusieurs messages à Abel et Mika depuis la fameuse soirée. Je l'ai encore fait récemment. Ils ne savent pas que je les soupçonne. Eh bien, aucun des deux ne m'a jamais rappelé. C'est louche, non ?

— Pourquoi louche ?

— Comme s'ils avaient mauvaise conscience. Pourquoi ce silence ? Ils ont quelque chose à se reprocher ?

Une question taraudait Léa depuis son arrivée sur l'île. Elle ignorait toujours le nom de l'autre femme qui avait participé à la pendaison de crémaillère.

— Vous êtes en contact avec l'invitée de la soirée dont personne ne parle.

— Non, hélas.

— Les Guillou continuent à la fréquenter ?

Un long silence. Conan regarda vers le sol avant de répondre.

— Elle aussi a disparu.

Léa était interloquée. Une quatrième femme avait-elle été victime d'un prédateur rôdant sur l'île ?

— Comment ça, disparu ?

— Ophélie Moulin était gardienne à la citadelle Vauban.

— Première fois qu'on me révèle son nom. Elle a quitté son poste ?

— Officiellement, oui.

— Pourquoi « officiellement » ?

— Le conservateur de la citadelle a reçu une lettre d'elle disant qu'elle démissionnait, sans explication. C'est lui qui m'en a informé, je le connais.

Léa comprenait pourquoi la presse n'avait pas parlé d'elle, la disparition était volontaire.

— Tout est clair, alors ?

— À ceci près qu'on ignore si c'est vraiment elle, la lettre n'est pas signée.

La journaliste fronça les sourcils.

— Comment savoir ?

— À la suite de cette nouvelle, j'ai essayé de la joindre. Répondeur à chaque fois. J'ai laissé plusieurs messages. Elle non plus ne m'a jamais rappelé.

— Décidément. Elle aussi a mauvaise conscience ? Impliquée dans la disparition de Chloé ? Vous êtes passé la voir ?

— Elle habite un studio au Palais. J'ai frappé plusieurs fois. Pas de réponse. Aucun bruit à l'intérieur. J'ai demandé à ses voisins. Personne ne l'a vue depuis pas mal de temps. Louche.

— Et sa voiture ?

— Elle n'en a pas. Kevin l'a raccompagnée chez elle après la soirée.

— Elle a disparu en même temps que Chloé ?

— Pas du tout. On l'a vue quelque temps au Palais, puis plus rien. Dans la mesure où elle a envoyé une lettre à son boss, personne ne s'est inquiété.

Léa essayait de ne pas envisager le pire.

— Les gendarmes ont-ils fait un lien entre la disparition de Chloé et la sienne ?

— Pas à ma connaissance. Mais bon, je ne suis pas dans le secret de l'instruction. Il faudrait leur demander.

Elle se sentait perdue.

— D'après vous, qu'est-elle devenue ?

— Quelqu'un l'aurait aperçue sur le bac en direction de Quiberon, mais il n'en est pas certain. Si c'est le cas, elle aurait déserté Belle-Île pour une raison que j'ignore…

— Voilà au moins un indice ! Vous avez son numéro de téléphone ?

Il fouilla dans son répertoire.

— Je vous le laisse, ainsi que sa photo. Si jamais vous arrivez à la joindre, dites-le-moi.

— Sans faute. Je l'informe qu'on se connaît ?

— Vous pouvez, oui. Et surtout, demandez-lui de m'appeler. Avec tout ce qui s'est passé ces derniers temps, je crains qu'il ne lui soit arrivé quelque chose de grave.

Il s'éclipsa.

Tom et Léa restèrent sans rien dire. Ils s'apprêtaient à repartir quand, à leur très grande surprise, ils virent le barbu entrer dans la boulangerie. Il commanda un expresso puis s'attabla sur la terrasse avant de passer un bref appel. Léa sortit seule, sans rien dire, et observa le ciel mine de rien. L'homme n'eut pas l'air de la remarquer.

— Mika ? Tu vas bien ? On peut se voir dans une heure ?

L'échange dura quelques secondes. Après avoir raccroché, le barbu envoya un texto.

Léa était médusée, elle se demanda si elle avait bien entendu. Était-ce le Mika qu'elle connaissait ? Il n'en existait sans doute pas des dizaines sur l'île. Pendant quelques minutes, elle ne sut que faire. Aborder l'inconnu ? L'observer mine de rien ?

Quel était son rôle dans cette histoire ?

L'homme jetait de temps en temps un œil sur son écran, l'air préoccupé.

Léa l'aborda.

— Excusez-moi, nous étions sur le même bateau… Nous découvrons l'île. Vous connaissez le coin ?

— Vaguement, dit-il d'une voix froide.

— Vous êtes touriste comme nous ?

Pas de réponse. C'était au mieux de l'impolitesse, au pire du mépris.

Elle ne se laissa pas démonter.

— Je vous dérange ? poursuivit-elle.

— Un peu.

— Ah, désolée. Le fait de vous avoir vu tout à l'heure m'a donné envie de vous connaître.

— Je ne vous ai pas remarquée, moi.

Elle décocha son plus beau sourire.

— Nous étions dans un recoin du pont.

— Vous êtes passés avec votre voiture ?

— Nous en avons loué une en arrivant. Et vous ?

La voix de l'homme était glaciale.

— J'ai demandé à quelqu'un de venir me chercher.

— Vous voulez que je vous raccompagne au Palais ?

— Non, merci.

Sans certitude, elle supposait que Mika allait arriver. Si elle ne voulait pas le croiser, il fallait qu'elle retourne dans la boutique. Elle s'assit près de Tom, qui semblait surpris par son expression.

— Qu'est-ce qui se passe ?

— Rien. Je vais reprendre un café.

Au bout d'une trentaine de minutes, le bruit d'une voiture que Léa ne vit pas vraiment : elle ne s'était pas arrêtée devant la boutique. Le barbu disparut.

Léa était perdue, tendue, elle ne savait que penser de ce énième rebondissement. Quel lien entre les deux hommes ? Mika était-il membre de Lumière du Monde ?

Quel rapport avec les affaires qui la préoccupaient ?

Un fil reliait-il le barbu aux femmes martyrisées ?

Était-il le *serial killer* que tout le monde traquait ?

Conan revint, Léa ne voulait pas perdre de temps en tournant autour du pot.

— Vous connaissez le client qui vient de partir ?

— Je l'ai croisé plusieurs fois mais je ne sais pas qui c'est. Pourquoi cette question ?

— Mika vient de le récupérer en voiture.

— Vous en êtes certaine ?

— Pas totalement, mais presque.

Elle était de plus en plus convaincue de l'implication du jeune homme dans les trois affaires criminelles.

Les pensées les plus extravagantes se bousculaient dans sa tête. Comment relier des éléments épars pour former un tout cohérent et rationnel ? Il manquait des pièces au grand puzzle qui s'étalait sous ses yeux. Il en était ainsi dans la plupart des *cold cases*. Des soupçons, des pistes, des suspects, mais aucune explication rationnelle permettant de résoudre l'affaire.

Conan se retira. Tom regarda son amie avec tendresse.

— Tu as l'air inquiète.

— Pas inquiète. Décontenancée. L'île est plombée de mystères. Quel galimatias ! Tu penses à quoi ?

— Pour moi, Mika est le parrain d'un réseau qu'il va falloir démanteler.

Une heure plus tard, ils rentrèrent à l'hôtel après une balade sur de petites routes. La campagne était éclairée par une lumière féerique, comme on n'en voit qu'en Bretagne, grâce au vent marin qui balayait tous les miasmes. Au-dessus de la lande s'étalait une tempête de ciel bleu.

Après avoir hésité, Léa décida d'envoyer un long texto à Ophélie.

Bonjour, je m'appelle Léa Grange, je suis une journaliste indépendante. J'enquête sur les drames qui ont secoué Belle-Île ces derniers temps. J'aimerais entendre votre témoignage, je ne sais pas où vous êtes mais je peux venir à vous. Tout ce que vous me direz restera entre nous, le silence fait partie de ma déontologie. Auriez-vous la gentillesse de me contacter à ce numéro ?

Elle espérait avoir été claire, sans être trop explicite. Elle supposait qu'Ophélie ne rappellerait pas, même si elle se trouvait en sécurité et en bonne santé. À moins qu'elle ne soit morte elle aussi, ce qui serait épouvantable. La journaliste aurait au moins essayé de la joindre. Tenter sa chance est une qualité essentielle dans tous les domaines : travail, amitié, amour, enquêtes criminelles… L'obstination était l'une des forces de Léa, et cela lui réussissait bien : pousser les portes que personne n'avait poussées, oser, tout oser. C'était la seule bonne méthode. Elle avait résolu nombre d'affaires en procédant de la sorte.

— Tu es contente ? demanda Tom, qui avait lu le texto.

— Pourquoi cette question ?

— Si Ophélie ne répond jamais à personne, pourquoi ferait-elle exception pour toi, une inconnue ?

— Je n'habite pas Belle-Île.

Le visage de Tom était goguenard.

— Comment peut-elle deviner ? Tu as oublié de le préciser.

— Elle aurait entendu parler de moi, non ?

— Pour toi, elle a coupé tous les ponts avec les gens d'ici ?

— C'est une certitude, mais pourquoi ?

Il soupira.

— Elle a peut-être été tuée elle aussi. La lettre que le conservateur de la citadelle a reçue ne prouve rien.

Elle s'agaçait : il était d'un scepticisme outrancier.

— On va faire un tour, histoire de se changer les idées ? proposa-t-elle.

— Si tu veux. On peut même dîner dans un restaurant autre que celui de l'hôtel. J'en ai repéré un près de l'église, qui propose un vaste choix de poissons.

— Du poisson en Bretagne ? Comme c'est original.

Après s'être promenés le long du port, ils s'attablèrent au Petit Mousse. Le soir venait sous un ciel sans nuages, Léa avait l'impression qu'il ne pleuvait jamais ici. Depuis son arrivée, le temps était au beau fixe. On lui avait souvent répété que l'île jouissait d'un microclimat, que le continent était plus humide, plus froid, elle le constatait jour après jour. Certaines espèces végétales, dans les vallons abrités du vent, rappelaient le sud de la France.

La salle était vide, ils pouvaient parler librement. La carte proposait des plats aux noms alléchants : boulettes de poissons à la mûre sauvage, marmite gourmande de moules fraîches, cabillaud et asperges à la sauce morbihannaise, rôti de saumon farci aux noix de Saint-Jacques, congre à la bretonne.

— Ça donne faim, murmura Léa qui salivait. Tu prends quoi ?

— On partage deux plats ? Cabillaud et saumon ?

— Parfait, je vais essayer de ne plus penser à l'affaire qui me tourmente. Je suis très nerveuse.

— Ce n'est pas un reproche, mais ça se sent.

Ils passèrent commande auprès d'un serveur habillé de blanc.

— Et une bouteille de meursault, ajouta Tom, qui adorait le bon vin.

Ils se sentaient heureux de faire une pause dans cet océan de malheur ; le restaurant était un cocon éloigné des tragédies de l'île.

Les plats arrivèrent, délectables.

Elle avala une première bouchée de saumon quand son téléphone vibra dans sa poche. Elle ignorait si elle allait répondre.

Elle regarda son écran. Tous les numéros qu'elle appelait étaient enregistrés, sans la moindre exception. Le nom qu'elle découvrit la frappa de stupeur.

Ophélie.

— Allô ? Un grand merci pour votre appel, murmura Léa, sur un ton qu'elle essayait de rendre le plus agréable possible.

Elle avait mis le haut-parleur pour que Tom entende.

— Vous voyez qui je suis ?

— Votre nom se trouve dans ma liste de contacts. Comment allez-vous ?

Un court silence, puis :

— Ça ne va pas très bien…

— Que se passe-t-il ?

Une voix sourde :

— Je ne sais pas comment vous avez eu mon numéro mais j'en déduis que vous vous intéressez à la disparition de Chloé Turquoise.

— Effectivement…

— Je la connais…

Elle utilisait le présent.

— Vous avez des nouvelles d'elle ?

— Aucune.

— Vous pensez qu'elle est vivante ?

— Difficile de savoir.

Coup de théâtre ? Léa tombait sur quelqu'un qui n'excluait pas que Chloé ait peut-être survécu. Elle en déduisit qu'Ophélie savait des choses que d'autres ignoraient. Elle lui posa une question dont elle devinait la réponse :

— Vous vous trouvez à Belle-Île ?

— Non.

— Je peux vous demander où vous êtes ?

— Sur le continent.

Ça ne pouvait être plus vague.

— Mais encore ?

— Je me cache, je me sens menacée, mais je suis vivante et en bonne santé, du moins physiologiquement.

— Menacée ? Par qui ?

— Par des ombres.

Léa se demandait si Ophélie n'était pas en train de délirer.

— Des ombres ?

— Vous n'avez pas vu ce qui s'est passé ?

— Je suis au courant, c'est pour ça que je vous ai laissé un message. Je suis heureuse que vous m'ayez appelée.

Elle ne l'informa pas que des gens s'inquiétaient sur son sort.

— Que voulez-vous savoir ?

La journaliste se demandait si c'était bien Ophélie au bout du fil. Elle n'osait pas lui demander de faire une visio.

— Comment expliquez-vous qu'une femme ait disparu et que deux autres aient été assassinées ?

— Une conspiration.

Léa n'excluait pas ce scénario, même si, en général, ceux qui tuent ou enlèvent des femmes sont des loups solitaires qui assouvissent leurs pulsions dans le plus grand secret. Mais il y avait des exceptions. Thierry Paulin, dont elle avait parlé à Tom, avait commis certains de ses crimes avec un complice. Michel Fourniret enlevait des enfants avec l'aide de sa propre épouse. À Belle-Île, la présence d'une mystérieuse secte rendait possibles des choses auxquelles personne n'avait pensé.

— Expliquez-moi.

Ophélie semblait hésiter.

— J'espère qu'on n'est pas sur écoutes.

Léa n'en savait rien.

— Ça m'étonnerait, dit-elle pour la rassurer.

— Allez-vous répéter ce que je vais vous révéler ?

— Je n'en ai pas l'intention.

— Ne citez jamais mon nom.

Elle lui répondit ce qu'elle rabâchait à chaque fois :

— Ma déontologie m'interdit de révéler mes sources, même aux enquêteurs.

Après avoir toussé, Ophélie continua d'une voix quasi inaudible.

— Depuis quelques semaines, une matrice s'est mise en place...

— Une matrice ?

— Des hommes ont compris qu'il leur était facile de s'attaquer à de jeunes filles dans une zone où personne ne se méfie. Jusque-là, c'était un peu le paradis terrestre. Vous voyez ce que je veux dire ?

Léa avait comme technique de laisser parler les gens.

— Pas vraiment.

— Eh bien, je suis persuadée que deux ou trois hommes qui se connaissent bien chassent en meute. Ils violent, torturent et tuent avant de faire disparaître les cadavres... Pas de chance pour eux, deux corps ont été retrouvés. J'espère que cela va mettre fin à leurs exactions.

Léa ne savait que penser de ces étonnantes révélations.

— Vous pensez qu'il existe d'autres victimes ?

— Sans doute. Lestées au fond de la mer. On ne les retrouvera jamais.

La journaliste était circonspecte, se demandant si Ophélie ne fabulait pas, chose courante chez les gens ayant vécu un traumatisme.

— Je n'ai pas entendu parler d'autres disparitions.

— Les touristes sont des proies faciles, surtout sur un chemin de randonnée, surtout si elles bivouaquent, surtout si personne ne sait qu'elles se trouvent là. Une zone idéale pour commettre ce genre d'atrocités...

— Comment le savez-vous ?

Un long silence.

— Parce que je le sais.

— Ce n'est pas une réponse.

— Je soupçonne au moins une personne d'être au centre de tout. Un très grand malade. Un homme d'une perversité inouïe.

— Qui ?

— Pas de nom au téléphone. Encore une fois, je me méfie des écoutes et je n'accuse pas sans preuves absolues, mais j'ai une intime conviction. Voilà, vous savez presque tout.

Léa n'était pas certaine d'avoir bien compris.

— Vous pensez que des femmes ont été assassinées par plusieurs hommes qui, avant de les tuer, les ont maltraitées ?

Par pudeur, elle n'osait pas utiliser le verbe « violer ».

— Un jour, je me suis promenée près de la pointe du Skeul, au sud-est de l'île. Un copain m'avait accompagnée là-bas en voiture, j'avais prévu de rejoindre Locmaria où mon chauffeur devait me récupérer. Une petite randonnée en solitaire. J'adore marcher, contempler la mer. C'était quelques jours après la disparition de Chloé, à un moment où je pensais qu'elle allait réapparaître.

À la voix, Léa sentait qu'elle était très émue. Elle marqua une pause avant de poursuivre.

— Tout à coup, je me suis retournée. Un type marchait derrière moi.

— Vous le connaissiez ?

Ophélie toussa.

— Eh bien, je ne sais pas. Il était à contre-jour, portant casquette, larges lunettes de soleil, mais surtout un masque chirurgical comme pendant la pandémie.

— Son aspect étrange vous a effrayée ? Vous savez, beaucoup de gens continuent à porter un masque alors que la pandémie a disparu.

— Pour en avoir le cœur net, j'ai marché plus vite. Il a fait de même. Je me suis dit : *Ça y est, je vais passer à la casserole.* Heureusement, je suis très sportive, j'ai réussi à le semer. Je suis arrivée sur une route où débouchait une voiture. Je l'ai stoppée en faisant de grands signes. Le conducteur m'a ramenée au Palais.

— Vous en avez parlé aux gendarmes ?

— Pour leur dire quoi ? Qu'un homme avait marché derrière moi ? Je craignais de passer pour une hystérique ou une idiote. Moi-même je me suis demandé si je n'avais pas paniqué pour rien.

Léa essayait de comprendre.

— Qu'est-ce qui vous pousse à dire que des hommes chassent en meute ? Celui qui vous a poursuivie était seul, non ?

Un sanglot à l'autre bout.

— Un jour, j'ai découvert une lettre dactylographiée dans ma boîte, avec juste deux phrases : « Si tu dis quelque chose, nous allons te buter. Nous sommes assez nombreux pour te retrouver partout où tu seras. »

— Vous avez apporté cette lettre aux gendarmes ?

— Non.

— Ils auraient peut-être découvert des traces ADN.

— Pas certain. De toute façon, j'étais tellement paniquée que j'ai pris sur-le-champ le bac pour Quiberon. Le lendemain, un promeneur découvrait le corps mutilé de Grace Taylor à la pointe des Poulains…

Ophélie raccrocha brutalement.

Léa n'en saurait pas plus. Elle regarda Tom droit dans les yeux.

— Ton avis?

Il se gratta le menton.

— Un truc m'échappe. Pourquoi a-t-elle reçu une lettre de menace qui lui révèle l'existence d'une bande de tueurs?

Elle réfléchit un court instant.

— À mon avis, Ophélie connaît l'un des meurtriers et celui-ci pense qu'elle a compris. Il cherche à l'impressionner, et ça a marché.

— Dans ce cas, il n'aurait pas attendu des jours pour la menacer, non?

— Mystère.

Il fronça les sourcils.

— Tout est bizarre dans ce témoignage. Comme tu le dis souvent, une chose *déconne*. De plus, la police scientifique aurait pu prélever l'ADN sur le papier et le comparer avec celui des suspects.

— Sur ce point, tu as tort. Quand quelqu'un envoie ce genre de lettre, il fait tout pour ne laisser aucune trace, en utilisant un masque et des gants en caoutchouc...

— Que vas-tu faire? À ta place, j'insisterais pour la rencontrer. Ne serait-ce que pour savoir si c'est vraiment elle.

La journaliste hocha la tête, elle semblait hésiter.

— Je la rappellerai demain.

Après le dîner, ils rentrèrent à l'hôtel en marchant une heure pour se détendre. Ils se tenaient la main de manière ferme, comme si l'un craignait que l'autre ne s'échappe. La nuit était calme et pure. Des millions d'étoiles tapissaient le ciel. La forteresse, puissante et séculaire, se reflétait dans les eaux. Léa pensait à Ophélie, à son emploi de gardienne. Une chose l'étonnait : pourquoi n'appelait-elle personne à Belle-Île ? Se méfiait-elle de tout le monde ? Avait-elle peur qu'on finisse par la localiser ?

Tom la saisit par la taille.

— Tu as l'air songeuse…

— Je repense à cet étrange appel venu de nulle part. Effectivement, impossible de savoir si c'était vraiment Ophélie.

— Pourquoi tu ne lui as pas parlé en visio ? Au moins, tu aurais été fixée…

— Je n'y ai pas pensé. À condition qu'elle ne soit pas trop loin, je suis prête à lui rendre visite.

À l'horizon, ils apercevaient les lumières scintillantes de Quiberon.

— Si Ophélie dit vrai, il est possible que le prieuré ne soit pas étranger aux crimes commis par la *meute.*

Il secoua la tête.

— *A priori*, le GIGN n'a rien trouvé qui l'incrimine.

— Certes, mais depuis qu'ils sont repartis, les gens de la secte sont sans doute revenus comme des oiseaux de malheur. Tu l'as vu toi-même : ce barbu jailli de nulle part est entré dans l'enceinte. Quel est son rôle ?

Le lendemain matin, juste après le petit déjeuner, Léa rappela Ophélie. Elle ne voulait plus perdre de temps. Soit l'enquête aboutissait promptement, soit elle jetait l'éponge. Il fallait qu'elle avance à marche forcée. Tom venait de lui annoncer qu'il allait quitter l'île le soir même, il avait essayé de prolonger ses vacances, mais le libraire voulait qu'il assiste à une réunion importante qui aurait lieu très prochainement. Elle se demandait si elle n'allait pas rentrer avec lui. La succession de crimes dans un endroit aussi exigu lui faisait craindre pour sa sécurité. Elle était courageuse, mais elle ne voulait pas se voiler la face : si plusieurs hommes s'amusaient à chasser des femmes, il n'était pas exclu qu'ils la tuent, d'autant qu'elle enquêtait sur eux et ne s'en cachait pas. L'arrivée de Tom avait-elle retardé l'échéance ?

Rester ou ne pas rester ? Telle était la question.

Elle composa le numéro de la fugitive. Celle-ci décrocha.

— Je ne vous dérange pas ? demanda la journaliste d'une voix aimable. Hier, nous avons été coupées.

— C'est moi qui ai raccroché. Je n'en pouvais plus, j'étais au bord des larmes.

— Je vous comprends.

— Vous savez, je vis les pires moments de mon existence.

Léa hasarda une question qui lui passait par la tête :

— Vous êtes hébergée par des proches ?

Elle ne répondit pas.

— Je rentrerai chez moi le jour où le réseau sera démantelé.

— Je ferai tout pour vous aider, je viens d'arriver dans le coin.

La veille, elle avait omis volontairement de dire où elle se trouvait.

— Le coin ? Vous êtes en Bretagne ? À Belle-Île ?

— Oui.

— Ça alors ? Vous n'êtes pas loin de moi, alors.

Ophélie venait de faire un aveu sans doute involontaire : elle n'avait pas quitté la région.

— À Quiberon ?

— Près de La Trinité-sur-Mer.

— On pourrait se rencontrer, non ?

Silence au bout du fil.

— Allô, vous avez raccroché ? murmura Léa, la voix inquiète.

— Mais non, rassurez-vous.

— Je propose de nous voir aujourd'hui.

Ne jamais attendre : telle était la règle d'or quand une opportunité se présentait.

— Si vous voulez, mais attention ! N'en parlez à personne et venez seule. Je vous dirai au dernier moment où je me trouve.

— Un ami peut-il m'accompagner ?

Ophélie hésita avant de répondre.

— Pas un type de Belle-Île ?

— Parisien. Un type extra. Je vous le promets.

— Cet après-midi à 15 heures ?

— Où ça ?

Nouveau silence.

— Envoyez-moi un texto quand vous arriverez près du manège situé sur le port de La Trinité et je vous répondrai. Je préfère être claire : si quelqu'un que je connais vous accompagne, je m'enfuis.

Léa se disait qu'elle était paranoïaque.

— Soyez tranquille. Regardez ma photo sur Internet, vous verrez à quoi je ressemble. Je vous redis mon nom : Léa Grange.

Dans la mesure où elle avait réussi à décrocher un rendez-vous avec un personnage clé de l'affaire, il ne servait à rien de prolonger la conversation à distance. Elle verrait s'il s'agissait d'Ophélie et, dans ce cas, elle lui poserait la foule de questions qui lui trottaient dans la tête.

Après avoir raccroché, elle se tourna vers Tom et lui résuma la conversation.

— Tu es partant pour venir à La Trinité ?

— Naturellement. De toute façon, je t'aurais déconseillé d'y aller seule.

— Pourquoi ?

— Ça sent le traquenard à plein nez.

À l'heure convenue, ils arrivèrent à La Trinité, l'un des plus grands ports de plaisance de France. Des milliers de voiliers s'alignaient le long de pontons. Sur une esplanade se trouvait un manège multicolore d'où s'échappait une musique endiablée.

Ils se garèrent non loin du lieu de rendez-vous. Léa regarda les alentours, elle ne voyait personne qui puisse ressembler à Ophélie.

Elle envoya un texto : *Je suis là, vous arrivez ?*

Réponse : *Dans quelques instants.*

Au bout d'une dizaine de minutes, une camionnette blanche klaxonna. Elle était garée un peu plus loin. Léa ne savait pas depuis combien de temps, elle ne l'avait pas remarquée. Elle aperçut une silhouette derrière le pare-brise : une femme habillée de bleu. La journaliste s'approcha, Ophélie ouvrit la vitre et salua de sa main. Puis, d'une voix forte :

— Montez, je vous en prie.

Léa s'attendait à tout, sauf à ça. Elle pensait qu'Ophélie allait l'attendre sagement dans un café, après l'avoir observée de loin, afin de vérifier qu'elle n'était pas accompagnée d'un visiteur indésirable.

— On va où ?

— Vous verrez.

Un traquenard, comme l'avait suggéré Tom ? Heureusement qu'il était là, sinon elle aurait refusé de prendre place à bord de cette camionnette surgie de nulle part. Cette façon d'agir ne lui inspirait pas confiance, il aurait été plus simple de rester sur le port, installés autour d'une table.

Elle s'assit sur la banquette en tenant la main de Tom, légèrement émue. Elle ne savait que dire.

— Comment allez-vous?

Ophélie répondit d'une voix mystérieuse:

— Je vous emmène dans un lieu secret.

La conductrice regardait souvent dans le rétroviseur, comme si elle craignait que quelqu'un ne la suive. Léa n'osait pas lui faire remarquer que son attitude était étrange, voire inquiétante. À quoi bon?

La camionnette s'engagea sur le grand pont blanc qui enjambe la rivière Crach avant d'arriver à Saint-Philibert. La route se terminait en chemin de terre perdu dans la végétation. Léa restait sur ses gardes, craignant qu'un type muni d'une arme ne les attende. Elle essayait d'imaginer pourquoi quelqu'un tenterait d'attenter à ses jours à cet endroit. Parce qu'elle s'approchait de la vérité? Ophélie était-elle dans le coup? L'avait-elle attirée ici pour se débarrasser de celle qui en savait trop?

Le véhicule pénétra dans une propriété dont la barrière en bois était grande ouverte. Après un tournant apparut une demeure en pierre aux volets mauves. Un homme massif se tenait en haut du perron. À l'évidence, il attendait le groupe. Son visage n'était pas aimable, ce qui n'augurait rien de bon.

— C'est qui? demanda Léa d'une voix sourde.

— Mon gorille. Qui s'approche trop de moi sans autorisation est repoussé sans ménagement. Il a failli m'accompagner à La Trinité mais il n'y a que trois places à l'avant de la camionnette.

— Vous avez peur à ce point?

— Vous ne pouvez pas imaginer. La terreur ne me quitte jamais.

Ils entrèrent dans la maison. L'homme n'avait pas dit bonjour, il verrouilla la porte derrière eux. Une souricière?

Si on avait décidé de flinguer le couple, celui-ci ne pourrait pas en réchapper. Il était enfermé dans une maison isolée, aucun voisin n'entendrait d'éventuels coups de feu, personne ne savait qu'il se trouvait là.

Léa se calma au moment où elle entra dans un salon. Un goûter trônait sur une table basse : palets bretons, fruits, théière fumante. L'accueil paraissait chaleureux.

— Asseyez-vous, murmura Ophélie d'une voix aimable. Quand j'ai raconté à un ami que je me sentais en danger, il m'a accueillie dans sa maison. Encore une fois, n'en parlez à personne.

— Merci pour votre confiance, murmura la journaliste.

Fidèle à son habitude, Tom observait la scène.

Ophélie reprit la parole en scrutant Léa de la tête aux pieds.

— Vous enquêtez à Belle-Île ou j'ai mal compris ?

— J'ai fait le déplacement. Rien de mieux que d'être sur place pour percer un mystère.

— Vous avez rencontré des gens ?

— Pas mal, oui.

Elle ne voulait pas dévoiler leur nom, le contenu de ses investigations, évoquer ses soupçons, ses doutes. Elle n'était pas dans le rôle de celle qui parle.

— Vous avez rencontré Abel ? demanda Ophélie.

Léa hésita à répondre.

— Je l'ai croisé.

— Qu'en pensez-vous ?

— Pas grand-chose, et vous ?

Émue, elle inspira longuement.

— C'est le parrain.

— Comment ça ?

— Vous ne connaissez pas ce mot ?

— Bien sûr que si… On l'utilise pour la mafia.

— Eh bien, à Belle-Île règne une petite mafia dirigée par un gendarme menant une double vie.

Une brûlante curiosité submergea Léa.

— En quoi Abel est-il le parrain ?

— Je ne l'ai pas cité au téléphone par peur des écoutes, mais il est au centre de tout. Je suis partie car je me sentais menacée, je vous l'ai dit. Parce que je suis une jeune femme et que je le soupçonne.

Léa jouait à l'innocente.

— Il a l'air si gentil ! Les gens semblent l'apprécier. Il paraît que c'est un gardien de la paix modèle.

Ophélie croisa les mains.

— Oh, vous savez, dans le sud de l'Italie, les parrains du crime ont une vie sociale exemplaire. Ils sont médecins, hommes politiques, commerçants, professeurs, militaires… Toto Riina, le parrain des parrains siciliens, ressemblait à un petit entrepreneur sans envergure. Eh bien, Abel, c'est la même chose. Gendarme exemplaire le jour, prédateur la nuit.

Un remake de l'affaire Alain Lamare ?

— Vous avez des preuves ? Est-ce lui qui vous a poursuivie dans la lande ?

Elle marqua une pause.

— Je ne pense pas.

— Comment savez-vous qu'Abel est mêlé à ces crimes ?

Des larmes montèrent aux yeux d'Ophélie.

— J'étais une grande amie de Chloé. Quelques semaines avant sa disparition, elle s'est confiée à moi. Je me souviens très bien de cette soirée. J'ai pris un verre dans sa maison entourée de pins maritimes. À un moment, elle s'est mise à pleurer…

Elle avait le plus grand mal à continuer.

Tom ne perdait pas une miette de la conversation.

— Courage, murmura Léa.

— Quand elle a commencé à fréquenter Abel, elle l'a trouvé délicieux, attentif, charmant. Sa qualité de gendarme la rassurait. Il lui offrait des bouquets de fleurs. C'était la première fois qu'un homme la traitait avec tant d'égards. Ils s'étaient rencontrés chez des amis communs, à Locmaria. Chloé s'est toujours méfiée des hommes. Elle était très attirante, très belle. Elle ne savait jamais ce que pensaient ceux qu'elle rencontrait. Vous le savez sûrement : elle cherchait le grand amour.

— Elle a cru qu'Abel était l'homme de sa vie ?

Un temps avant de répondre.

— En quelque sorte. Il n'était pas insistant, toujours respectueux. Elle a commencé à s'attacher à lui. Ils ont passé leurs premières nuits ensemble, elle n'avait jamais connu de moments aussi magiques. Elle ignorait qu'il lui tendait un piège.

— *Un piège* ?

— Il tissait sa toile. Il faisait tout pour la posséder. Il voulait qu'elle devienne son objet.

Les yeux tristes, Léa fixa Ophélie avec empathie.

— Un pervers narcissique ?

— On peut le dire, oui. Séducteur, attentif, d'une douceur exquise. Et en plus, très beau, des yeux merveilleux. Le prince charmant. En apparence…

Léa avait souvent rencontré ce genre de personnage. Elle les appelait « Janus », dieu romain au double visage, l'un baigné de lumière, l'autre sali d'immondices.

— J'ai compris.

La voix d'Ophélie devint un mince filet.

— Un manipulateur d'une habileté démoniaque. Quand une femme se retrouve entre ses griffes, elle est foutue. Il est capable de passer d'une gentillesse absolue à la colère la plus noire. Chloé était tellement amoureuse qu'elle cédait à tous ses caprices, à tous ses désirs, jusqu'au jour où elle comprit que c'était un monstre. Trop tard.

Léa essayait de comprendre le scénario, même si elle savait que les pervers narcissiques procèdent tous un peu de la même manière : du paradis à l'enfer.

— Comment ça ?

— Quand Abel a pris conscience que sa proie cherchait à lui échapper, il est devenu odieux, menaçant. Elle s'est mise à avoir peur de lui, tout en restant sous son emprise. Elle continuait à l'aimer, en espérant qu'il redeviendrait comme aux premiers jours. En même temps, elle le haïssait. Elle n'arrivait pas à échapper à ce dilemme. Il revenait sans arrêt à la charge. Un matin, elle lui a annoncé que leur relation était finie. La nuit suivante, il est venu frapper à sa porte, il a supplié qu'elle lui ouvre. Il pleurait comme un gamin. Elle a fini par céder, ils ont fait l'amour. Le lendemain, au réveil, il l'a insultée en disant qu'elle était une ordure.

Ces propos laissèrent Léa sans voix. Elle n'avait jamais été sous l'emprise d'un tel homme.

Ophélie poursuivit :

— Chloé m'a dit ça quelques jours avant sa disparition… Elle venait de rompre définitivement avec son bourreau. Elle lui a envoyé un mail pour lui expliquer que c'était terminé et qu'il ne fallait plus qu'il passe chez elle, sinon elle porterait plainte, ce qu'elle n'aurait sans doute pas fait, étant donné qu'il était gendarme. Au téléphone, il lui a laissé un message en disant qu'il lui casserait la gueule si elle ne revenait pas sur sa décision.

— Quelle horreur ! Pourquoi s'est-elle rendue à la soirée si Abel était présent ?

Léa avait déjà eu une explication mais elle voulait entendre celle d'Ophélie.

— Deux hypothèses : soit elle l'ignorait, soit il s'est fait inviter en apprenant qu'elle était là. Je n'en sais rien, puisqu'elle a disparu juste après. Une chose est certaine : elle est partie, furieuse, sans attendre la fin de la fête, après avoir été giflée par Mika, un autre salopard très copain avec Abel. L'homme est un loup pour la femme.

Un temps de silence infini, lourd de tristesse. Par la fenêtre, Léa aperçut de grands oiseaux blancs qui planaient au-dessus de la mer diaphane.

Elle revint à la question qui hantait les habitants de Belle-Île depuis des mois.

— Vous pensez que Chloé s'est enfuie ou qu'Abel l'a butée avec ses potes, pour reprendre une expression utilisée dans la lettre que vous avez reçue ?

— Je l'ai reçue ce courrier car Abel avait compris que j'avais deviné ce qui s'était passé. Je pense sans preuve qu'il l'a tuée, même si je n'exclus pas qu'elle ait réussi à s'enfuir. Je vis dans l'espoir d'un scénario optimiste : affolée d'avoir revu le gendarme au cours d'une soirée de cauchemar, elle a coupé les ponts avec tout le monde en regagnant le continent, ni vue ni connue. Un peu comme moi.

— On aurait fini par retrouver sa voiture, non ?

— Dans les deux cas, la question se pose. Si elle est morte, où est passé le véhicule ? Si elle avait pris le bac avec sa voiture, elle aurait été enregistrée. Il reste une dernière hypothèse…

Léa essayait d'imaginer…

— J'ouvre grand les oreilles.

— Pour brouiller les pistes, Chloé a peut-être planqué sa voiture sur l'île avant de passer à pied incognito sur le premier bac après la fin de la tempête.

— Et ses parents à Ploumanac'h ? Ils n'ont pas de nouvelles. Ils sont désespérés. Je n'arrive pas à croire qu'elle ne leur ait donné aucun signe de vie.

Au bout d'un temps interminable, Ophélie reprit la parole.

— Chère Léa, tout est envisageable : un meurtre, une disparition volontaire, un suicide… Pour ma part, vu ce qu'elle m'a révélé sur Abel, je vous redis qu'il l'a sans doute flinguée, sans doute avec Mika, sous l'emprise de l'alcool.

Une exécution à plusieurs me semble l'hypothèse la plus probable.

Léa pensa à Élodie Kulik : en 2002, dans la Somme, une jeune directrice d'agence bancaire roulait seule dans la nuit quand un homme au volant d'une voiture, accompagné de copains, a provoqué un accident avant de la violer, la tuer et de brûler son corps.

— Et les deux autres femmes ?

— La même signature, non ? Abel les a approchées et quand celles-ci ont tenté de lui échapper, il les a tuées. Soit seul, soit avec un complice.

— Et la secte Lumière du Monde ?

Ophélie renifla d'un air triste.

— Je ne sais pas si elle a joué un rôle dans ces atrocités. Peut-être. Officiellement, ce n'est pas une secte, mais une association *new age* pratiquant les médecines douces et les expériences mystiques.

Léa ne voulut pas lui rappeler que l'intervention du GIGN n'avait rien donné.

Délirait-elle ?

Elle essuya une larme, avant de dire d'une voix quasi inaudible :

— Personne ne m'empêchera d'envisager les choses les plus inconcevables, même si j'espère que Chloé est toujours vivante.

Ophélie semblait épuisée. Elle effectua quelques pas dans la pièce, ouvrit grand la fenêtre donnant sur le jardin. Elle huma l'air de la mer et des frondaisons. Celles-ci étaient luxuriantes, odorantes, quasi méditerranéennes : pins maritimes, cyprès, chênes pédonculés, glycines, araucarias.

Le visage triste, elle revint vers ses invités et leur servit le thé longuement infusé.

— Qu'est-ce que vous comptez faire ? demanda Léa.

— Je ne sais pas. Rien de prévu. Je vis au jour le jour. Ayant démissionné de mon poste de gardienne de la citadelle, je n'ai plus de revenus. Heureusement ma famille me dépanne. Je crains tellement Abel et ses complices qu'il m'est impossible de retourner à Belle-Île tant que l'affaire n'est pas résolue. Quand vous m'avez laissé un message, je me suis renseignée sur vous. Après avoir consulté votre blog, je me suis dit que vous pourriez m'aider.

— Je suis venue pour tenter de comprendre l'incompréhensible.

— Vous avez un avis ?

Elle ne voulut pas se mouiller.

— L'affaire est très complexe. Votre témoignage va m'aider.

Elle caressa la main d'Ophélie en signe d'empathie.

— Vous vous sentez menacée directement par Abel ?

Un instant d'hésitation.

— Il devine que Chloé s'est confiée à moi avant sa mort et que je le soupçonne. Nous étions très proches l'une de l'autre. Après la disparition de mon amie, j'ai fait très attention. Je suis restée au Palais, j'allais de mon appartement à la citadelle sans jamais sortir du bourg, sauf la fois où j'ai marché près de la pointe du Skeul. Puis il y a eu le meurtre de Grace. Je me suis dit que je ne pouvais pas rester sur place.

Léa essaya d'être la plus douce possible.

— Si vous n'aviez pas envoyé de lettre à votre boss, les gendarmes auraient considéré qu'il s'agissait d'une autre disparition inquiétante…

Après avoir bu une gorgée de thé, Ophélie précisa :

— J'ai également adressé une lettre au maire. Personne ne l'a su, je lui ai demandé de ne pas en parler. Je l'ai prévenu que je quittais Belle-Île dans une lettre manuscrite sans donner la moindre explication. Voilà pourquoi les enquêteurs ne m'ont pas cherchée. Mais en dehors de vous, de votre ami et de ma famille, personne n'est au courant que j'habite ici.

Léa la serra dans ses bras.

— Merci pour vos révélations. Je ferai tout pour résoudre le mystère de ces femmes martyrisées.

Sur le chemin du retour, au moment où la voiture traversait Carnac, Tom donna un avis très personnel. Il avait pris l'habitude de dire ce qui lui passait par la tête.

— Le témoignage d'Ophélie est très émouvant, certes, mais je ne suis pas certain qu'il soit sincère.

Elle était étonnée. À aucun moment elle n'avait mis en doute les propos de la jeune femme.

— Des éléments te font penser qu'elle ment ?

— Un truc saute aux yeux : si elle est aussi certaine de la culpabilité d'Abel, pourquoi ne dit-elle rien aux enquêteurs ? D'autre part, elle prétend qu'il est l'auteur des crimes, tout comme Mika, et que la secte est peut-être dans le coup. Tout ça ne me semble pas très cohérent.

Elle trouvait son objection idiote.

— Elle reconnaît elle-même qu'elle n'a aucune certitude et se contente de dire ce qu'elle ressent. Il y a sans doute du vrai dans ce qu'elle dit, même s'il faut prendre ça avec des pincettes. Si elle ne témoigne pas auprès des enquêteurs, c'est parce que l'homme qu'elle soupçonne est gendarme et qu'elle n'a pas de preuve. Les forces de l'ordre risquent de la prendre pour une mythomane ou une illuminée.

— Sans nommer explicitement Abel, elle pourrait répéter une partie de ce que Chloé lui a dit.

Elle était étonnée par sa naïveté.

— On voit bien que tu n'habites pas un village de province. Si elle parle au commandant de la brigade locale, chacun le saura, à commencer par Abel. Tu n'as pas remarqué ? Elle a une peur bleue de tout le monde.

— Elle pourrait témoigner auprès du juge d'instruction, non ?

— Elle l'a peut-être fait, tu n'en sais rien. J'ai oublié de lui poser la question. Et à part ça ?

Il se gratta la gorge, avant d'ajouter :

— Dans la mesure où elle a participé à la pendaison de crémaillère, on ne peut pas exclure qu'elle ne soit pas dans le coup.

Elle le charria.

— J'ai compris. Ta misogynie a encore frappé. Tu trouves anormal que seuls les hommes soient suspectés.

Il n'avait pas l'air content.

— Tu plaisantes, je suppose. Pour une spécialiste des *cold cases*, tu manques d'objectivité. Ophélie est la seule personne à avoir quitté l'île sans dire où elle se trouvait. C'est bizarre de se planquer quand on n'a rien à se reprocher... Je me mets à la place d'un juge d'instruction. Si j'étais chargé d'une enquête pareille, je placerais cette femme en garde à vue sans la moindre hésitation.

Léa ne savait que penser.

— Écoute, je mets ça dans un coin de ma tête, je verrai ce que j'en fais. Merci de m'avoir donné ton point de vue. Tu es un fin connaisseur des affaires policières, mais je ne suis pas forcément d'accord avec toi.

De retour dans la chambre d'hôtel, Tom caressa tendrement les cheveux de Léa.

— À supposer qu'il soit coupable, que comptes-tu faire pour confondre Abel ?

— Tu restes jusqu'à demain, c'est ça ?

— Je pars au petit matin, oui. Je me suis engagé à reprendre le boulot mais il n'est pas impossible que je revienne vite.

Elle était très déçue. Jusqu'à la dernière minute, elle avait espéré qu'il allait prolonger son séjour.

— On va essayer de boucler l'affaire aujourd'hui. Je pense avoir tous les éléments en main.

— Tu vas cuisiner Abel ?

Elle se mit à rire nerveusement.

— Exact ! Descente dans sa maison, comme des flics.

— Des flics vont interroger un gendarme ? Ça ne manque pas de sel. On enfile des gilets pare-balles ?

Elle se mit à rire.

— On se fait passer pour le GIGN.

Il lui tapa gentiment sur l'épaule.

— Léa, tu n'as pas la carrure.

— Plus sérieusement, sans entrer dans les détails, je vais poser quelques questions à Loïk avant d'agir. Tu m'accompagnes ?

— À ton avis ? Dès demain, tu me manqueras.

— J'espère que tu ne vas pas en profiter pour courir après les filles.

Elle savait que non, du moins elle l'espérait. Parfois, elle avait des doutes. Il était si beau.

— Je dévorerai des polars comme je dévore ta bouche.

— Chouette.

— Tu sais que j'adore les bouquins. J'ai lu tous les tiens, sauf le dernier.

— Quel dernier ?

— Celui consacré à la disparue de Belle-Île.

Elle ne s'attendait pas à cette remarque.

— Attends un peu. Je me lance dans l'écriture quand je connaîtrai le fin mot de l'histoire, pas avant. Pour l'instant, je me contente de chroniques dans la presse sans entrer dans le détail de mes investigations.

— Tu penses démasquer le coupable ?

— Je touche au but, voyons. D'après moi, Abel est plus que suspect. Trop d'indices l'accablent, mais j'ignore s'il est le cerveau de cette affaire, ou juste un complice plus ou moins consentant.

Il semblait déboussolé.

— Quand on participe à un meurtre, on peut ne pas être consentant ? Je ne pige pas.

— On le menace peut-être, on le fait chanter... Un classique dans les associations de malfaiteurs. Quand tout le monde est arrêté, chacun accuse l'autre. Si ça se trouve, c'est toi le parrain.

Il éclata d'un grand rire.

— Ce serait la meilleure ! J'aurais tué de jeunes filles à distance sur une île où je n'ai jamais foutu les pieds ?

— J'adore te faire marcher.

Il caressa sa main, avant d'ajouter :

— Tu soupçonnes tout le monde, même ton chat. Tu te regardes souvent dans une glace ?

— Pourquoi cette question ?

— Tu pourrais y découvrir le meurtrier.

Elle fit mine de n'avoir pas compris.

— Écoute, on file chez Loïk, je lui demanderai quelques infos, puis on fera parler Abel, ce grand pervers narcissique.

— S'il devine que tu sais, il va nous flinguer, c'est certain.

Dix minutes plus tard, ils débarquèrent dans le bureau du reporter.

— Je finis par croire que vous ne pouvez plus vous passer de moi, s'exclama-t-il. Je me trompe ?

Le temps pressait.

— Où en est l'enquête ? demanda Léa sans préambule.

Il secoua la tête.

— Les gendarmes ne m'ont fait aucune confidence depuis quelque temps. L'instruction se déroule dans le secret le plus total. L'affaire est d'une complexité inouïe.

— Zéro fuite ?

— Pas à ma connaissance. Mais bon, je ne harcèle pas le juge. J'attends les communiqués de presse du procureur de la République, les seuls qui comptent. Sur l'île, si quelqu'un sait quelque chose, il ne dira pas forcément tout.

Léa joua à celle qui avait percé le mystère de ces meurtres.

— Je connais le coupable.
— Ah bon ?
— Et vous ?
— J'ai des soupçons, mais je suis partagé entre plusieurs hypothèses.
— Lesquelles ?
Loïk passa sa main dans ses cheveux.
— Mes convictions ont évolué depuis le premier jour, mais permettez-moi de ne rien dire. Je n'ai pas envie de mettre de l'huile sur le feu.
— Que pensez-vous d'Abel ?
— Un suspect parmi d'autres.
Elle le dévisagea.
— Écoutez-moi bien. J'ai la preuve qu'il a tué Chloé et les deux autres jeunes femmes.
Il écarquilla les yeux.
— Quelle preuve ?
— Pour l'instant, je garde ça pour moi.
Il haussa les épaules.
— Pourquoi m'en parlez-vous, alors ?
— J'aimerais juste savoir une chose que je n'arrive pas à éclaircir. Est-il proche de Mika ?
Le correspondant local semblait décontenancé.
— Ils se connaissent, forcément, mais j'ignore ce qui les unit ou les oppose. Pourquoi ?
— Vous n'avez pas compris. J'aimerais savoir si Mika et Abel sont dans le coup.
Loïk secoua la tête puis lâcha une phrase énigmatique :
— Méfiez-vous d'eux.
Léa supputait que le journaliste en savait davantage qu'il ne le disait.
Que sous-entendait-il ?
Il fallait qu'elle soit infiniment prudente.

Une heure plus tard, le couple frappa à la porte d'Abel. Par une chance inouïe, il était chez lui.

— Ah ! s'exclama-t-il d'une voix très aimable. Comment allez-vous ?

Elle était déconcertée par sa gentillesse. Elle imaginait difficilement qu'il ait pu commettre des crimes. Ophélie avait bien précisé que c'était un pervers narcissique : délicieux et immonde.

Il portait une tenue de sport très seyante, Léa devinait son corps musclé derrière le tissu moulant. Visage avenant, plastique parfaite. Rien d'étonnant à ce que Chloé soit tombée sous le charme.

— Quel bon vent vous amène ?

— On boit un verre ? répondit la journaliste. J'aimerais vous poser des petites questions.

Il se rembrunit.

— Encore des questions ? Vous voulez que je vous parle des randonnées sur l'île, c'est ça ? Concernant la disparition de Chloé, je vous ai tout dit. Rien d'autre à ajouter. *Absolument rien !*

Elle le sentait sur la défensive, mais à son grand étonnement, il proposa à ses visiteurs d'entrer dans la maison.

— Je vous sers des bières ? J'en ai au frigo.

— Parfait, répondit Tom, qui aimait boire un peu d'alcool.

Face à ce flic, il se sentait investi d'une mission d'enquêteur hors norme capable de démasquer les assassins les plus retors.

Léa avait la poitrine serrée, la gorge sèche. Elle fixa le jeune homme, ignorant comment il allait réagir. Colère ? Déni ?

— J'ai une chose peu agréable à vous annoncer. Quelqu'un m'a fait une révélation fracassante.

Il devint rouge comme un homard plongé dans l'eau bouillante.

— Ah bon ? Mais je n'ai rien à cacher, j'ai la conscience tranquille.

Elle avait décidé de frapper fort, sans préambule.

— Plusieurs personnes m'ont dit que vous n'étiez pas étranger à la mort de Chloé.

Elle eut l'impression qu'il avait reçu un uppercut. Il bredouilla.

— Ça ne va pas ! C'est dingue ! Je suis innocent.

— Je m'attendais à cette réponse.

Elle n'avait aucune certitude quant à sa culpabilité, mais pour elle, c'était l'unique manière d'avancer. Elle en avait marre d'être baladée par les uns et les autres.

— Facile de dénoncer sans preuve. Moi aussi je pourrais faire pareil.

Elle se concentra sur la seule disparition de Chloé.

— Pour vous, le meurtrier a participé à la pendaison de crémaillère ?

— Peut-être, mais comment savoir ?

— Vous connaissiez bien Chloé, n'est-ce pas ?

Il engloutit un verre de bière d'une traite avant de s'en servir un autre. Léa le sentait fébrile. Ses mains tremblaient.

— Certes, et alors ?

— Vous avez vécu une histoire avec la disparue, c'est ça ?

Sa réponse fut brève.

— Au début, tout se passait bien. Puis elle s'est mise à avoir des exigences folles, j'ai laissé tomber.

Léa reconnaissait dans ses propos une technique bien rodée chez les pervers : les autres ont tous les torts et moi je n'en ai aucun, je suis le type le plus sympathique et le plus généreux du monde.

— Qu'avez-vous fait de sa voiture ?

Il semblait abasourdi.

— Vous êtes cinglée ! Je n'ai rien à voir avec cette tragédie. Ce que vous sous-entendez est immonde, je ne vous imaginais pas comme ça. Je regrette de vous avoir offert un verre.

Il essayait de reprendre le dessus. À la stupeur succéda la colère. Sa voix devint rauque et menaçante.

— Dites-moi le nom de ce salaud qui accuse un innocent.

Les vannes étaient grandes ouvertes, il se lâchait.

— Calmez-vous. Vous avez fait disparaître Chloé, ou je me trompe ?

— Vous vous trompez.

— Quelqu'un vous a vu en train de la tuer.

Elle utilisait une méthode discutable : accuser sans preuve.

Il hurla.

— C'est monstrueux ! Monstrueux ! Je vais porter plainte pour diffamation dans ma propre gendarmerie. Vite, révélez-moi l'identité de celui qui affirme ça.

— Quelqu'un que vous connaissez bien…

— Marie ? Je n'ai aucune nouvelle d'elle depuis la fameuse soirée.

— Vous l'avez appelée ?

— J'ai laissé un message deux jours après pour la remercier. Pas de retour. C'est très étrange. En tout cas, ce n'est pas moi qui ai eu un geste déplacé à l'encontre de Chloé…

Léa feignit d'ignorer cet incident.

— Quel geste ?

Il semblait hésiter.

— Un invité lui a flanqué une gifle…

— Qui ?

— Qu'importe. Je ne suis pas mêlé à ce meurtre, c'est la seule chose que j'aie à dire.

— Un meurtre ? Mais pourquoi un meurtre ? Le corps de Chloé n'a jamais été retrouvé, vous le savez. Votre lapsus est très révélateur.

Il était hors de lui. Heureusement que Tom accompagnait Léa, sinon elle aurait eu peur. Abel était effrayant.

— Mais tout le monde sait qu'elle est morte ! C'est la seule hypothèse possible. Une femme disparaît avec sa bagnole, on ne retrouve ni l'une ni l'autre, la compagnie maritime n'a pas enregistré son passage. Les semaines passent, aucune piste. Pour moi et pour tous les habitants de l'île, quelqu'un l'a tuée, mais je vous jure que ce n'est pas moi.

Léa commençait à douter de sa culpabilité tant il savait se défendre.

— Une chose m'échappe, poursuivit-il. Si des gens ont des preuves contre moi, pourquoi ne témoignent-ils pas auprès des enquêteurs ? Parce que je suis moi-même gendarme ?

Elle n'avait pas prévu cette objection, elle ne savait que dire, il poursuivit.

— Je connais la réponse à ces questions : parce que ces prétendues preuves sont des cancans, des médisances, des jalousies. Tout ce qui est anonyme est insignifiant. Je suis prêt à rencontrer ceux qui profèrent des insanités contre moi, mais personne n'ose me parler en face simplement parce que mon dossier est vide.

Il reprenait le dessus, elle n'avait pas progressé d'un iota.

— Comment se passait votre liaison avec Chloé ?

— Vous voulez que je répète ce que je viens de dire ? Si je ne vous fous pas dehors, c'est parce que je n'ai rien à me reprocher, mais franchement, j'en ai marre de vos questions insupportables...

Il tentait à tout prix de prouver son innocence. Avait-il peur que Léa témoigne auprès de Tardy ?

— Alors ?

— Au début, c'était le bonheur. J'étais fou amoureux et elle aussi. On a passé des moments inoubliables. Rien que d'y penser, j'en frissonne.

— Ensuite ?

— Je suis quelqu'un de très ouvert, mais elle attendait de moi des choses qui ne correspondaient pas à ce que je cherchais. Un classique.

— Lesquelles ?

Il hésita.

— Même si elle était ostéopathe et moi un simple flic, elle voulait se marier et avoir un enfant. Je n'étais pas contre, mais je ne me sentais pas prêt, c'est aussi simple que ça. On se connaissait depuis quelques semaines, j'avais besoin de recul pour m'engager.

Il avait retrouvé une voix douce, très persuasive.

— Et elle n'a pas supporté, c'est ça ?

— Disons qu'elle a menacé de rompre si je n'avais pas un *projet* avec elle, comme elle disait. Elle n'arrêtait pas d'utiliser ce mot. Mon projet était de vivre une belle histoire d'amour, pas de fonder une famille. En tout cas, pas tout de suite. Les choses se sont envenimées peu à peu…

— Que voulez-vous dire ?

Il ne regardait plus Léa en face, comme s'il craignait ses yeux perçants.

— Elle m'a accusé de collectionner les femmes, en disant que seul le sexe sans lendemain m'intéressait. Cela m'a blessé.

— Vous vous êtes séparés ?

— Comme le dit la chanson, les histoires d'amour finissent mal en général. Elle a posé un ultimatum : soit j'acceptais de m'engager, soit elle arrêtait tout. Je ne mens jamais, j'ai préféré lui dire qu'il valait mieux qu'on se quitte en bons termes. J'étais effondré mais jamais je ne lui en ai voulu. Jamais !

Abel donnait une vision radicalement différente de celle d'Ophélie. Ruse d'un individu aux abois ?

Léa essayait désespérément de le faire craquer.

— Comment expliquer qu'une jeune ostéopathe aimée de tous se soit évaporée ? J'ai rendu visite à Mika. Comme vous, il nie farouchement.

Perdu dans ses pensées, Abel regardait dans le vague, visiblement assommé par ce qui venait de se produire. Il continua d'une voix faible.

— Un jour, moi aussi je vais disparaître. Je partirai sur une barque et personne ne me reverra.

Chantage au suicide ?

Léa n'aimait pas accuser des innocents, mais les indices contre Abel n'étaient pas minces. Elle ne voulut pas lui reparler des deux femmes retrouvées mortes. À quoi bon ?

Elle était arrivée avec des convictions, elle repartait avec des doutes.

Le gendarme se gratta le nez, avant d'ajouter :
— Je dois reprendre mon service.
Sa voix était triste.
— Avant de vous quitter, je voudrais vous révéler une chose…
Elle ne s'attendait pas à une confidence majeure de sa part.
— Vous connaissez le rocher de l'Abeille noire ?
Elle fit non de la tête.
— C'est un endroit très beau, très intéressant, à côté d'une plage de la côte sauvage. Ne dites à personne que je vous en ai parlé. À personne, vous m'entendez ?

Sur le chemin du retour, Léa discuta avec Tom. Elle était décontenancée par la scène qu'ils venaient de vivre.

— Tu en penses quoi ?

— Si j'en avais le pouvoir, je le mettrais en examen. À un moment, j'ai eu la tentation de le faire craquer, j'ai le physique pour ça, non ? Mais je n'ai pas voulu intervenir, je t'ai laissée faire. Ce type est un grand manipulateur. Ses visages sont multiples.

— Lesquels ?

Il hésita une bonne minute.

— Le sympa, le colérique, le menaçant, le doux, le suppliant, le suicidaire… Tout ça en moins d'un quart d'heure. Chapeau l'artiste ! Un vrai pervers polymorphe.

— Tu le crois coupable ?

— Meurtrier, je ne sais pas. En tout cas, il n'est pas net. Pour moi, il sait des choses qu'il ne veut pas reconnaître…

— Tom, tu dis ça de tous les gens qu'on rencontre. Si tu faisais partie de la police judiciaire, tu suggérerais au juge de mettre tous les suspects en détention provisoire, non ?

— Je n'en sais rien, mais parmi tous ceux que j'ai rencontrés, presque personne n'est clair. Chloé a-t-elle été tuée par plusieurs personnes qui, aujourd'hui, s'accusent mutuellement de manière plus ou moins explicite ? *Le Crime de l'Orient-Express* version bretonne ?

Le soleil se couchait, les ombres grandissaient…

— À ton avis, c'est quoi cette histoire de rocher de l'Abeille noire ? murmura Léa.

— Foutaise.

— On va jeter un œil ?

— Maintenant ? Il fait nuit dans moins d'une heure, on n'a pas de lampe et on ne sait même pas où il se trouve. Des rochers, il en existe des milliers.

Il se connecta sur Internet.

— Le lieu n'est pas référencé.

— Il faudra demander à l'hôtel ou à l'office de tourisme.

La voix de l'amateur de polars se fit péremptoire.

— Je te défends de manière absolue de te rendre là-bas toute seule. Si ça se trouve, c'est un traquenard. Je ne veux pas que tu t'ajoutes au tableau de chasse de…

Elle lui coupa la parole.

— Reste quelques jours de plus, je t'en supplie.

Il toucha son épaule tendrement.

— J'aimerais tant, mais je ne peux pas. J'essaie de revenir très vite, c'est promis… Et toi, tu ne veux pas rentrer avec moi ?

Elle hocha la tête.

— Ça me tente mais je ne vais pas abandonner une enquête qui me semble sur le point d'aboutir…

— Comment le sais-tu ?

Elle soupira.

— Une intuition. Je ne sais pas qui a commis quoi, mais il est évident que les responsables de cette affaire se trouvent au pied du mur. Quelqu'un, à un moment, va faire un faux pas ou passer aux aveux. Je n'ai aucun contact avec les enquêteurs, mais j'imagine que les investigations vont bon train. GIGN, section de recherches, police scientifique… L'État utilise de gros moyens, même s'il communique très peu. La pression est énorme. Les journaux affirment que, pour le ministère de l'Intérieur, cette affaire est une priorité absolue. Un matin, en allumant la radio, on apprendra que les coupables ont été arrêtés…

— Plusieurs coupables ?

— Je n'en sais rien.

— Que comptes-tu faire ?

— Doubler les enquêteurs. Je connais des choses qu'ils ne savent pas. Je suis persuadée, par exemple, qu'ils n'ont pas interrogé Ophélie.

— Je ne vais pas te décourager, mais il manque un fil conducteur…

Ils arrivèrent à l'hôtel.

— Je me fixe un délai, dit-elle. Trois jours. Si je ne trouve rien de décisif d'ici là, je rentre. Ça te va ?

— Ne te fais pas flinguer, surtout ! Je ne peux pas me passer de toi.

Ils dînèrent tranquillement en se dévorant des yeux. Puis ils prirent une longue douche en se massant l'un l'autre.

— Je ne veux pas que cette soirée soit la dernière, lui dit-il en la serrant très fort contre son torse.

Elle en eut presque mal.

Le lendemain, à l'aube, Tom rangea soigneusement ses affaires. Son visage était d'une tristesse infinie. Le premier bac partait très tôt, il serait à midi à Paris.

— Content de ce séjour, Léa. Même si le contexte était tragique, j'ai adoré ce moment. L'endroit est tellement beau. Je reviens dès que possible. J'ai une réunion urgente tout à l'heure, mais il n'est pas exclu que mon boss m'accorde un nouveau congé. J'aimerais tellement revenir.

Ils sortirent de l'hôtel, le bateau n'était qu'à quelques centaines de mètres. Des voitures embarquèrent. Ici, une tradition consiste à saluer au bout de la jetée ceux qui partent, en agitant les bras au pied d'un petit phare coiffé de rouge. Le bac passe comme un cachalot dans le chenal, le pont couvert de voyageurs : un moment d'émotion.

Il s'en va et je reste seule, pensa Léa, les yeux tristes.

Du bateau, il effectua de grands gestes, vêtu de son gros pull en laine bleu qui le faisait ressembler à un marin.

Le bateau à la coque sombre s'avança vers le large, son étrave tranchait la mer comme un couteau.

Triste et beau.

Léa se sentit fragile. Des menaces la cernaient de toutes parts, elle ne savait pas qui était son ami ou son ennemi, qui était blanc ou noir. Le mystère était aussi profond que l'océan.

Puis elle se dirigea vers l'office de tourisme situé sur le port, pas loin de l'embarcadère, ombragé de deux grands cèdres. Une femme souriante se tenait derrière un comptoir.

— Que puis-je faire pour vous ?

Elle demanda où se trouvait le rocher de l'Abeille noire. L'employée ne savait pas, elle téléphona à la mairie. Après une brève conversation, elle dit à Léa qu'il s'agissait d'une masse schisteuse située dans la lande au-dessus de la grève de Donnant. Elle sortit une carte au 1/25 000 et lui montra l'endroit.

— On vient de me dire qu'il fallait se garer sur le parking au nord de la plage puis prendre un sentier sur la gauche. Il paraît que le rocher se trouve à environ trois cents mètres, entouré de végétation. Vous ne pouvez pas le rater, c'est le seul à cet endroit.

— Pourquoi l'Abeille noire ?

— D'après mon contact, il y a pas mal d'abeilles, de guêpes et de frelons. Attention à vous.

Léa était surprise qu'Abel lui ait indiqué ce lieu. Un guet-apens ? Elle n'imaginait pas qu'il l'attende sur place, elle n'avait pas l'intention de le prévenir de son éventuelle venue. Elle ne comprenait pas : si d'aventure, quelque chose d'important s'y trouvait, pourquoi en avait-il parlé ?

Le mystère était à son comble.

Elle n'avait pas l'intention d'aller seule là-bas, elle ne voulait pas prendre de risques. Depuis son enfance, elle était hantée par une phrase de Sherlock Holmes dans *Le Chien des Baskerville* : « Ne vous aventurez pas seul sur la lande. »

Elle reçut un appel de Loïk. Elle n'eut pas le temps de parler la première.

— Léa ? Une incroyable nouvelle vient de tomber. Vous êtes bien assise ?

— Je vous écoute.
— Abel a été arrêté.
— Ah bon, pour quelle raison ?
— Il est soupçonné d'avoir fait disparaître Chloé.
Elle n'était qu'à moitié étonnée.
— Ses collègues l'ont appréhendé ?
— Le GIGN vient de débarquer chez lui sans que personne ait été prévenu, à commencer par la gendarmerie locale. Il a été cueilli sans opposer la moindre résistance. Je viens de recevoir une dépêche. Tout le monde est sonné.
La curiosité dévorait Léa.
— À partir de quels indices ?
— Ce que je vais vous dire est une rumeur de plus : la Smart de Chloé aurait été retrouvée dans l'un de ses garages. Des centaines de garages ont été visités par les gendarmes depuis la disparition, mais pas le sien puisqu'il était chargé de retrouver la voiture…
— Comment l'a-t-on su ?
— C'est tout simple. Hier soir, il a très brièvement ouvert la porte coulissante, en regardant s'il n'y avait personne, sans savoir que deux hommes du GIGN munis de jumelles étaient planqués à une centaine de mètres. Depuis des semaines, il était soupçonné, mais je n'en savais rien. C'est un peu comme dans l'affaire Daval : pour la section de recherches, Jonathan a été le suspect n° 1 dès le premier jour, mais à Gray, personne ne le savait. À Belle-Île, pour des raisons faciles à comprendre, la gendarmerie locale n'était

pas informée de l'implication possible d'Abel Urrutia dans la disparition de l'ostéopathe.

Par la fenêtre, Léa jeta un œil sur les bateaux amarrés, comme si elle cherchait en eux une réponse à ses questions.

— Cela signifie que l'enquête est terminée ?

— Attendons ses éventuels aveux. On lui a peut-être demandé de planquer une voiture sans qu'il ait tué Chloé, à supposer d'ailleurs qu'elle soit morte. La section de recherches doit aussi déterminer s'il est ou non impliqué dans les autres meurtres, ce qui, pour moi, est une hypothèse très sérieuse. Vous qui êtes une spécialiste des affaires criminelles, comment pensez-vous qu'il va réagir ?

Elle réfléchit un instant.

— Deux possibilités : soit il va tout nier en bloc en sortant des arguments foireux, soit il va avouer et balancer ses complices – s'il en a – en les accusant d'être responsables des crimes. Vous dites qu'il n'a opposé aucune résistance ?

— D'après la dépêche, non, mais c'est un détail.

— En tant que gendarme, j'imagine qu'il possédait une arme à feu.

— Le GIGN le savait, il a agi en conséquence, ce sont des pros.

Elle soupira.

— Reste à savoir qui est impliqué et si les trois affaires sont liées.

— Du coup, vous rentrez à Paris ?

— Bientôt. Mais une chose m'attriste.

— Laquelle ?

— Ce n'est pas moi qui ai découvert la vérité, alors que j'essaie toujours d'être la première.

Ils raccrochèrent.

La journaliste était songeuse. Cette arrestation était presque trop belle pour être vraie. Elle ne comprenait pas pourquoi Abel avait ouvert son garage, même subrepticement, alors qu'il abritait la voiture tant recherchée. Acte manqué ? Aveu déguisé ?

Elle regarda sa montre, il était presque midi. Elle se connecta à un site d'actualités. L'arrestation du gendarme Urrutia faisait déjà le buzz. Un article venait de tomber.

Belle-Île : un gendarme soupçonné
d'avoir fait disparaître l'ostéopathe

Coup de tonnerre sur l'île la plus fréquentée de Bretagne : un gendarme vient d'être arrêté par le GIGN. Dans son garage se trouvait la Smart de Chloé Turquoise, disparue après une soirée arrosée à laquelle il avait participé. Un autre indice l'accable : les enquêteurs ont découvert sur son ordinateur plusieurs photos de l'ostéopathe dénudée, sans qu'on sache si elles ont été prises avant ou après la disparition. L'homme rejette en bloc les accusations, affirmant qu'il a bien eu un flirt avec Chloé mais qu'ils ont rompu avant sa disparition. Quant à la Smart, il affirme qu'elle n'appartient pas à celle que tout le monde recherche. Chose étrange : les plaques d'immatriculation ont disparu. Au moment où ces lignes ont été écrites, nous ignorons les charges retenues contre le gendarme, mais il a été mis en examen. Nous vous tiendrons informés de l'avancée de la situation en temps réel.

Pour Léa, l'affaire semblait pliée, mais plusieurs choses l'intriguaient. L'article n'évoquait à aucun moment les deux autres crimes ni la possible appartenance du gendarme à Lumière du Monde. Et rien sur le sort de Chloé : morte ou vivante ? S'il l'avait tuée, où avait-il caché le corps ?

Elle repensait au rocher de l'Abeille noire.

Il fallait qu'elle vérifie elle-même ce qui se trouvait à cet endroit, elle n'avait pas l'intention d'en parler aux gendarmes empêtrés dans une affaire qui les dépassait. Elle n'irait pas seule. Et même accompagnée, elle ne s'y rendrait pas le soir.

Donnant est l'une des plus belles plages de l'île, orientée à l'ouest, bordée de falaises et de dunes, paradis des surfeurs.

D'énormes vagues déferlent les jours de vent. C'est une plage du septième art. En 1947, l'endroit a émerveillé Arletty venue pour le tournage de *La Fleur de l'âge*, film de Marcel Carné consacré à la colonie pénitentiaire pour mineurs située près de la citadelle Vauban. Le tournage a connu une série d'infortunes et le film n'est jamais sorti. De ce projet semé d'embûches, il reste une séquence émouvante tournée au large de la plage : Nicole Dreyfus, une jeune femme, apparaît, gracieuse et douce. Jacques Prévert, qui participe au tournage, l'appelle « Aimée », car tout le monde l'aimait, et la prénomme « Anouk ». La grande Anouk Aimée est née dans les eaux tourmentées de Belle-Île, comme Vénus fille de la mer. Anouk Aimée a tourné pour de nombreux réalisateurs dont Jean-Pierre Mocky, Federico Fellini, Jacques Demy, Claude Lelouch, Bernardo Bertolucci.

Léa éprouvait une vive admiration pour cette actrice, son destin s'était noué au large de la fleur des îles bretonnes.

En pleine journée, la plage de Donnant était envahie de gens qui déambulaient sur le sable doré, même par temps frais.

Comment se rendre là-bas en toute sécurité ? Payer quelqu'un de sûr ? Demander à un homme qu'elle connaissait ? Mika, c'était exclu. Kevin ? Il était pris une partie de la journée par ses élèves. Conan ? Il travaillait à la boulangerie de Bangor. Loïk ? Il devait être débordé, peu de chances qu'il soit libre avant le soir, mais elle se souvenait qu'il avait été d'un grand secours lors de sa panne de voiture. Sa batte de base-ball était une arme efficace, si d'aventure quelqu'un cherchait à les agresser. Elle ne risquait rien à lui demander de l'accompagner et composa son numéro.

La même voix avenante au bout du fil.

— Content de vous entendre de nouveau ! Des questions vous sont venues depuis mon appel ? Je ne sais rien d'autre en dehors de ce que je viens de vous dire.

— Vous êtes libre cet après-midi ?

— Je vous manque ? dit-il d'une voix amusée. Vous passez me voir ?

L'impatience la rongeait.

— Je dois me rendre près de la plage de Donnant, j'aimerais ne pas être seule. Je ne sais plus si je vous l'ai dit, mais mon compagnon est rentré à Paris.

— Vous voulez vous initier au surf? plaisanta-t-il. Attention, à cet endroit, les vagues sont dangereuses.

Elle était très nerveuse.

— Je vous expliquerai. Libre ou pas? Dites-moi. Pour vous remercier, je vous inviterai au restau. Surtout, ne vous sentez pas obligé. Je peux trouver une autre solution.

Il soupira.

— Écoutez, j'ai un gros dossier à boucler avant de me rendre à Sauzon, mais ça n'a rien à voir avec les affaires qui nous préoccupent. Donc pas avant 17 heures...

Elle trouvait ça bien tard mais elle n'avait pas le choix.

— Ça me va, répondit-elle d'une voix laconique. J'arriverai sans doute légèrement en avance. Je me garerai au parking nord, j'avancerai sur le chemin partant sur la gauche. Si vous ne me voyez pas, appelez-moi sur mon portable.

— Entendu! Je ferai tout pour vous rejoindre le plus vite possible.

Léa était si impatiente qu'elle se gara sur le parking une demi-heure avant le rendez-vous. Elle observa les alentours. Plusieurs voitures étaient là, des gens marchaient sur le chemin menant à la plage, ce qui la rassura. Elle avait enfilé un survêtement qui lui permettrait de traverser sans encombre d'éventuels fourrés épineux. Elle suivit le chemin que lui avait indiqué la femme de l'office de tourisme. Au bout de quelques dizaines de mètres, elle aperçut un gros rocher qui émergeait de la lande. Elle imaginait que c'était celui de l'Abeille noire, elle n'en voyait pas d'autres.

Elle prit une photo qu'elle envoya à Tom, avec ce texte accompagné de sa géolocalisation : *Si je disparais, je suis là, à côté de Donnant.* Sa réponse fut immédiate : *Ne disparais pas, s'il te plaît. J'ai besoin de toi pour faire couler mon bain.* Elle avait presque envie de l'appeler, mais la conversation risquait de s'éterniser. Elle voulait aller jusqu'au rocher, même si elle supposait qu'elle n'y trouverait rien. Elle n'arrivait toujours pas à comprendre pourquoi Abel avait parlé de cet endroit. Pour l'envoyer sur une fausse piste ? se moquer d'elle ? s'amuser ? l'humilier ? Il était capable de tout.

Un vent de mer s'était levé. Au loin, elle apercevait de gros rouleaux qui s'écroulaient sur la plage, de rares surfeurs profitaient de l'aubaine dans le soleil couchant. Le spectacle était beau à voir. Le ciel était pur, bleu aigue-marine, elle avait rarement vu une lumière aussi singulière.

Abel étant en garde à vue, elle se dit qu'elle ne risquait rien.

Le rocher était accessible par un mini-sentier envahi de ronces, il semblait quasi impossible de se frayer un passage, mais elle finit par l'atteindre.

Sur la pierre, une inscription : *Rocher de l'Abeille noire. Défense d'escalader.*

L'endroit était-il infesté à ce point d'insectes dangereux ? Le schiste était-il friable ? En dehors de cette indication, elle ne remarqua rien d'anormal. Elle commençait à se dire que le gendarme s'était foutu de sa gueule. Par acquit de conscience, elle en effectua le tour. La végétation épaisse rendait la progression difficile. Elle ne voyait plus le chemin qui menait à la plage ni les passants, ce qui l'embêtait : si elle était agressée, personne n'assisterait à la scène, elle serait obligée de hurler.

Malgré le panneau d'interdiction, elle escalada le rocher. L'ascension était délicate. De là-haut, le panorama s'étendait loin : dunes, plage, mer brillante comme un miroir, clocher de Bangor, grand phare. Elle n'apercevait rien de particulier.

Je suis venue pour des prunes, c'est décourageant.

Tout à l'heure, juste après son arrivée sur le parking, un type s'était garé et l'avait dévisagée d'une drôle de manière avant de repartir. Elle s'était demandé s'il l'avait suivie au départ du Palais. Dans cette affaire labyrinthique, tout était possible, y compris l'impensable. Elle se souvenait de la lettre qu'elle avait reçue après son arrivée. Quelqu'un l'espionnait, mais qui ?

Elle s'apprêtait à regagner le grand chemin qui mène à la plage afin d'attendre Loïk, quand elle aperçut un espace dépourvu de végétation. La terre brute était visible, comme si le sol avait été remué récemment. Le spectacle l'intrigua. Quelqu'un avait-il creusé ?

Elle descendit du rocher et s'approcha. Elle n'avait pas de pelle mais s'était munie de gants ménagers pour le cas où elle aurait à gratter la terre : elle envisageait à chaque fois toutes les hypothèses. Elle arracha des ronces. Ses mains tremblaient, son cœur battait très fort. Il aurait été plus sage d'attendre Loïk, mais elle était mue par une envie irrépressible de savoir, de comprendre.

Elle imaginait tout. Le pire.

De ses mains frêles, Léa creusa le sol. Celui-ci, composé de tourbe, était meuble. Sous la surface, des branchages, ce qui était étrange. Un soleil déclinant éclairait la scène. Un peu de sueur dégoulinait dans les yeux de la jeune femme, elle avait la gorge nouée, elle tremblait, mais rien ne l'empêcherait de continuer.

Quelques minutes plus tard, une odeur de putréfaction saisit ses narines, elle faillit vomir. Elle aperçut, à moitié couvert de terre, un crâne d'où pendouillaient des lambeaux de chair. Elle n'avait jamais vu une chose aussi horrible. Un détail rendait la scène encore plus insoutenable. Le crâne avait une drôle de forme. Il était enfoncé, écrasé d'un côté, comme s'il avait reçu un choc terrible. L'individu avait-il été tué à coups de pierre ? Une autre question taraudait Léa : était-ce le corps de Chloé ? Celui d'une quatrième victime ?

Elle n'avait plus la force de creuser, de réfléchir. Elle n'avait qu'une seule envie, ou plutôt deux : pleurer et fuir. Après avoir bouché le trou, elle retourna sur le chemin menant à la plage où, le cœur battant, elle attendit Loïk. En homme rompu aux drames, il allait sans doute réagir avec circonspection, sans s'affoler. De loin, elle aperçut le journaliste, il marchait à sa rencontre.

Elle ne comprenait toujours pas pourquoi Abel lui avait parlé de ce lieu. L'hypothèse la plus probable était que, cerné de toutes parts, il avait envie d'en finir avec une affaire où il était englué. Mais pourquoi avait-il demandé de ne pas révéler qu'il lui avait parlé de ce rocher ? Et pourquoi clamait-il son innocence ? Elle supputait sans preuve que Mika était son comparse. Qui avait tué ? Qui n'avait pas tué ? Arrêté, Abel allait-il accabler le réparateur de bateaux ? Qui avait assassiné les autres femmes ?

Une île, une disparition, une secte, un homme en noir menaçant, deux femmes suppliciées, un artisan qui plonge sa voiture dans un étang, une femme réfugiée sur le continent, un gendarme placé en garde à vue, un cadavre enterré près d'une plage : une affaire à multiples tiroirs.

Au vu des derniers événements, Léa supposait que Mika était le chef d'orchestre de ces mises à mort, Abel son complice, son suiveur, son toutou.

— Vous êtes arrivée avant moi, s'écria Loïk sur un ton de reproche. En ces temps troublés, il n'est pas prudent de vous balader seule.

— Il fait encore grand jour, je ne risque rien.

Il observa le chemin.

— Il n'y a presque plus personne. Le vent commence à souffler. Une tempête est annoncée.

— Ah bon ? Je l'ignorais.

— Pourquoi m'avoir donné rendez-vous à Donnant ?

— Vous connaissez le rocher de l'Abeille noire ?

Il paraissait étonné.

— Oui, bien sûr, c'est une curiosité parmi d'autres. Pourquoi cette question ? Il y a dix ans, un gamin s'est tué en l'escaladant, la mairie a mis un panneau indiquant que l'endroit était dangereux. Mais bon, un gros rocher est toujours dangereux. Une falaise aussi. Vous vous intéressez à cette concrétion ?

Elle était émue aux larmes.

— Je viens de jeter un œil…

Le vent soulevait le sable.

— Joli, non ? Mais par rapport à d'autres sites, c'est très banal.

— Surprenant…

— Pourquoi surprenant ?

Elle n'avait pas la force de parler, comme si elle était paralysée. Elle montra du doigt la direction du rocher, la main molle.

— Eh bien ? murmura Loïk du bout des lèvres. Que se passe-t-il ? Vous êtes devenue muette ?

— Un corps…

— Comment ça ?

— … couché là-bas… Mort. La tête n'est pas belle à voir…

— Un animal ?

Elle n'avait pas pensé à cette hypothèse. Elle ferma les yeux et réfléchit quelques instants. À l'évidence, ce n'était pas une bête.

— Homme ou femme, je ne sais pas.

Loïk perçut un sanglot dans sa voix.

— Vous n'allez quand même pas pleurer… Ici, on retrouve de temps en temps des ossements. Certains sont apportés par la mer…

— Le corps est enseveli à des dizaines de mètres du rivage. Il n'est pas venu tout seul. Pas de sanglier sur l'île ?

— Pourquoi cette question ?

— Ils auraient pu fouiller le sol en flairant l'odeur. Mais là, rien. Aucun animal n'a creusé.

Il haussa les épaules.

— À ma connaissance, pas de sangliers. On raconte qu'un spécimen, un jour, a traversé la mer, mais à mon avis, c'est une légende.

— Des renards ?

— Non plus.

Elle se demandait si des chiens avaient senti quelque chose.

Elle resta un moment à dévisager Loïk. Elle essayait de trouver dans son regard une réponse à ses questions.

Il hocha la tête.

— S'il s'agit d'un cadavre humain, ce n'est pas à nous de nous en occuper. Dites-moi exactement où vous l'avez vu.

— De l'autre côté du rocher, entouré d'une végétation très touffue. À un endroit, la terre est à nu… J'en ai déduit que quelqu'un a creusé il n'y a pas si longtemps.

Au bord des larmes, elle ne trouvait pas ses mots.

— Écoutez-moi, continua Loïk. Je vais appeler la gendarmerie. C'est la seule solution. À eux d'élucider cette nouvelle affaire.

Il sortit son téléphone et balada ses doigts sur l'écran, avant de plaquer l'appareil à son oreille.

— Allô ? Ici Loïk Tugdual. Voilà, je me trouve près de la plage de Donnant, à côté du parking nord. Vous voyez ? Eh bien, apparemment, un cadavre gît près du rocher de l'Abeille noire, je viens de l'apprendre par une promeneuse... Dans combien de temps êtes-vous là ?

Un long silence.

— Entendu, répondit-il. Je vous attends au parking.

Après avoir raccroché, il se tourna vers Léa.

— Pas de bol, ils sont en train d'intervenir à Locmaria avec les pompiers sur une autre affaire. Ici, les effectifs ne sont pas extensibles, d'autant qu'Abel a été arrêté. Ils arrivent dans une quarantaine de minutes. De toute façon, puisque l'individu est mort, rien ne presse. Il ne va pas s'enfuir.

— Il ne faudrait pas qu'ils tardent, soupira Léa.

— Pourquoi ?

— Parce qu'un *serial killer* rôde peut-être dans le coin...

Il la fixa de ses grands yeux.

— Oh, ne vous en faites pas. Je suis là. Je sais me défendre. De toute façon, seules des femmes ont été agressées. Dans les affaires criminelles, vous êtes au courant, il existe un *modus operandi* propre à chaque série de crimes : même méthode, même type de victime. On trouve des exceptions, certes, mais elles sont rares. Avec moi, vous ne risquez rien. Et puis Abel vient d'être suspecté. Si c'est lui le meurtrier, on ne craint plus rien.

Au bout d'une heure, les gendarmes n'étaient toujours pas là. Léa se demandait pour quelle raison. Le soir venait.

— Qu'est-ce qu'on fait ? demanda-t-elle.

— Je vais les rappeler.

Il sortit de nouveau son téléphone.

— Bizarre, ça ne répond pas.

— Insistez, on ne va pas rester toute la nuit.

— À mon avis, ils sont débordés. Ils arrivent très vite en cas de péril imminent, mais là, il n'y en a pas.

Ils attendirent quelque temps sans rien dire.

Le vent était de plus en plus violent. La mer se creusait inexorablement. Léa était parcourue de frissons. Elle ignorait si une vraie tempête s'annonçait, ou si c'était un « coup de tabac », comme disent les Bretons, un déchaînement soudain, brutal, éphémère. En général, la tempête dure de longues heures, effrayante, comme celle qui avait accompagné la disparition de Chloé.

Elle pensait qu'il était temps de rentrer au Palais, d'où elle appellerait elle-même les forces de l'ordre.

Sur le parking, il n'y avait plus que trois voitures. La sienne, celle de Loïk et une Citroën d'un autre âge.

— Vous avez remarqué ? s'écria le correspondant de presse. Quelqu'un nous observe avec une paire de jumelles.

Elle ne voyait personne.

— Vous êtes sûr ?

Il montra une direction, elle aperçut une silhouette dans le lointain.

— Il nous épie ? demanda-t-elle d'une voix blanche.

— Comment savoir ? En tout cas, sa présence n'a rien de rassurant.

Dans ses enquêtes, elle avait l'habitude d'être espionnée de loin. En général, elle se contentait de s'esquiver ou de trouver quelqu'un sur place pour l'aider.

Un homme s'était-il rendu compte de sa découverte ? Le meurtrier ?

Dans le huis clos de l'île, elle était une cible facile.

— Je propose de quitter les lieux, murmura Loïk d'un ton laconique. Si les gendarmes ont besoin de notre témoignage, ils ont mes coordonnées. Voulez-vous que nous rentrions ensemble ? On boira un verre au Palais si ça vous dit.

— Avec plaisir. Je vous suis en voiture. N'allez pas trop vite, je conduis lentement. Pas envie de me retrouver seule.

Un sourire éclaira le visage de Loïk.

— Ah oui ! J'avais oublié que vous aimiez tomber en panne, dit-il d'une voix amusée.

— En tout cas, merci encore de m'avoir aidée l'autre jour. Sans vous…

Ils s'apprêtaient à monter chacun dans leur véhicule quand Léa poussa un cri.

— J'ai l'impression qu'un pneu est crevé. Décidément, je porte la poisse.

Loïk scruta la roue.

— Si c'est juste dégonflé, j'ai de quoi arranger ça… Vous voyez, je suis un vrai dépanneur. J'ai raté ma vocation…

Il l'examina de près.

— Ouille, ça a l'air sérieux. J'aperçois une entaille. Vous êtes passée sur une pierre coupante ?

— À un moment, en me garant, oui, mais je ne me suis pas inquiétée. Un pneu, c'est solide, non ?

— Pas toujours. Si la pression n'est pas bonne, il existe un risque. Les pneus qui éclatent, à Belle-Île, c'est assez courant, les chemins ne sont pas très carrossables et le schiste est une roche coupante.

Il releva la tête.

— Quand vous êtes arrivée, vous avez vu quelqu'un de bizarre, sur le parking ?

Elle hésitait.

— Bizarre ? Un type m'a regardée d'une drôle de manière mais voilà, il ne m'a rien fait.

— Vous le connaissiez ?

Elle réfléchit un instant.

— Jamais vu.

— Il ne faut pas exclure un acte volontaire ! s'exclama Loïk. Au fait, comment en êtes-vous arrivée à découvrir ce corps ? Il se trouve très loin du chemin. Par hasard ? Vous aviez une envie pressante ? Vous vouliez échapper au regard des gens ?

En cet instant tragique, elle appréciait son humour. Elle refusait de dire qu'Abel lui avait parlé de cette roche, le moment n'était pas venu.

— J'aime m'éloigner des chemins balisés. En arrivant ici, j'ai vu ce gros rocher, qui m'a attirée.

Elle ne savait pas s'il la croyait, mais qu'importe. L'heure était trop grave.

— Écoutez, dit-il, je propose de vous ramener au Palais. Pour la crevaison, soit on revient demain tranquillement, soit on fait appel à un réparateur, je n'ai pas envie de m'attarder. La présence de ce type équipé de jumelles m'intrigue.

Elle l'observa d'un air atterré.

— Vous êtes inquiet ?

— Inquiet, non, mais préoccupé. Voilà. Vous découvrez un corps, la gendarmerie ne vient pas, un mec rôde, votre roue est à plat, la nuit tombe, ça fait beaucoup.

— Vous pensez que les forces de l'ordre vont finir par arriver ?

— Ce soir ? Je n'en sais rien. Il faudrait les rappeler, mais le mieux est de passer directement les voir.

Depuis l'arrestation d'Abel, Léa allait jusqu'à envisager que les gendarmes locaux soient tous dans le coup.

— Pour quelle raison ils ne répondent pas ?

— Je ne suis pas à leur place. Ici, c'est une petite brigade, d'autant que l'un d'eux a été arrêté. Au moindre événement, ils sont débordés.

Léa avait vécu ce genre de situation. Il lui était arrivé de harceler la police au téléphone pour une raison urgente avant qu'elle ne daigne se déplacer.

Près de la plage de Donnant, il n'y avait pas d'urgence. Derrière le rocher, l'individu était bien mort et personne ne le ramènerait à la vie.

Léa monta dans la voiture de Loïk. Ils attendirent un peu, au chaud, à l'abri du vent, prêts à redémarrer si d'aventure un individu menaçant jaillissait de nulle part. Les forces de l'ordre n'arrivaient toujours pas.

Des mouettes hurlèrent dans le ciel au moment où le soleil disparut.

— Des nouvelles d'Abel ?

Loïk inspira en regardant dans le lointain.

— Il est en garde à vue et continue à clamer son innocence. Je n'ai pas tout publié, par déontologie, mais il paraît qu'il a menacé de se suicider.

— Le chantage est un classique dans ce genre d'histoires. Votre point de vue ?

Il hocha la tête.

— Je suis partagé. D'un côté je me dis qu'il est un assassin, de l'autre je pense qu'il n'a pas agi seul.

— Pour les trois affaires ?

— Pour les trois, oui. Elles sont liées. C'est ma conviction profonde. On saura rapidement si le corps gisant ici est celui de Chloé. L'ADN va parler. J'imagine que le juge d'instruction est en train de vérifier si Abel était en service au moment des deux autres crimes.

Léa le corrigea.

— Vous oubliez qu'aucun crime n'est daté. Les femmes retrouvées dans la mer sont mortes à un moment indéterminé.

— Vous avez raison. De plus, pas de traces ADN d'un tiers sur elles, la mer a tout récuré. Le mieux serait que quelqu'un craque et avoue. Si Mika et Abel sont impliqués, l'un finira par le reconnaître. Le remords, ça existe, non ?

Elle n'était pas de cet avis.

— Je ne crois pas au remords. En tout cas, pas dans ce genre d'affaires. Mais qu'un type en accuse un autre, c'est très banal.

Ils roulaient à faible allure. Le vent soufflait presque en tempête. La Parisienne était étonnée que le temps change si brutalement. Tout à l'heure, le ciel était bleu azur. *C'est le charme de la Bretagne,* se disait-elle en observant la route qui basculait dans la pénombre.

Elle alluma son portable pour consulter les dernières nouvelles. Un article la remplit de stupeur.

— Ça alors ! s'écria-t-elle.

— Qu'est-ce qui se passe ?

Léa lut à voix haute la dépêche qui venait d'être mise en ligne :

Crimes à Belle-Île : le gendarme relâché

Coup de théâtre dans l'enquête menée par la section de recherches. Le gendarme arrêté à la suite d'une perquisition à son domicile vient de sortir de sa garde à vue. Selon le juge d'instruction, faute d'éléments concrets, aucune charge à ce stade n'est retenue contre lui. La Smart découverte dans son garage n'est pas celle de Chloé Turquoise, bien que le modèle soit identique. Le numéro de série n'est pas le même, ce qui infirme le fait qu'il ait dissimulé la voiture de la disparue. Depuis son arrestation, il clamait son innocence. En ce qui concerne la Smart, il est lavé de tout soupçon, ce qui ne veut pas dire qu'il n'est pas impliqué dans les affaires qui secouent l'île depuis des semaines.

Loïk s'exclama :

— Abel pourrait porter plainte pour dénonciation calomnieuse, même si son nom n'est pas cité…

— Pour quelle raison ?

— Relisez la dernière phrase : « En ce qui concerne la Smart, il est lavé de tout soupçon, ce qui ne veut pas dire qu'il n'est pas impliqué dans les affaires qui secouent l'île depuis des semaines. »

Elle grimaça.

— Ça laisse entendre qu'il n'est pas tout blanc.

— Cette insinuation est dégueulasse, je n'écris jamais ce genre de choses dans mes articles.

Elle ferma les yeux, repensa à la découverte macabre derrière le rocher. Elle n'avait jamais déterré de cadavre. Depuis tout à l'heure, cette vision la hantait. Elle aurait préféré ne pas creuser, ne pas voir, ne pas sentir l'odeur. Elle imaginait, sans la moindre certitude, qu'il s'agissait du corps de Chloé. La fée Mélusine, belle et douce, aurait été enterrée ici comme un animal ? Cette affaire était tragique, révoltante, impardonnable, barbare. Même sans la connaître, Léa avait de l'affection pour elle. Et si c'était le corps d'un individu dont la disparition n'avait pas été signalée ? Une autre victime du même tueur ? Une randonneuse venue du continent ?

La voiture était secouée par des rafales de vent. Léa ne voyait pas où ils se trouvaient, les routes minuscules formaient un lacis inextricable.

— Ne vous en faites pas, murmura Loïk d'une voix douce. On va finir par appréhender l'assassin. La découverte que vous venez de faire permettra de le confondre, j'en suis convaincu. J'imagine qu'on relèvera les traces ADN du salaud qui a fait ça.

— Pas certain.

— Pourquoi ?

Un long silence.

— On voit que vous ne connaissez pas les enquêtes criminelles. Si le corps est enterré depuis trop longtemps, les empreintes génétiques d'un tiers finissent par disparaître. À la différence de celles de la victime : à partir d'ossements, on peut retrouver le code génétique d'un individu même au bout de plusieurs siècles, quel que soit l'état du squelette.

— Elle a le crâne fracassé ? demanda Loïk.

Léa sursauta. Elle ne se souvenait pas lui avoir parlé de l'aspect du cadavre, mais à son arrivée, elle se trouvait dans un tel état de choc qu'elle avait oublié ce qu'elle avait dit. N'ayant pas vu le corps, il ne pouvait pas avoir inventé ce détail macabre. Était-ce une question rituelle pour imaginer de quelle façon la jeune fille avait été tuée ? Était-il au courant de ce qui s'était passé ? Connaissait-il l'assassin ? Elle n'envisageait pas qu'il ait pu commettre ce crime. Pour se rassurer, elle se disait qu'il était incapable de commettre une pareille abomination.

Mais rien n'était jamais impossible.

— Oui, elle a le crâne fracassé, dit-elle d'une voix blanche.

Elle ne voulait pas évoquer la stupeur qui la saisissait, elle était très nerveuse, tout en essayant de ne pas le montrer. Il fallait qu'ils arrivent de toute urgence à destination, elle ne comprenait pas pourquoi le trajet durait si longtemps.

— On se dirige vers où ?

— Le Palais. Vous le savez, non ? Quelque chose ne va pas ?

— Mais si, tout va très bien.

Il possédait une batte de base-ball. L'avait-il utilisée pour tuer l'individu couché près du rocher en lui assenant un coup monstrueux sur la tête ?

Jusque-là, elle n'avait pas suspecté une seule fois Loïk, mais depuis quelques minutes, elle était envahie par le doute. Était-ce lui qui avait transpercé le pneu pour l'empêcher qu'elle ne rentre dans sa propre voiture ? Qu'allait-il faire d'elle ? Elle envisageait tous les scénarios, y compris les plus effrayants.

Jouait-il un double jeu depuis le début ?

Elle reconnut le clocher de Bangor jaillissant dans la nuit. La voiture filait droit dessus. À l'évidence, ils ne se dirigeaient pas vers la capitale de l'île. Elle était terrifiée, tout devenait de plus en plus inquiétant. Elle avait l'impression de basculer dans un film d'horreur. *Massacre à la batte de base-ball* ? Loïk avait-il *vraiment* appelé les gendarmes ? *Pourquoi n'étaient-ils pas venus ?*

— Vous m'aviez dit que nous rentrions au Palais. Ce n'est pas la direction.

— Mais si, voyons. Il existe plusieurs itinéraires.

Il n'était plus le même, il ne ressemblait pas à celui qu'elle appréciait depuis son arrivée sur l'île.

Et si c'était lui le serial killer *que tout le monde recherchait?*

Un souvenir lui revint: Loïk lui avait révélé qu'il s'était présenté le premier chez l'ostéopathe le lundi après la pendaison de crémaillère. Avait-il essayé de tromper tout le monde en arrivant dans le cabinet d'une femme qu'il venait de tuer, en faisant celui qui ne savait rien? Il avait appelé les gendarmes pour signaler la disparition. Avait-il fait preuve d'une perversité diabolique, d'un machiavélisme inouï?

Il avait parlé d'un témoin qui avait assisté à des scènes sordides au sein du prieuré, mais personne ne l'avait retrouvé. Avait-il inventé cette histoire? Le journaliste à qui elle faisait confiance avait-il lui aussi un double visage? Était-il responsable des autres meurtres? Pourquoi les avait-il commis? Viol? Sadisme? Vengeance?

Léa ignorait si elle divaguait ou si elle était clairvoyante mais elle trouvait Loïk tellement bizarre depuis tout à l'heure qu'elle préférait rentrer au Palais par ses propres moyens.

À un carrefour, une voiture déboula sur la droite, pleins phares. Loïk fut obligé de stopper net, Léa en profita pour s'extraire de l'habitacle. Elle chercha à arrêter l'autre véhicule pour monter à bord, mais le chauffeur continua sa route.

Elle courut sur le bitume, en espérant tomber sur une maison. Loïk redémarra et la rattrapa. Il ouvrit sa vitre.

— Que se passe-t-il ? Vous êtes devenue folle ? Je ne comprends pas.

Au moment où il arriva à sa hauteur, elle bifurqua dans la lande par un petit chemin. Elle avait l'impression de revivre une scène vécue quelques jours avant. *Était-il l'homme en noir ?* À défaut de le savoir, elle préférait fuir. Peur rationnelle ou irrationnelle ? Elle se retourna. Après s'être arrêté, il avait quitté sa voiture. La vision l'effraya : elle avait le sentiment qu'il tenait dans ses mains la batte de base-ball éclairée par la lumière des phares, mais elle n'en était pas certaine. Allait-il la poursuivre ? Avait-il l'intention de la tuer ? Est-ce lui qui avait assassiné Chloé ? Pour Léa, en cet instant, c'était une hypothèse possible. Jusque-là, il avait été si aimable, si gentil, si serviable qu'elle ne l'avait pas envisagé. Il l'avait aidée à plusieurs reprises. Il avait répondu à ses questions. Sa voix respirait la bienveillance. *Trop poli pour être honnête ?* Son amabilité était-elle une feinte ?

La peur au ventre, elle se remit à courir. Elle repensa aux trois jeunes femmes ayant connu l'enfer, elle ne voulait pas être la quatrième. Son téléphone portable se trouvait dans sa poche, éteint, mais le temps de le rallumer et d'appeler quelqu'un, Loïk l'aurait rattrapée. Elle entendait son pas, son souffle. À l'évidence, il s'était mis à courir lui aussi. Il hurla.

— Léa, attendez-moi, que se passe-t-il ?

Il fallait à tout prix qu'elle trouve un lieu où se réfugier, une maison, un phare. Le village de Bangor semblait loin. La mer était très proche, on entendait le fracas des vagues. Le vent secouait ses habits, ses cheveux. La tempête grandissait. Serait-elle aussi gigantesque que celle de la nuit où tout avait basculé dans l'horreur ?

Dans sa course, elle repensa à Chloé, à son destin. Si son corps se trouvait bien près du rocher de l'Abeille noire, qu'était devenue sa voiture ? Le mystère restait entier. Était-elle planquée dans le garage de Loïk ? Elle ne savait pas où il habitait, elle ne le lui avait jamais demandé. Elle imaginait que les gendarmes n'avaient pas perquisitionné chez cet homme au-dessus de tout soupçon.

Elle se prit les pieds dans des ronces et s'étala sur le sol. Elle était sonnée, à bout de forces. Elle perdit la légère avance qu'elle avait sur son poursuivant. Au moment où elle se releva, il lui saisit la main gauche en s'écriant :

— Vous allez me dénoncer alors que je n'ai rien fait ? C'est insensé !

Elle n'avait pas envie de discuter. De toute façon, elle supposait que son objectif était simple : se débarrasser d'elle pour éviter qu'on sache où se trouvait le cadavre.

La peur de la mort donne des ailes. Elle réussit à se dégager et continua sa course, se tordant les pieds sur les pierres.

Le faisceau du grand phare tournoyait dans l'immensité du ciel nocturne.

Elle se retournait parfois et devinait une ombre effrayante.

De temps en temps, il la suppliait de s'arrêter.

Elle aperçut enfin une maison éclairée de l'intérieur. Sauvée ?

Coïncidence, c'était la maison de Conan. Espérant qu'il était là, elle frappa de toutes ses forces à la porte. Le jeune homme ouvrit, elle sauta dans ses bras, envahie par un immense soulagement.

— Quelle surprise! s'écria-t-il d'une voix incrédule.

— Je suis poursuivie par un sale type, se contenta-t-elle de dire.

— Encore? L'homme en noir?

Elle n'avait pas le temps de lui expliquer, elle entra.

— Verrouillez la serrure, vite.

Ce qu'il fit.

— Merci, vous êtes mon sauveur, dit-elle en sanglotant.

— Tant que ça? Reprenez votre souffle, et expliquez-moi. Vous êtes venue ici spontanément?

— Par hasard, je suis tombée sur votre maison, répondit-elle, laconique.

Il tenta de la rassurer puis, d'une voix compatissante:

— Je suis heureux de vous aider pour la deuxième fois.

Il se mit à rire. Un rire frais, joyeux, salvateur, qui réchauffa le cœur de la fugitive.

Juste après, ils entendirent des coups dans la porte.

— Léa!

Elle ne voulut pas répondre. À quoi bon? Pour dire quoi? Parlementer? Ça lui semblait inutile, ridicule.

— Très honnêtement, continuait Loïk, je ne comprends pas les raisons de votre fuite. Vous me prenez pour un criminel? Mais je n'ai rien fait, voyons. Ouvrez-moi, je vous en supplie.

Sa voix avait changé. Elle crut reconnaître celle de l'homme en noir.

— Vous êtes sourde? poursuivit-il. Après ce que j'ai fait pour vous, je trouve ça inadmissible.

Il ne tapait plus contre le bois, il grattait avec ses ongles comme un fauve, c'était encore plus effrayant.

— Je ne vous veux aucun mal, ajouta-t-il. Aucun. Je vous promets.

Avec sa batte de base-ball, il pouvait fracasser la porte, à la façon de Jack et sa hache dans *Shining*. Un homme acculé peut devenir d'une dangerosité inouïe.

Elle demanda à mi-voix à Conan de lui chuchoter le nom de l'endroit où ils se trouvaient. Puis elle composa le 17. Une femme répondit.

— Gendarmerie nationale, je vous écoute.

— Ici Léa Grange. Je suis à Plougasnou, près du village de Bangor, chez Conan Josselin, où je me suis réfugiée. Un type essaie de me tuer. Il se trouve devant la porte, qu'il cherche à fracasser. Venez vite, je vous en supplie.

— Entendu, on arrive. Ne bougez pas, laissez votre téléphone allumé.

Les minutes passèrent, interminables. Elle espérait que Loïk n'avait pas entendu son appel.

— Racontez-moi tout, murmura Conan. Je n'ai pas compris ce qui se passait.

Elle était de nouveau très émue.

— Tout à l'heure, je...

Se sentant en sécurité, elle n'avait pas besoin de cacher ce qu'elle venait de découvrir, l'envie de parler était irrépressible. Pour le cas où elle mourrait, il fallait qu'une tierce personne soit au courant que des ossements se trouvaient près du rocher de l'Abeille noire.

— Je vous écoute.

— Je suis tombée sur le cadavre supposé de Chloé...

— Vous plaisantez? Je n'arrive pas à vous croire. Où ça?

Elle toussa, au bord des larmes.

— Près de la plage de Donnant…

— Incroyable! Vous l'avez trouvé par hasard?

Elle ne voulait pas parler d'Abel, elle n'arrivait toujours pas à définir son rôle dans cette sordide affaire.

— Par hasard, oui.

Elle déroula la même sornette que tout à l'heure.

— Au détour d'un gros rocher, j'ai aperçu un coin de terre qui avait été retourné.

— Et vous avez creusé?

— Oui, mais pas longtemps. Le sol était meuble. Avec mes mains, je suis tombée sur un…

Elle pleura.

— Allez, courage…

— Un crâne…

— Ah, c'est affreux. En même temps, quelle chance vous avez eue… Si on retrouve les traces ADN du meurtrier, c'est peut-être la fin d'un long mystère. Vous suspectez l'homme qui vous a poursuivie?

— Sans preuve.

— Pourquoi?

Elle se raidit, Conan ne la quittait pas des yeux.

— Je n'ai pas le temps de tout expliquer. Il est arrivé à Donnant juste après moi. Au début, je ne me suis méfiée de rien. Il m'a proposé de me raccompagner chez moi, et c'est là, dans la voiture, que j'ai senti confusément qu'il était dans le coup. J'ai quitté le véhicule et je suis arrivée ici. Il m'a poursuivie, il veut se débarrasser de moi pour éviter que je parle.

— Son nom?

— Loïk Tugdual. Vous voyez qui c'est?

Conan se redressa.

— Qui ne le connaît pas? C'est le seul journaliste en permanence sur l'île. Je ne vous l'ai pas révélé, mais je le soupçonne depuis le début, parmi d'autres. Une intuition. Depuis la disparition de Chloé, il dégage quelque chose de malsain. Je ne peux pas vous expliquer pourquoi, mais je ne sens pas ce type…

Une question brûlait les lèvres de Léa.

— Mika est son complice ?

— Je vous ai dit ce que je pensais de lui. Ma conviction n'a pas changé. Il n'est pas clair lui non plus. Tout comme Abel. J'ai appris que ce dernier avait été arrêté, puis libéré. Tout cela me semble très louche. C'est un méli-mélo gorgé de sang. Un film d'horreur… Je me pose une question depuis le début : pourquoi n'arrive-t-on pas à résoudre le mystère de ces femmes suppliciées ? Comme si quelqu'un agissait en sous-main, un chef d'orchestre, une sorte de parrain. Est-ce Loïk qui manigance tout ?

Malgré la fraîcheur, Léa transpirait à grosses gouttes.

— Plus tard, je vous raconterai ma rencontre avec Ophélie.

Conan écarquilla les yeux.

— Vous l'avez vue ? Elle est vivante ?

— Elle se cache.

— Je suis soulagé. Je craignais qu'elle n'ait été assassinée, elle aussi. Où se trouve-t-elle ?

— Elle refuse qu'on le dise.

Il semblait déçu.

— Pour quelle raison ?

— On en rediscutera.

Elle décela une lueur d'inquiétude dans ses yeux.

— Si j'étais à votre place, murmura Conan, je ne parlerais pas aux gendarmes de Belle-Île de votre découverte à Donnant ni de votre rencontre avec Ophélie. Quelque chose n'est pas clair dans cette brigade, à commencer par Abel, même s'il a été relâché. Les autres ne m'inspirent pas confiance.

Léa se disait qu'il avait raison. Avant toute chose, elle envoya un texto à Tom pour le supplier de revenir. Elle attendit un long moment. Aucun retour. D'habitude, il répondait sur-le-champ. Que se passait-il ?

Des pas résonnèrent à l'extérieur. Puis des coups dans la porte.

— Gendarmerie nationale, ouvrez!

Conan les laissa entrer. Le commandant Luc Tardy était suivi par trois collègues munis de lampes torches. Cette fois, ils étaient venus très vite, ce qui accréditait l'idée que Loïk, tout à l'heure, avait fait semblant de les appeler.

— On vient de faire le tour de la maison, précisa le commandant. Personne ! L'individu dont vous avez parlé au téléphone a disparu. Vous savez son nom ?

— Loïk Tugdual.

Tardy semblait incrédule.

— C'est une plaisanterie ? Je le connais très bien. Ce type est épatant. Vous êtes sûre que c'est lui ?

Léa en avait assez d'être ballottée dans la houle du mystère, dans cette boue infâme, poisseuse, où tout le monde est suspect et personne coupable.

— Certaine. Il m'a couru après alors que je m'échappais de sa voiture.

— Il a essayé de vous agresser ?

— Je suppose…

Elle brûlait d'envie de parler du cadavre qu'elle avait découvert, mais Conan l'avait mise en garde, elle devait se méfier. Pour l'heure, la chose la plus importante était que Loïk soit interpellé et questionné. Elle imaginait, vu son statut, qu'il ne l'avait pas été jusque-là. Il n'avait pas participé à la pendaison de crémaillère, il avait attendu l'ostéopathe dans son cabinet le lundi suivant, il avait appelé lui-même les gendarmes pour signaler sa disparition : *un homme insoupçonnable !*

Le commandant avait l'air songeur, comme ennuyé.

— Pour l'appréhender, il me faut des preuves tangibles. On ne peut pas arrêter les gens comme ça, à la légère.

— Mais la preuve, aboya-t-elle, la voici : il m'a poursuivie dans la lande alors que j'essayais de lui échapper. Vous ne m'avez pas entendue ?

Léa n'allait pas s'éterniser sur l'île, elle était épuisée. Elle trouvait insupportable cette chape de silence et de mensonge qui empêchait toute investigation sérieuse.

Tardy ne semblait pas convaincu.

— Écoutez-moi bien : on va fouiller les alentours pour essayer de le retrouver. Sinon, on le convoquera à la gendarmerie.

— Convoqué ? Pas interpellé ?

La voix du commandant fut cinglante.

— C'est nous qui décidons. Vous serez également invitée à témoigner en nos locaux.

L'intervention des gendarmes n'avait servi à rien. Même sans preuve formelle, elle n'excluait pas que Loïk soit le meurtrier en série que tout le monde cherchait et que personne n'avait trouvé, pour la simple raison qu'aucun indice ne permettait jusque-là de le soupçonner. Il restait à Léa à imaginer le moyen de le confondre, puisque la gendarmerie locale n'avait pas l'air convaincue par cette piste.

— Qu'est-ce que vous comptez faire? demanda Conan une fois les gendarmes partis.

— Vous pouvez m'accompagner au Palais?

— Je n'ai pas de voiture, vous avez oublié? Vous voulez que je demande à Kevin? À moins que vous ne préfériez dormir ici comme la dernière fois.

Elle craignait que Loïk, ivre de colère, ne déboule à nouveau, fracasse la porte et l'assassine.

Une heure plus tard, l'instituteur la raccompagna à son hôtel. Léa ne lui révéla pas ce qui était arrivé, cela ne servait à rien.

En arrivant dans sa chambre, inquiète et surexcitée, elle appela Tom. Elle espérait qu'il allait décrocher. Elle ne comprenait pas pourquoi son dernier texto était resté sans réponse.

Soulagée, elle entendit sa voix.

— Ça me fait plaisir, dit-elle en guise de préambule.

— Je t'explique tout, s'écria-t-il d'une voix exaltée. À peine arrivé à Paris, je me suis dit que je n'aurais pas dû te laisser seule. Après la réunion dont je t'ai parlé, j'ai demandé à mon boss des jours de congé supplémentaires pour d'impérieuses raisons familiales. À mon soulagement, il a accepté. Du coup, j'ai loué une voiture et je suis reparti en sens inverse. Pas répondu à ton texto car j'étais au volant.

L'émotion étouffait la jeune femme.

— De retour? Je suis folle de joie.

— Je tiens à toi.

— Où es-tu?

— Je viens d'arriver à Quiberon.

— Déjà?

Il tombait à pic. Entourée de suspects, engluée dans une tragédie sans fin, elle ne faisait plus confiance à personne.

En quelques mots, elle lui raconta la folle soirée qu'elle venait de vivre, avant d'ajouter:

— Toi qui as rencontré Loïk, tu penses qu'il est mêlé à cette histoire?

— Contrairement à Mika ou Abel, il m'a semblé sincère. Je suis surpris, très surpris, mais les plus grands pervers cachent souvent bien leur jeu.

Elle insista, la gorge sèche:

— Tu penses cette piste crédible?

— Tout est possible en ce monde.

Elle s'écria d'une voix péremptoire:

— Vu ce que je viens de vivre, il faut envisager une opération coup de poing.

— Que veux-tu dire?

— Je n'ai pas confiance en les gendarmes locaux. Dès demain matin, je vais appeler le juge d'instruction, mais le temps qu'il réagisse, Loïk risque de brouiller les pistes…

La voix de Tom s'assombrit.

— Tu vas l'affronter?

— À mon avis, s'il est impliqué dans l'affaire Chloé Turquoise, il va faire disparaître les ossements le plus vite possible. J'aurais beau témoigner, on me traitera d'affabulatrice. Et si je l'incrimine, il portera plainte pour dénonciation calomnieuse. Comme il n'existe aucune preuve formelle contre lui, il aura gagné la partie.

Tom soupira.

— En gros, tu n'es sûre de rien. Te voilà bien embêtée.

— Cette piste me semble crédible. Pourquoi m'a-t-il pourchassée dans la nuit ? Dans quel but ? J'ai eu le sentiment qu'il avait compris que je le soupçonnais.

Il inspira un grand coup.

— Dommage que je ne sois pas là ce soir. Nous serions allés près du rocher pour guetter l'éventuelle arrivée de celui que tu soupçonnes. Mais ne t'emballe pas trop vite. Il n'est peut-être en rien mêlé à cette affaire.

— Comment savoir ? Le mieux serait de se rendre près du rocher le plus vite possible.

Un silence.

— En tout cas, insista Tom, je t'interdis d'aller là-bas toute seule.

— Après ce qui m'est arrivé, je n'en ai nullement l'intention. Tu arrives quand ?

— J'ai pris un billet dans le bac qui part à 8 heures demain matin de Quiberon. La traversée dure une cinquantaine de minutes. Je serai avec toi pour le café et les croissants.

Elle devint véhémente :

— Si le cadavre disparaît, ce sera cette nuit, pas demain en plein jour, il y a trop de promeneurs dans le secteur. Tu ne peux pas venir dès maintenant ?

— Je doute que ce soit envisageable mais je vais me renseigner.

Il raccrocha.

Fébrile, elle redoutait qu'il ne trouve pas de solution. S'il ne venait pas cette nuit, l'affaire risquait de ne jamais être résolue. Loïk avait largement le temps de faire disparaître toute trace de la morte. Et Léa n'avait pas confiance en la gendarmerie locale, c'est pourquoi elle avait décidé de ne pas les appeler.

Une folle course contre la montre commençait.

Vingt minutes plus tard, Tom rappela, la voix exaltée.

— Bonne nouvelle ! J'ai rencontré le propriétaire d'une vedette amarrée dans le port de Quiberon. Au début, il ne voulait pas m'aider, il ne navigue jamais la nuit. J'ai insisté, il est partant, ça me coûte un fric fou. Et, bien sûr, impossible de passer la voiture, mais tu en as une.

— Heu, non. Elle est restée à Donnant. En panne.

— Tu n'as vraiment pas de chance avec ta voiture…

Elle avait oublié de lui parler de ce détail qui, en l'occurrence, n'en était pas un.

— Je vais essayer de trouver un taxi, ajouta-t-elle. Tu arrives dans combien de temps ?

— Maximum une heure. Je te rejoins à l'hôtel. On filera direct à Donnant. Pas une minute à perdre.

Le dénouement semblait imminent, elle était angoissée à l'idée que les choses ne se passent pas comme prévu.

Tom débarqua tel un sauveur, ils se serrèrent dans les bras l'un de l'autre, presque à s'étouffer, comme s'ils ne s'étaient pas vus depuis des mois, des années, alors qu'il était parti le matin même. De son sac à dos, il extirpa une bombe lacrymo et une puissante lampe torche.

— Tu vois, j'ai tout prévu. J'imaginais bien qu'on allait prospecter en pleine nuit, je ne me suis pas trompé.

Dix minutes plus tard, ils s'engouffrèrent dans le taxi que le réceptionniste de l'hôtel avait réussi à dégoter. Une chance inouïe.

Ils ne dirent rien durant le trajet, ils ne voulaient pas que le chauffeur soit au courant de leur macabre équipée.

Léa était tétanisée à l'idée de revoir le squelette, à supposer qu'il soit encore là.

Ils arrivèrent en vue du parking. Aucun véhicule en dehors de la Clio.

— Je vous attends, ou pas ? demanda le conducteur d'une voix intriguée. Possible, à condition de ne pas vous balader une heure…

— On ne sait pas combien de temps on va marcher, indiqua Léa. On vous appellera peut-être.

— Je ne suis pas en service toute la nuit, précisa-t-il, mais vous pouvez toujours essayer. Vous connaissez mes conditions tarifaires.

Elles étaient exorbitantes.

Le véhicule s'en alla, le couple se dirigea vers le rocher. Le vent soufflait si fort que le sable volait en tempête. Il fouettait les visages. Il fallait avancer de côté pour ne pas en recevoir plein les yeux.

Tom braquait son énorme torche devant lui. Léa avait le plus grand mal à reconnaître les lieux tant l'obscurité les rendait différents. Ils se trompèrent plusieurs fois de chemin avant d'atteindre le rocher. Ils espéraient que le corps était toujours là, que quelqu'un – Loïk? – ne l'avait pas fait disparaître.

Le sol, à l'évidence, n'avait pas été fouillé.

Léa saisit son téléphone et composa le numéro d'urgence de la section de recherches diffusé dans l'appel à témoins à la suite de la disparition de Chloé. Elle n'était pas certaine que quelqu'un décroche en pleine nuit, mais à son grand soulagement, elle entendit une voix.

— Que puis-je faire pour vous ?

— Ici Léa Grange, je vous appelle de Belle-Île. Je viens de découvrir les ossements de Chloé Turquoise, l'ostéopathe disparue.

Elle n'en avait pas la moindre certitude, mais tant pis.

Une voix étonnée :

— Comment savez-vous qu'il s'agit du corps de cette femme ?

— Parce que je sais, c'est tout.

— Nous allons prévenir la gendarmerie locale, puis nous arrivons, mais pas avant demain matin. Il nous faut le temps de venir, nous sommes à Rennes…

Léa se fit péremptoire.

— Ah non, pas la gendarmerie locale !

— Pourquoi ?

— L'un de ses membres vient d'être soupçonné dans cette affaire.

À l'autre bout du fil, la personne ne commenta pas ce qu'elle venait d'entendre.

— Madame, c'est la procédure. L'unité la plus proche se déplace, puis nous intervenons.

— Eh bien, exceptionnellement, ne le faites pas. Je vous en supplie.

Un silence, puis :

— Je vais en parler à ma hiérarchie. En attendant, dites-moi où vous vous trouvez.

— Parking nord de la plage de Donnant, côte sauvage.

— C'est noté. Gardez votre téléphone allumé. Nous vous appellerons en cas de nécessité.

Au moins, c'était chose faite. Léa supposait, sans certitude, que les hommes de la section de recherches arriveraient vers 9 heures, le premier bac appareillant une soixantaine de minutes plus tôt de Quiberon, à moins qu'ils n'utilisent leurs propres embarcations. D'ici là, il fallait que le couple attende, guette, protège l'endroit de toute intrusion.

Ils se blottirent derrière le rocher, à l'abri du vent. La tempête ne faiblissait pas. Le vent soufflait de plus en plus fort, les rouleaux s'écroulaient sur la plage, provoquant une immense clameur.

— Tu crois que quelqu'un va venir ? demanda Tom.

— Je le répète : si Loïk est coupable, à sa place, je n'attendrais pas le matin pour effacer les traces de cet épouvantable crime.

— Pourquoi un crime?
Elle était ahurie par cette question.
— Aucun cadavre ne s'enterre tout seul, voyons!
— Un corps a peut-être été inhumé par quelqu'un qui n'est pas un meurtrier, comme au cimetière.
— J'imagine que tu rigoles.
— Oui.

Ils n'attendirent pas longtemps. Tout à coup, ils aperçurent sur le parking les phares d'un véhicule: une sorte de petit camion.
— Qu'est-ce qu'on fait? On lui souhaite la bienvenue? demanda Tom d'une voix cinglante.

Le ciel se déchira. La lune jaillit, claire et froide. Sa luminosité était incroyable, rendant le paysage spectral.

Le couple se recroquevilla derrière un bosquet d'ajoncs et de genêts, à un endroit d'où ils apercevaient à la fois le parking, le rocher et le lieu où gisait le corps.

Les phares du véhicule s'éteignirent, un individu en descendit. Homme ? Femme ? Il tenait une lampe dont le puissant faisceau balaya les alentours. Il s'avança sur le chemin en direction de la plage, à pas lents, ralenti par les bourrasques.

— J'imagine que ce n'est pas un banal promeneur, murmura Léa.

— Qui sait ?

Elle était secouée d'un petit rire nerveux, irrépressible. La scène était tellement inattendue, effrayante, surréaliste.

L'homme s'arrêta à l'endroit où commençait le sentier menant au rocher. Il hésita, observa, puis se dirigea vers celui-ci. Il portait quelque chose qui ressemblait à une petite pelle. Ses intentions ne faisaient pas de doute. Il fit halte à l'emplacement où le corps était enseveli.

Léa essayait de le dévisager, de le reconnaître, mais c'était impossible. Il portait un grand chapeau à large bord et, semblait-il, un masque ou une cagoule. Ses habits étaient aussi sombres que la nuit.

Le retour de l'homme en noir.

Elle était déboussolée, bouleversée, inquiète. Qu'est-ce que cela signifiait ?

Le couple devait se faire tout petit pour ne pas être repéré. Tom sortit son téléphone, qui pouvait prendre des photos même par faible luminosité. Léa voulait attendre avant de s'interposer si nécessaire. Comment l'individu allait-il procéder ? Comptait-il disperser les ossements en pleine nature, les enfouir à un autre endroit, les jeter dans la mer, les emporter avec lui, puis nettoyer le site à l'aide d'un détergent ?

À la lumière de la lampe qu'il avait posée sur le sol, après avoir extirpé de sa poche un grand sac-poubelle, il commença à creuser. Il regardait de temps en temps autour de lui, comme s'il craignait que quelqu'un le surprenne. Léa devinait qu'il était fébrile, les coups de pelle étaient désordonnés.

Pas de chance, à cause du sable qui entrait dans ses narines, Tom éternua. Il mit ses mains sur son visage pour éviter que ça recommence, mais le mal était fait.

L'homme en noir se redressa, braqua sa lampe dans la direction du couple, sans le voir à cause de la végétation. Léa s'écarta de son compagnon et se cacha plus loin. En pareille circonstance, il valait mieux se séparer, mais il était impensable de s'enfuir alors que le mystère semblait sur le point d'être élucidé. Même dans les moments les plus effrayants, elle essayait toujours de penser à des choses drôles. Elle avait envie de dire : « C'est un éternuement de mouettes, ne vous en faites pas, il n'y a personne. » Mais la situation n'avait rien d'amusant. L'individu se mit à hurler d'une voix rauque :

— Sortez de là, les mains en l'air ! Dépêchez-vous, sinon je tire.

Une voix masculine, mais laquelle ? À l'évidence, l'homme faisait tout pour qu'on ne le reconnaisse pas.

Pourquoi les « mains en l'air » ? Était-il armé ? Bluffait-il ?

S'agissait-il de l'individu qui avait poursuivi la journaliste dans la lande près du prieuré ? Sans doute, mais elle n'en était pas certaine. Si c'était lui, comment avait-il su que Léa avait découvert le cadavre ? L'avait-il observée de loin la veille au soir ? *Était-ce Loïk ?*

L'homme s'avança dans la direction de Tom, qui avait décidé de l'affronter. Son physique de sportif lui donnait un avantage de taille, sauf si l'autre possédait une arme à feu.

Léa avait pris la bombe lacrymo. L'individu semblait très déterminé, il marcha à grands pas vers le buisson en braquant sa lampe.

Il tira un premier coup de feu en direction de Tom. Celui-ci poussa un cri puis se mit à gémir. Léa, affolée, se précipita vers l'agresseur, cachée par la végétation. Le vent puissant, le fracas des vagues étouffaient le bruit de sa progression. Elle tremblait de peur et de colère. Mais la colère était la plus forte : accumulée depuis des jours, elle explosait. L'être qu'elle aimait le plus avait été atteint par une balle, elle ne pouvait pas rester sans rien faire. Au péril de sa vie, elle était prête à tout pour neutraliser l'homme. Ayant laissé sa lampe allumée, il était facile à repérer. Tom continuait à geindre, Léa n'arrivait pas à savoir s'il était couché ou debout.

Elle ne se trouvait plus qu'à un mètre du mystérieux individu. À l'évidence, il n'avait pas vu la jeune femme, sinon il se serait tourné vers elle pour se défendre. Sans réfléchir, elle appuya sur le pulvérisateur de la lacrymo et projeta le produit à bout portant. L'homme hurla, trébucha et s'écroula.

À son grand étonnement, elle aperçut Tom se jetant sur lui. Adepte de judo, il savait immobiliser un adversaire.

L'heure de vérité avait sonné. Loïk allait être confondu, à moins que ce ne soit quelqu'un d'autre. Quelqu'un dont Léa n'avait jamais entendu parler ? Le fait de dissimuler son visage en pleine nuit prouvait qu'il n'avait pas la conscience tranquille.

Tom hurla.

— Vous avez tiré sur moi sans m'atteindre. J'ai fait semblant d'être blessé, j'ai gueulé pour éviter que vous entendiez celle qui vous a neutralisé.

D'un grand coup, en braquant sa lampe, il arracha le chapeau et la cagoule.

La surprise fut totale.

Léa était abasourdie.

Ce n'était pas Loïk Tugdual, le journaliste qui avait rendu tant de services à Léa mais qui l'avait poursuivie mystérieusement dans la lande sans qu'elle comprenne pourquoi.

Ce n'était pas Mika Villard, l'artisan à la réputation sulfureuse dont le grand couteau avait effrayé la jeune femme.

Ce n'était pas Abel Urrutia, le gendarme arrêté puis relâché faute de preuve.

Ce n'était pas Kevin Guillou, l'instituteur à la réputation irréprochable.

Ce n'était pas Marie Guillou.

Ce n'était pas Ophélie Moulin, réfugiée près de La Trinité-sur-Mer, devenue l'ombre d'elle-même.

Ce n'était pas le mystérieux barbu qui allait et venait entre le prieuré et le continent sans qu'on en connaisse la raison.

C'était quelqu'un que Léa connaissait, qu'elle appréciait et qu'elle trouvait charmant. Elle n'arrivait pas à croire qu'il soit impliqué dans cette affaire. C'était impossible. Il devait être là pour autre chose que le meurtre d'une jeune femme.

Son visage affolé était éclairé par la lampe de Tom. Ses cheveux bruns volaient dans le vent du large.

C'était Conan, le gentil boulanger que personne n'avait soupçonné.

Léa ne comprenait pas ce qu'elle était en train de vivre. Elle n'arrivait plus à agir. Un mélange d'effroi et de sidération la parcourut des pieds à la tête. Elle n'avait jamais connu pareille tempête de sentiments : la crainte, l'anéantissement, l'incompréhension la submergeaient.

Tom était moins sensible, plus pragmatique. Après avoir jeté le pistolet dans un fourré, il extirpa de sa poche une cordelette : il avait pensé à tout. Il attacha les mains dans le dos de l'individu et le maintint au sol, à califourchon sur lui. Le boulanger geignait. Léa ignorait si c'était à cause de la lacrymo ou par désespoir. L'avait-il au moins reconnue ?

— Détachez-moi, je n'ai rien fait.

Elle avait tellement envie qu'il ne soit pas coupable qu'elle lui laissa une toute dernière chance.

— Expliquez-moi votre présence ici.

— Je ramassais de la tourbe, j'en ai besoin pour mes plantes.

— Vous venez en pleine nuit ?

— Ben oui. Ici, on se trouve dans une zone protégée par le Conservatoire du littoral. Je n'ai pas le droit de creuser. Du coup, je fais ça discrètement, et je ne suis pas le seul.

— Pourquoi au pied de ce rocher ?

— Parce que la terre est riche en éléments organiques.

Il avait réponse à tout. Ligoté, il ne représentait pas un grand danger, mais Léa était stupéfaite par sa capacité à nier l'évidence.

— Pourquoi cette cagoule ? poursuivit-elle.

La voix de l'homme était péremptoire.

— Pour me protéger du sable, voyons. Vous n'avez pas vu, ça souffle drôlement fort.

Qui pouvait croire qu'il venait ramasser de la tourbe en pleine nuit dans un lieu aussi perdu ?

Tom appuya sur son dos de toutes ses forces.

— Vous me faites mal, hurla le captif.

— Vous êtes passionné de botanique, c'est ça ? s'exclama-t-elle d'une voix mordante.

— C'est ça, vous avez compris.

Léa n'en revenait pas. La façon dont il se défendait était pathétique.

Il fallait qu'il avoue, même si sa culpabilité ne faisait plus guère de doute.

— Vous me reconnaissez, au moins ? demanda-t-elle.

— Ben oui, vous êtes Léa, une femme adorable. C'est avec plaisir que je vous ai rendu service.

Comment le confondre ? Bluffer ?

Elle respira un grand coup.

— Tout à l'heure, quand Kevin m'a raccompagnée au Palais, il a sous-entendu que vous étiez coupable d'avoir tué Chloé.

Un silence. Elle se doutait que Conan était abasourdi par une révélation à laquelle il ne s'attendait pas.

— Je me demande où il va chercher ça. C'est délirant. Jamais je n'ai importuné la moindre femme. Jamais, vous m'entendez, jamais !

Elle n'osait pas parler d'Abel, qui avait indiqué implicitement où se trouvait le corps : comment le savait-il, d'ailleurs ?

— Kevin est fou à lier. Jusque-là, je le considérais comme un ami.

Elle improvisa :

— Je lui ai raconté ce que j'avais découvert ici, il m'a révélé qu'il n'en pouvait plus de se taire. Lors de la pendaison de crémaillère, il a vu la façon dont vous regardiez Chloé.

Le corps parle. Il m'a conseillé de venir ici très vite car vous risquiez de faire disparaître le corps.

— Pourquoi l'aurais-je tuée ? Je ne la connaissais pas. Je l'ai vue pour la première fois lors de la fête. C'est Mika qui l'a giflée, pas moi.

Rompue aux affaires criminelles, Léa imaginait la scène qui avait précédé le meurtre.

— Justement, j'y viens. Du fait de l'altercation avec Mika, vous vous êtes dit qu'il serait suspecté si d'aventure la jeune femme était…

Émue, elle n'arrivait pas à terminer sa phrase. Après un silence, elle reprit :

— Kevin se doute que vous avez tué Chloé, Grace, Amélie…

— Il n'a aucune preuve.

— Il faut fournir des preuves, c'est ça ? Qu'est-ce que vous étiez en train de ramasser ?

— Je viens de vous le dire.

Elle était effarée par sa mauvaise foi.

— Un squelette se trouve ici, poursuivit-elle. Il est temps de soulager votre conscience. La culpabilité vous ronge.

Un silence interminable dans le bruit cinglant du vent.

Croyant qu'il n'allait pas reconnaître les faits, elle parla d'une voix très douce, presque maternelle.

— Je le conçois : il n'est pas facile d'avouer des choses aussi abominables, mais aujourd'hui, les preuves sont accablantes. Votre présence ici, en pleine nuit, démontre que vous êtes dans le coup. La morte vous parle, vous l'entendez ? Elle vous adjure de reconnaître la vérité. Depuis des semaines, vos crimes tournent dans votre tête comme une tornade. Vous avez peur. Vous craignez d'être démasqué. Dites-moi tout. Cela vous soulagera.

Après avoir hésité, il murmura :

— Je suis présumé innocent, non ?

— Que faites-vous à cet endroit en pleine nuit ? Ne me racontez pas la même chose que tout à l'heure, je ne vous croirai pas.

— Votre copain m'étouffe. Je ne peux plus respirer.

Tom relâcha l'étreinte. Assez pour que Conan tente de s'échapper. Il parvint à arracher les cordelettes et rampa dans un buisson sur quelques mètres. Une tentative de fuite aussi pathétique qu'inutile.

Il fut de nouveau immobilisé.

Léa était tellement hébétée par ce qui venait d'avoir lieu qu'elle avait envie de pleurer. Elle retint ses larmes.

Après un très long silence, Conan reprit la parole.

— Je n'ai rien prémédité.

— C'est un aveu ?

Il avait dit la phrase de trop.

— Je veux dire : je n'ai eu nullement l'intention de tuer Chloé.

Léa joua à l'innocente.

— Ah bon, elle est morte ? Je n'étais pas au courant. Comment le savez-vous ?

Il s'enfonçait.

— Quelqu'un me l'a dit.

— Si vous êtes innocent, pourquoi avoir tenté de fuir à l'instant ?

— Parce que vous me faites peur.

Elle le sentait acculé.

— Alors ? demanda-t-elle, rongée d'impatience et de dégoût. Que s'est-il passé au cours de la fameuse soirée ? Cela ne sert plus à rien de cacher les choses.

Sa voix devint quasi inaudible. La journaliste ignorait s'il jouait la comédie ou s'il était épuisé par une situation à laquelle il ne s'était pas préparé. Jusqu'à ce soir, sans doute, il avait espéré que la disparition de l'ostéopathe resterait à jamais un mystère.

— Eh bien, c'est très simple. Avant la fête chez les Guillou, je vous l'ai dit, j'avais entendu parler de Chloé, mais je ne l'avais jamais rencontrée. Ici, on vous dit que tout le monde connaît tout le monde, mais c'est faux. Je ne faisais pas partie de son cercle d'amis ni de ses patients. Quand je l'ai vue, si belle, si douce, j'ai eu un coup de foudre. Un sentiment inavouable m'a submergé. Je me suis retrouvé face à une créature que je n'aurais jamais imaginée, même dans mes rêves les plus fous.

— Vous l'avez désirée ?

— Je n'ai pas envie d'en parler maintenant.

— En clair, après l'avoir violée, vous l'avez tuée ? demanda-t-elle d'une voix cinglante. Mais où ? À quel moment ?

Les mots de l'homme étaient hachés par l'émotion.

— C'est un acte quasi involontaire.

Elle cherchait à comprendre et elle ne comprenait pas. Quand la section de recherches aura embarqué l'individu, elle n'aura plus la possibilité de le cuisiner. Or, elle tenait à percer elle-même le mystère qui la taraudait depuis des semaines.

— *Involontaire ?* C'est une blague ?

Nouveau silence, qui sembla interminable à Léa.

— Si je n'étais pas *possédé*, elle serait encore en vie.

Elle se montra ironique.

— *Possédé*, rien que ça ? Par le diable ? Vous appartenez à une secte ?

— Vous ne pouvez pas comprendre.

Léa connaissait par cœur la rengaine des hommes ayant commis un féminicide : « La victime s'est débattue avec violence, elle m'a agressé, j'ai été obligé de me défendre. » Ce pseudo-argument a été utilisé par maints criminels dans de retentissants procès. Elle trouvait le procédé ignoble, inqualifiable.

— Pour empêcher qu'elle ne parle, vous l'avez tuée ?

— Ce n'est pas ce qui s'est passé.

— Donnez votre version des faits, on verra si je vous crois.

Sa voix était blême.

— Je ne sais pas si vous êtes au courant, mais j'ai quitté la fête une heure après Chloé. Je suis rentré chez moi puis j'ai pris le camion avec lequel je suis venu ici.

Elle sursauta.

— Je pensais que vous n'aviez pas de véhicule.

— Eh bien, sachant que vous étiez en train d'enquêter, je vous ai caché ce point. Ce camion m'est prêté par un ami agriculteur qui a quitté l'île depuis des mois. La carte grise n'est pas à mon nom, ce qui m'a aidé dans la suite des événements.

— Continuez, soupira Léa, qui ne comprenait rien.

— Je savais où habitait Chloé. Après la soirée, je me suis rendu chez elle et garé sur un petit chemin à l'abri des regards, avant de marcher jusqu'à sa maison. D'une fenêtre, elle m'a aperçu devant la grille, elle est venue à ma rencontre. Ayant été charmant avec elle pendant la fête, elle ne s'est pas méfiée. Au contraire, elle était heureuse de me voir. Elle m'a même embrassé sur une joue.

— Jusque-là, rien d'extraordinaire.

Conan marqua une pause avant de continuer. Son souffle était court. À sa voix, il semblait à cran.

Au bout de longues minutes de silence, il poursuivit d'une voix haletante :

— Chloé s'est confiée à moi : elle était épouvantée à l'idée que Mika ou Abel ne rappliquent chez elle. Elle m'a proposé d'aller faire un petit tour en voiture, sans comprendre mes arrière-pensées. À aucun moment, elle n'a eu peur de moi. On a roulé jusqu'au parking où je viens de me garer, le fracas de la tempête était immense. Malgré le vent et la fraîcheur, nous avons discuté à l'extérieur de la voiture un très long moment. Je la sentais nerveuse, puis elle s'est calmée. Elle m'a pris la main. Cet instant était très beau, mais il a fait monter en moi un désir que je réprouve depuis des années…

Léa était perdue.

— Expliquez-moi, je ne comprends pas.

Sa voix devint méconnaissable.

— J'ai honte de moi, mais à certains moments, sans savoir pourquoi, face à une très belle femme, je suis submergé par une pulsion de mort. C'est la première fois que je le dis à quelqu'un. Cela me fait un bien fou.

Au grand étonnement de Léa, il se mit à pleurer. Elle brûlait d'en savoir plus.

— Je ne suis pas certaine d'avoir compris : vous avez violé une femme et vous l'avez tuée ?

— Je ne l'ai pas violée.

— J'ai du mal à vous croire.

— C'est la vérité. Vous avez entendu parler de Francis Heaulme ?

— Le routard du crime ? Vous vous identifiez à ce personnage sanguinaire ?

— Si on veut. Il a été condamné pour une dizaine de meurtres que personne n'arrive à comprendre, même pas lui. Aucun viol. Des crimes gratuits, impulsifs, non prémédités, au hasard de rencontres.

Un vertige envahit Léa. Depuis le début de l'enquête, elle pensait que Chloé avait été violée, puis assassinée pour éviter qu'elle ne parle, mais un autre scénario se dessinait.

— J'ai bien entendu ? Vous tuez sans raison apparente ?

— J'ignore pourquoi je ressens ça. J'y ai réfléchi des milliers de fois sans trouver de réponse.

— Vous vous considérez comme un *serial killer* ?

Il ne répondit pas directement.

— Vous allez trouver ça bizarre, mais cette pulsion est enfouie en moi depuis mon adolescence. La sexualité ne m'intéresse pas.

Effarée, Léa se dit qu'elle avait échappé de peu à la mort en dormant chez lui puis, tout à l'heure, en se réfugiant dans sa maison. Elle essaya d'en savoir plus.

— Au début, vous ne vouliez pas tuer Chloé mais vous l'avez fait ?

— Pendant la soirée, la pulsion de mort m'a envahi de manière irrépressible. Elle est montée d'un coup quand Mika l'a giflée. J'ai trouvé ça excitant. Puis elle est retombée, avant de revenir en force près de la plage de Donnant.

Elle en avait le souffle coupé.

— Je suis écœurée. J'ai envie de vomir. Vous êtes un monstre.

— C'est exact, je suis un monstre, mais je ne sais pas pourquoi. Depuis des années, je lutte de toutes mes forces contre cette pulsion, elle revient sans cesse. Je me suis installé à Belle-Île en pensant que l'air de la mer me ferait du bien, mais vous voyez, ça n'a rien changé. J'ai repris goût au meurtre en tuant Chloé. Vous connaissez la suite. Dans un état second, j'ai massacré Grace et Amélie, en lâchant des indices afin que d'autres soient incriminés : Mika, Abel, Lumière du Monde… Si vous ne m'aviez pas neutralisé, j'aurais continué sans hésitation. Quand on a goûté à ce genre de choses, on ne peut plus revenir en arrière. Seule la prison m'empêchera de récidiver.

Ces révélations tétanisaient Léa.

— *Repris goût au meurtre* ? Que voulez-vous dire ?

— Il y a cinq ans, j'ai tué une randonneuse, en Auvergne, près de Saint-Flour. Son corps n'a jamais été retrouvé. Puis une autre dans la forêt de Boscodon, près de Gap. Dans les deux cas, aucune enquête sérieuse n'a été diligentée. On a cru que ces femmes avaient disparu pour refaire leur vie ailleurs, ou qu'elles étaient mortes accidentellement, sans que leur corps soit retrouvé.

Il reprit sa respiration avant d'ajouter d'une voix fluette :

— Je regrette mes agissements mais, vous l'avez compris, je ne peux pas m'empêcher de recommencer, c'est plus fort que moi.

Le boulanger que personne n'avait incriminé déroula ce qui s'était passé près de la plage de Donnant après la pendaison de crémaillère. Mû par une pulsion irrépressible, il avait tué Chloé en utilisant une pierre trouvée sur le sol. Il lui avait défoncé le crâne par surprise. Elle n'avait pas eu le temps, la force de lui résister, il était puissant, elle était fragile.

La belle Mélusine avait cessé d'exister à cause d'un tueur en série au visage d'ange. On croit souvent que les monstres ressemblent à des monstres. Qu'en les croisant, on reconnaîtra la lueur maléfique dans leur regard ou la bizarrerie de leur allure, de quoi donner l'alerte et se protéger. Mais les monstres ne ressemblent à rien ou, plutôt, ils ressemblent à tout le monde.

Il poursuivit son récit : il avait planqué son corps derrière le rocher de l'Abeille noire, en le tirant par les pieds alors que le jour était en train de poindre.

À son grand étonnement, en retournant sur le chemin menant à la plage, il était tombé sur Abel, qui avait vu la Smart et s'était garé. Hasard ? Le flic avait-il suivi la voiture discrètement ? Avait-il aperçu Conan traînant le cadavre ? Ce dernier n'en sut rien mais, en voyant le gendarme, il fut envahi d'effroi, d'autant qu'il avait les mains pleines de sang.

Léa posa une question cruciale.

— Pourquoi Abel ne vous a-t-il pas dénoncé ? Il aurait pu…

— Parce que je l'ai menacé, tout simplement. Je lui ai dit qu'il s'en était pris à Chloé pendant la soirée et qu'il risquait gros s'il balançait quelque chose. Ses traces ADN se trouvaient sur le corps de la jeune femme, pas les miennes.

Elle le coupa.

— Mais c'est Mika qui l'a giflée, pas lui.

— Chloé m'a révélé que, juste après la gifle, Abel, ivre mort, l'avait agressée sexuellement dans le jardin, je n'ai pas le temps de m'étendre… C'est pour ça qu'elle est partie, folle de rage et de douleur. Une soirée cauchemardesque. Elle avait l'intention de porter plainte le lendemain.

— Vous venez de me dire que vous l'avez tuée, ça laisse des traces, non ?

— Une grosse pierre ne possède pas d'ADN. À aucun moment je n'ai déshabillé la jeune femme, et j'ai mis des gants de jardin pour la traîner jusqu'au rocher. Mon ADN se trouvait sans doute sur ses habits mais cela n'aurait rien eu d'extravagant dans la mesure où des slows avaient eu lieu lors de la soirée.

Léa essayait de rassembler les pièces d'un puzzle qui dépassait l'imagination.

— Et la Smart ? poursuivit-elle. Vous l'avez fait disparaître car votre ADN se trouvait à l'intérieur ?

Il respira un grand coup, visiblement épuisé par sa confession.

— Vous avez compris. Si les gendarmes retrouvaient la voiture, j'étais foutu. Quand je suis monté à bord, je n'imaginais pas comment les choses allaient tourner.

Une question taraudait Léa depuis des semaines :

— Où se trouve-t-elle ?

— J'ai roulé jusqu'au chemin où j'avais garé mon camion, il faisait grand jour mais personne ne m'a vu, en dehors d'un témoin dont la presse a parlé. J'avais quarante-huit heures pour imaginer une solution, jusqu'au moment où les premiers patients de l'ostéopathe s'apercevraient de sa disparition. J'ai d'abord pensé à balancer la voiture dans la mer, mais je savais qu'on risquait de me voir et de trouver des débris. Finalement, une idée simple m'est venue. À ma grande joie, je me suis aperçu que le camion pouvait contenir la Smart. Il sert à transporter certaines machines agricoles et possède deux rampes d'accès. Je n'ai pas réfléchi plus longtemps. J'ai placé la voiture à l'intérieur, pris le premier bac après la tempête en portant un chapeau et une écharpe dissimulant mon visage. Personne ne m'a reconnu. La carte grise n'étant pas à mon nom, il n'y avait aucune raison que je sois suspecté par la suite. Près d'Étel, j'ai balancé la bagnole dans la rivière à un endroit isolé où personne ne pouvait me voir.

— Pourquoi avoir assassiné Grace et Amélie ?

— Léa, vous n'avez toujours pas compris ? Après avoir massacré Chloé, comme tous les tueurs en série, j'ai eu une folle envie de recommencer.

— Pour quelle raison les avoir mutilées ?

Il sembla hésiter.

— Je voulais faire croire qu'elles avaient été sacrifiées pour des motifs religieux : des meurtres rituels, sataniques. Il fallait que Lumière du Monde soit incriminée, je voulais continuer à tuer sans me faire coincer.

— Et moi, pourquoi ne pas m'avoir tuée ?

— Je n'en ai pas eu l'occasion. Et surtout, pas l'envie. Je ne peux pas vous expliquer pourquoi.

Prévenus par leur hiérarchie, les gendarmes locaux arrivèrent une heure plus tard. Léa leur expliqua la situation en quelques mots. Ils menottèrent le suspect avant de geler la scène et d'établir un périmètre de sécurité. Tout le monde retourna sur le parking. Les hommes de la section de recherches déboulèrent au moment où l'aube se levait, froide et grise, sur la lande balayée par le vent. Vu l'urgence de la situation, ils avaient navigué en pleine nuit sur une mer démontée.

Journal de Léa

Paris. Voilà plus d'un mois que j'ai regagné mon appartement de la rue de Douai. Je viens de publier trois nouvelles chroniques que James a beaucoup aimées : j'y raconte une grande partie de l'affaire jusqu'à son dénouement près du rocher de l'Abeille noire. Par déontologie, je n'ai cité aucun nom, à la justice de les révéler. Après l'arrestation de Conan, je me suis dit que ma présence sur place n'avait plus de raison d'être, d'autant que je refusais de répondre aux questions de certains habitants. La section de recherches m'a entendue à plusieurs reprises.

Je reviens sur les faits : dès les premiers jours, on sait que l'attention s'était portée sur Mika sans qu'aucun indice permette de l'incriminer. Le *gifleur* avait-il commis un crime parfait, en éliminant un corps et une voiture sans laisser la moindre trace ?

À Belle-Île, pendant des semaines, les gendarmes ont refusé de considérer qu'un des leurs ait pu être impliqué, jusqu'au jour où la section de recherches a missionné le GIGN pour le surveiller. Lors de sa garde à vue, Abel a accusé Conan et indiqué le rocher de l'Abeille noire comme le lieu où Chloé était susceptible de se trouver, mais j'ai devancé les enquêteurs et empêché le tueur de faire disparaître le cadavre. Dans une lettre adressée par le ministre de l'Intérieur en personne, j'ai été remerciée pour mon « action décisive et courageuse ».

Par ailleurs, je viens d'en avoir la confirmation : Lumière du Monde n'est en rien mêlée à cette tragédie, malgré les accusations portées par la population locale. Cette secte est une organisation proposant des nuits de prières, des thérapies comportementales, des marches nocturnes dans la lande. Au prieuré de Mullingar, on vénère Yahvé, Bouddha, Krishna, mais aussi des divinités celtiques comme Bélénos, le dieu guérisseur. On célèbre la mémoire des moines d'Irlande ayant débarqué ici au Moyen Âge. Après la découverte du corps de Chloé, pour la première fois de son histoire, l'organisation a publié un communiqué de presse indiquant qu'elle était étrangère aux trois meurtres, malgré les soupçons pesant sur elle. Le jeune homme qui avait témoigné contre elle n'existe pas. Ses propos supposés étaient une rumeur, mille fois répétée, sans qu'on sache qui avait raconté cette histoire le premier. Conan a assuré que ce n'était pas lui. Mais les ragots sont tenaces : malgré l'arrestation de l'assassin, des habitants de l'île continuent à penser que la secte est mêlée aux crimes qui ont traumatisé la population.

Conan, rongé par le remords, m'a écrit. Je ne sais pas si je dois le croire, je me contente de retranscrire son propos.

La nuit après le meurtre de Chloé, il est revenu l'enterrer. Il a répandu un répulsif pour faire fuir les chiens. Il a eu si peur qu'Abel ne vende la mèche qu'il n'a cessé de le menacer de vive voix en lui rendant visite chez lui. Celui-ci craignait d'être accusé d'un meurtre qu'il n'avait pas commis, ses empreintes ADN se trouvant sur les parties intimes du corps supplicié. Il s'est tu jusqu'au jour où, se sentant accusé par moi, il m'a parlé du rocher de l'Abeille noire, en estimant que toute trace de son agression sur Chloé avait disparu. Si le corps était retrouvé, il avait l'intention d'accabler Conan.

Quand ma venue sur l'île a été annoncée par la presse locale et après avoir découvert mon pedigree sur Internet, le boulanger de Bangor a été persuadé que j'allais le démasquer. Il a imaginé des stratagèmes extravagants pour m'éloigner de la vérité. J'ai eu le tort d'indiquer sur mon blog le moment précis où je débarquais, en espérant que des témoins m'accueilleraient. Il m'a attendue discrètement sur le débarcadère sans se faire remarquer et m'a suivie. Il a repéré mon hôtel et identifié ma voiture de location. C'est lui qui m'a adressé la lettre anonyme prétendant que Chloé se reposait et qu'elle n'avait pas envie d'être dérangée. Voyant que la missive ne suffisait pas pour me faire repartir, il a envisagé d'autres feintes. Quand je suis arrivée à la boulangerie de Bangor, il en a profité pour accabler Lumière du Monde et je l'ai cru. Il a saboté ma voiture pendant que je buvais le thé qu'il m'avait lui-même servi. Il espérait que je tomberais en panne rapidement, ce qui s'est produit. Il est allé faire un tour du côté du prieuré et, à sa grande joie, il a vu de loin ma voiture bloquée au bord de la route. Déguisé, il m'a poursuivie dans la lande, non pour me tuer – les conditions n'étaient pas réunies –, mais pour me suggérer que l'*homme en noir* était membre de la secte supposée criminelle. La maison où il m'a proposé d'entrer n'était évidemment pas la sienne. La nuit venue, en m'accueillant avec chaleur dans sa véritable habitation, il a suggéré avec une habileté démoniaque que Mika et Abel n'étaient pas étrangers à la disparition de Chloé, sans exclure le fait que Lumière du Monde pouvait être mêlée à cette histoire. Bref, il a cherché à brouiller les pistes en les multipliant. Le crime étant sa drogue, il voulait continuer à tuer sans être inquiété.

On dit que les *serial killers* violent des femmes avant de les mettre à mort, mais il existe de nombreuses affaires où l'assassin n'a été mû par aucune pulsion sexuelle : l'une des plus célèbres est celle du monstre du Zodiaque, qui a tué des dizaines d'individus en Californie entre 1966 et 1978, en majorité des couples faisant halte dans leur voiture en pleine nature à la tombée de la nuit. Il les assassinait sans raison apparente, froidement. L'homme revendiquait ses crimes en envoyant à la presse des lettres ornées de croix celtiques. De nombreux livres, films, séries télé s'inspirent de l'épopée sanguinaire de cet effrayant personnage dont l'identité reste à ce jour un mystère, même si plusieurs suspects ont été cités.

Je recopie quelques phrases de la longue lettre que Conan m'a adressée :

J'ai tout avoué au juge d'instruction. Je n'ai rien caché. Oui, je suis un tueur en série. Il était temps de mettre un terme à cette folie meurtrière, le poids de la culpabilité devenait insupportable. Je n'ai aucune excuse, je ne cherche pas à me faire pardonner, mais je voudrais vous dire une chose que je répète inlassablement : j'ai tué Chloé sans une once de préméditation, c'est venu d'un coup, j'ai été submergé. Je n'étais plus maître de moi, un autre avait pris ma place. Je ne sais pas pourquoi je suis devenu un tueur, il faudrait fouiller dans mon enfance. Aujourd'hui, dans ma cellule de prison, je suis rongé par le remords. Chloé, Grace, Amélie étaient de jeunes femmes magnifiques qui auraient dû continuer à vivre. J'essaie de comprendre comment j'en suis arrivé là et je ne comprends pas. Je m'attends à la pire des condamnations et je la mérite. Je ne récidiverai plus et c'est une bonne chose. Ma vie est finie. Adieu.

ÉPILOGUE

Le triple meurtrier de Belle-Île ayant reconnu les faits, l'enquête a été bouclée en quelques semaines. Les habitants ont été stupéfaits d'apprendre que Conan Josselin, le boulanger si aimable, qui fabriquait de si bonnes pâtisseries et un si bon pain, était responsable de cette succession de crimes. S'il avait participé à la fameuse pendaison de crémaillère, personne ne l'avait sérieusement soupçonné. La perquisition à son domicile n'avait rien donné et aucun mobile n'avait été découvert, même par les limiers les plus aguerris de la section de recherches. Il avait pris soin de laisser le camion qu'on lui prêtait très loin de chez lui, pour le cas où des membres de la police scientifique auraient voulu l'ausculter, ce qu'ils ne firent pas. Aucun témoin n'avait signalé son passage sur le bac le dimanche. Il avait donné un faux nom à la guichetière, qui ne le connaissait pas, et n'avait pas voulu mettre le cadavre de Chloé dans le véhicule par peur que le sang ne dégouline.

Abel Urrutia, pervers narcissique, était excité par la beauté des femmes mais aucune d'entre elles ne s'était plainte de lui en dehors de Chloé. Contrairement à ce que la rumeur locale colportait, il ne chassait pas avec Mika de jeunes proies pour satisfaire son appétit supposé gargantuesque. Encore un ragot sans fondement. Le gendarme avait refusé de reconnaître qu'il avait agressé sexuellement l'ostéopathe lors de la pendaison de crémaillère, et celle-ci étant morte, l'affaire fut malheureusement classée malgré le témoignage de Léa qui avait répété ce que lui avait confié Conan. Aucune trace génétique d'Abel ne fut retrouvée sur le cadavre en putréfaction.

Le reste de la brigade de Belle-Île était irréprochable.

Le barbu visitant l'île à intervalles réguliers était membre de Lumière du Monde. Copain avec Mika qui réparait son bateau, ils se voyaient régulièrement, s'appréciaient, buvaient des coups dans les bars.

Les rumeurs courent, la vérité est souvent ailleurs.

Loïk Tugdual n'a jamais rien commis de répréhensible. Après avoir emmené Léa dans sa voiture près de la plage de Donnant, il avait été tellement ahuri par sa fuite qu'il avait cherché à la rattraper pour s'expliquer avec elle. Il craignait que la journaliste ne l'accuse de choses qu'il n'avait pas commises, ce qui aurait terni sa réputation. Contrairement à ce qu'elle avait imaginé, il n'était pas responsable de l'entaille dans le pneu et n'avait pas sorti sa batte de base-ball. Après le dénouement, ils s'étaient entretenus au téléphone. Elle lui avait présenté ses excuses en lui expliquant qu'elle avait agi sous le coup d'une émotion excessive et incontrôlable provoquée par la découverte des ossements.

Marie et Kevin constituaient un couple exemplaire, ils regrettaient à jamais d'avoir organisé une pendaison de crémaillère devenue bal tragique.

Mika Villard avait eu une crainte: l'ostéopathe, folle de rage, avait griffé et balafré sa 206 en quittant la soirée, il était paniqué à l'idée que la section de recherches ne découvre ses traces sur la carrosserie, ce qui aurait accentué les soupçons à son encontre. Il avait balancé sa voiture dans la retenue d'eau du Borfloc'h avant d'emprunter une autre 206 à un ami, sur laquelle il avait placé ses plaques d'immatriculation. Il écopa d'une lourde amende pour son geste répréhensible. Par ailleurs, le grand public apprit avec effroi qu'il avait giflé Chloé avant sa mort, ce qui l'obligea à quitter l'île précipitamment.

Ophélie Moulin retrouva son poste de gardienne à la citadelle Vauban. Même si elle ne s'attendait pas à ce dénouement, elle fut soulagée d'apprendre que le meurtrier se trouvait derrière les barreaux. Avec le recul, elle s'était demandé si quelqu'un l'avait bien poursuivie près de la pointe du Skeul ou si c'était son imagination enfiévrée par la peur qui le lui avait suggéré. Conan reconnut qu'il lui avait envoyé une lettre anonyme à la fois pour l'effrayer et la lancer sur une fausse piste.

La Smart fut repêchée dans la rivière d'Étel, retournée sur le toit, poussée vers la mer, tel un immense cadavre emporté sans retour par le courant.

Tom et Léa revinrent à Belle-Île l'été suivant pour quelques jours de farniente et d'amour. Ils voulaient guérir de la peur qui les avait submergés eux aussi, une peur contre laquelle ils avaient lutté à leur manière, en tentant de comprendre une tragédie irréelle, inexplicable, révoltante.

La plus magnifique des îles bretonnes avait retrouvé sa douceur, sa plénitude. La saison était sublime. Léa ne voulut pas retourner à Donnant. Elle avait découvert une grève lovée entre d'immenses falaises de schiste où personne ne venait. Elle se baignait nue dans les bras de celui qu'elle aimait. Le bonheur de revivre, dans l'attente d'un nouveau *cold case*.

DU MÊME AUTEUR
AUX ÉDITIONS ARCHIPOCHE

Les amants du Mont-Blanc

Au pied du Mont-Blanc, à la veille d'un confinement pour cause de pandémie, deux couples qui ne se connaissaient pas sont abattus. Qui était visé ? Et pourquoi ? Un massacre en forme d'énigme…

Trois ans plus tard, Léa, journaliste spécialiste de cold cases, se rend à Chamonix pour élucider l'affaire.

Mais sa présence dérange. Léa venait démasquer un assassin, aujourd'hui c'est elle qu'on veut faire taire.

Un suspense glaçant inspiré de la mystérieuse tuerie de Chevaline.

ISBN 979-1-0392-0403-3 / 8,95 €

Soleils de sang

Au petit matin, Juliette se réveille sur une plage de la Côte d'Azur, l'esprit embrumé. Peu à peu, des bribes de souvenirs lui reviennent : la veille, l'anniversaire de Flavia, sa mère, a viré au carnage.

Tout semble accuser Flavia, qui a depuis disparu… Comme l'instruction piétine, Juliette décide de mener l'enquête. Quitte à exhumer les noirs secrets de sa famille, en apparence sans histoire…

Pour ce suspense, Christophe Ferré s'est librement inspiré de l'un des faits divers les plus passionnants du XXIe siècle : l'affaire Dupont de Ligonnès.

ISBN 979-1-0392-0224-4 / 9,50 €

La prophétie de la cathédrale

Dans la crypte de la cathédrale de Chartres, une jeune femme s'apprête à percer un mystère dont la révélation fera entrer l'humanité dans un âge nouveau…

« Il n'y a de Dieu qu'Allah l'Unique. » Par quel mystère la profession de foi de l'islam figure-t-elle sur un vitrail de la cathédrale de Chartres retraçant la vie du Christ ? Lors de fouilles dans la crypte de cette cathédrale, Mary, jeune et brillante étudiante, est sur le point de mettre au jour une découverte archéologique majeure.

Mais cette révélation risque de bouleverser l'équilibre du monde.

Un rempart de haine et de sang se dresse alors pour empêcher la jeune femme d'accéder à cette vérité qui dérange. Quelle est l'étrange congrégation prête à supprimer tous ceux qui s'approchent trop près du secret ? Quel est ce secret ? Une prophétie vieille de plusieurs siècles est-elle en train de s'accomplir ?

ISBN 978-2-3773-5826-7 / 7,95 €

Cet ouvrage a été composé par
Atlant'Communication au Bernard (Vendée)

Impression réalisée par
CPI Brodard & Taupin
en septembre 2023
pour le compte des Éditions de l'Archipel
département éditorial
de la S.A.S. Écriture-Communication.

#lisez engagé !
www.lisez.com
Pour plus d'information :
Imprimé sur du papier issu de forêts gérées durablement.

Imprimé en France
N° d'impression : 3053910
Dépôt légal : octobre 2023